Wer Herzen klaut, kriegt lebenslänglich!

»Mit der Liebe ist es ähnlich wie mit einer Topfpflanze. Man kann sie gießen, düngen, die Erde wechseln, die Wurzeln beschneiden oder ihr Mozart vorspielen. Am Ende ist es trotzdem purer Zufall, ob das gute Stück blüht und gedeiht oder ob es jämmerlich zugrunde geht.«

Paul hat ein Problem. Ein großes.

Paul fühlt sich verdammt einsam. Und daran ist einzig und allein sein Job schuld.

Paul ist neunundzwanzig Jahre alt, und er hat einen Eid abgelegt: Er wird sich niemals an eine Frau binden, solange er sein Geld mit den Juwelen anderer Menschen verdient . . .

»Bielensteins Spezialität: intelligente und unterhaltsame Beziehungsgeschichten.«
ELLE

Daniel Bielenstein, Jahrgang 1967, lebt als Journalist und Autor in Hamburg. Sein erfolgreiches Debüt ›Die Frau fürs Leben‹ und sein Liebesroman ›Max und Isabelle‹ sind im Fischer Taschenbuch Verlag lieferbar – ebenso die rockig verschmuste Anthologie ›Mein Lieblingslied‹, für die Bielenstein eine Liebesgeschichte über Elvis Costellos Song »I want you« geschrieben hat. Im Frühjahr 2007 erscheint im Scherz Verlag der neue Roman von Daniel Bielenstein ›Das richtige Leben‹.

Unsere Adresse im Internet: www.fischerverlage.de

Daniel Bielenstein

Ein Mann zum Stehlen

Roman

Fischer Taschenbuch Verlag

Veröffentlicht im Fischer Taschenbuch Verlag,
einem Unternehmen der S. Fischer Verlag GmbH,
Frankfurt am Main, Februar 2007

Die Erstausgabe ist erschienen im Scherz Verlag

Druck und Bindung: Ebner & Spiegel, Ulm
Printed in Germany
ISBN-13: 978-3-596-16738-8
ISBN-10: 3-596-16738-8

Wenn die Juwelen nicht in der Schublade einer Kommode sind, dann sind sie im Safe, und der Safe ist in der Regel hinter einem Bild oder in der Kleiderkammer.

Bill Mason, Juwelendieb

1. Samstag

Es ist ja nicht so, dass man sich heutzutage seinen Beruf noch aussuchen könnte. Im Gegenteil. Paul ist froh, dass er überhaupt einen Job hat. Er kennt genug Leute, die die übliche Karriere der Generation Golf durchlaufen haben: Schule, Uni, vielleicht noch ein unbezahltes Volontariat – und dann arbeitslos. Das muss man sich mal vorstellen! Noch keine dreißig Jahre alt, und man darf einfach nicht mehr mitspielen in der Welt der Erwachsenen.

Paul klettert auf die Mauer, die das Villengrundstück in Blankenese umgibt. Er horcht in die Dunkelheit. Die Luft ist rein. Er springt lautlos in den Garten hinab und huscht zur Hintertür hinüber.

Wenigstens setzt sich Qualität immer noch durch – ein Trost. Er selbst ist das beste Beispiel. Paul legt mit professioneller Gelassenheit den Glasschneider an. Wenige Sekunden später ist er im Inneren des Gebäudes verschwunden. Und zwar ohne die Alarmanlage auszulösen. So etwas kann eben nicht jeder.

Aber selbst in seinem krisensicheren Berufszweig macht ihm die zunehmende Konkurrenz zu schaffen. Die Globalisierung hat auch hier ihren Preis. Immer mehr Billiganbieter drängen in den hart umkämpften Markt. Neuerdings kommen auch noch die Ich-AGs hinzu. Leute, die sich nicht an die guten Sitten halten und sich dabei vom Arbeitsamt unterstützen lassen.

Paul schleicht die Treppe in den oberen Stock hoch, orientiert sich kurz, geht dann ins Arbeitszimmer und bleibt vor dem großen Ölgemälde hinter dem Schreibtisch stehen. Glauben die Besitzer solcher Vorrichtungen wirklich, dass irgendjemand darauf hereinfällt? Paul hebt das Bild von der Wand und blickt auf den Safe, der hinter dem Gemälde zum Vorschein kommt.

Paul ist, daran kann kein Zweifel bestehen, so etwas wie eine Berühmtheit in seinem Bereich. Die Medien haben ihm sogar einen Spitznamen verpasst. *Rubin*. Das klingt romantisch, ist aber kein Zufall: Die roten Edelsteine haben es ihm besonders angetan. Sie sind seine Spezialität. Paul hat sogar Fans – Menschen, die Zeitungsausschnitte und Zeitschriftenartikel über seine größten Coups sammeln. *Rubin schmälert Wempes Wampe (»Bild«)*. Oder: *Über den Dächern von Hamburg – Rubin stiehlt Krone bei Königin-Silvia-Besuch (»Bunte«)*. Das klingt wie im Film, und ein bisschen ist sein Leben wirklich so.

Aber das ist nur die halbe Wahrheit. Die Menschen, die ihn bewundern, stellen sich vor, dass er frei, reich und glücklich ist. Niemand käme darauf, dass Paul in Wahrheit unter seinem Beruf leidet. Natürlich machen ihm die nächtlichen Ausflüge in die Behausungen der Schönen und Reichen Spaß. Es sind auch nicht die Arbeitszeiten oder das Gesundheitsrisiko, das ihm zu schaffen macht. Es ist die Tatsache, dass er einsam ist. Und daran ist einzig und allein sein Job schuld.

Paul ist neunundzwanzig Jahre alt, und er hat einen Eid abgelegt – genau an dem Tag, an dem sein Vater zum vierten Mal verurteilt wurde und seine Mutter wieder einmal allein ließ. Damals hatte Paul sich geschworen, es anders zu machen. Er würde sich niemals an eine Frau binden, solange er sein Geld mit den Juwelen anderer Menschen verdiente.

Paul schüttelt die schwermütigen Gedanken ab. Er legt das Stethoskop an das kühle Metall des Safes und schließt die Augen. Vorsichtig bewegt er das Zahlenrad nach links. In seiner Vorstellung sieht er die feinen Metallhäkchen der Schließmechanik, die sich über die Nuten bewegen, bis sie, kaum hörbar, einrasten. Dreimal nach links, zweimal nach rechts, noch einmal nach links. Stopp auf der Neun. Lautlos schwingt die Tresortür auf. Paul sieht auf den schimmernden Glanz der Juwelen, die im Inneren des Safes liegen.

Mit schnellen Handbewegungen lässt er ein diamantenes Collier, saphierbesetzte Ohrringe, ein rubinrot glitzerndes Diadem, dazu Ringe und Ketten aus Gold und Platin in seinem Beutel verschwinden.

Er schließt den Safe und hängt das Gemälde zurück. *Rubin* hinterlässt keine Spuren. Nie.

Zeit für den Rückzug. Paul verlässt das Zimmer und will gerade die Treppe hinuntersteigen, als ihn wie aus dem Nichts ein heftiger Schlag ins Genick trifft.

Oh nein! Nicht schon wieder! Pauls Kopf dröhnt wie eine Kirchenglocke. Dennoch ist ihm schlagartig klar, was hier vor sich geht. Sein mysteriöser Konkurrent, der ihm seit Monaten das Leben schwer macht und immer dort auftaucht, wo er gerade Hand anlegt, kommt ihm mal wieder ins Gehege. *So macht das Einbrechen wirklich keinen Spaß!*

Paul taumelt und fällt beinahe hin – und das rettet ihn vor dem zweiten Schlag, den sein Angreifer ihm versetzen will. Da der andere aber ins Leere schlägt, gerät er seinerseits aus dem Gleichgewicht, und Paul nutzt die Sekunde, in der er im

Vorteil ist. Er blockt geschickt den nächsten Handkantenschlag ab, vollführt eine blitzschnelle Drehung und verpasst dem anderen einen kräftigen Tritt gegen die Kniescheibe.

Der Kampf, der folgt, ist faszinierend. Paul trägt, genau wie sein Angreifer, Schwarz – und zwar vom Scheitel bis zur Sohle, inklusive Handschuhe und Maske. Genau wie sein mysteriöser Angreifer versteht er die Kunst des Kämpfens. Die beiden attackieren sich mit Tritten, Faustschlägen und Ellbogenstößen. Sie rollen über den Boden ab, springen lautlos über Tische und Bänke und vollführen schwerelose Salti in der Luft.

Paul gewinnt allmählich die Oberhand. Seine Ausbildung – auch die im Kämpfen – ist eben nicht von schlechten Eltern.

Um sich zu retten, packt der Angreifer nach einer chinesischen Vase, die auf einem Sockel steht. Er schmeißt das kostbare Stück mit aller Kraft nach Paul. Der duckt sich, die Vase durchschlägt mit lautem Klirren die Fensterscheibe und fällt mit einem Platsch in den Pool unten im Garten.

Paul steht für eine Sekunde wie versteinert da, genau wie sein Angreifer. Sie starren sich sogar durch die schmalen Augenschlitze ihrer Masken an. Ohne ein Wort zu sagen.

Dann geht die Welt unter. Jedenfalls hört es sich so an. Die Alarmanlage heult in ohrenbetäubender Lautstärke. Hundegebell setzt ein, dazu die Trillerpfeife des Nachtwächters.

Na großartig! Das ist genau die Sorte Ärger, die diese Emporkömmlinge verursachen.

Der andere nutzt Pauls Unaufmerksamkeit. Er versucht blitzschnell, ihm den Beutel mit den Juwelen zu entreißen. Und natürlich: Was schief gehen kann, geht auch schief. Der Stoff zerreißt, und die Edelsteine fallen klirrend auf den Teppich.

Das ist jetzt auch egal. Draußen ist schon Reifenquietschen zu hören. Dazu flackert das blaue Licht eines Einsatzwagens. Es ist höchste Zeit zu verschwinden!

Der Angreifer reißt die Balkontür auf und stürmt nach draußen. Paul sieht fasziniert zu, wie sein Konkurrent spinnengleich an der Regenrinne hinuntergleitet. Vielleicht doch kein Anfänger. Dann macht der andere drei große Sätze über den Rasen, und schon ist er im Gebüsch verschwunden.

Paul tritt ebenfalls nach draußen. Aber von einem spinnengleichen Abgang kann keine Rede sein. Er blickt hinunter und schüttelt den Kopf. Er ist *Rubin* – Deutschlands meistgesuchter Juwelendieb. Aber er hat trotzdem Höhenangst!

Vorne wird schon das Tor geöffnet. Polizisten schreien herum. Dazu die Nachbarn, die neugierig in ihre Gärten strömen. Taschenlampen, die in die Dunkelheit leuchten.

Paul gibt sich einen Ruck. Er steigt über das Geländer, greift nach der Regenrinne, rutscht, fällt – und plumpst auf den Rasen. Zum Glück war es nur der erste Stock. Trotzdem schmerzt es ungeheuer. Er rappelt sich hoch und reibt sich fluchend über den Hintern. Vielleicht sollte er doch umschulen? Auf Webdesigner? Oder vielleicht auf Werbekaufmann? Irgendetwas, bei dem er nicht allzu tief fallen kann. Aber so etwas gibt es ja eigentlich gar nicht mehr.

Jetzt aber nichts wie weg. Schon rennen die Polizisten ums Haus herum. Pauls Hintern fühlt sich an, als hätte jemand daran Elfmeterschießen geübt. Mit schmerzverzerrtem Gesicht humpelt er zum Gebüsch hinüber und verschmilzt mit den Schatten der Nacht.

2. Montag

08.15 Uhr

»Ich will einer Frau etwas bieten können«, sagt Torsten schlecht gelaunt. Er ist vierunddreißig Jahre alt, aber seine Stimme klingt trotzig wie bei einem pubertierenden Jugendlichen. Er sieht zu seiner Beifahrerin hinüber. »Und zwar mehr als eine kleine Wohnung am Stadtrand, einen mickrigen Urlaub an der Ostsee und Kleider von C&A.«

»Du meinst: H&M sollte es schon sein«, antwortet Silvia lachend.

Torsten kneift die Lippen zusammen. Er wechselt auf die linke Spur und überholt eine Kolonne Lieferfahrzeuge. Er mag die Dienstfahrten mit Silvia. Wenn sie gemeinsam im Wagen sitzen und unterwegs sind, entsteht zwischen ihnen beinahe so etwas wie Intimität. Und daran herrscht in seinem Leben weiß Gott echter Mangel. Silvia schafft etwas, das sonst keiner Frau gelingt: Sie bringt ihn zum Reden. Auch wenn sie sich gelegentlich über ihn lustig macht.

»Du weißt schon, was ich meine. Ich will eine Frau beeindrucken. Ich will ein ... Held für sie sein.«

Silvia schüttelt ungläubig den Kopf. Männer! Sie sind empfindlicher als frühgeborene Säuglinge und leichter zu kränken als Operndiven. Das Einzige, was man als kluge

Frau machen kann, ist, ihr kleines, verschrumpeltes Ego zu streicheln.

»Aber du kannst einer Frau doch eine ganze Menge bieten«, sagt sie versöhnlich.

»Ach ja? Was denn, mit zweitausendachthundert Euro brutto?«

Silvia quittiert es mit einem bezaubernden Lächeln.

»Vielleicht gibt's im Leben mehr als brutto und netto. Ich meine: Geld ist nicht alles.«

»Aber ohne Geld ist alles nichts.«

»Ach Torsten«, sagt Silvia seufzend. Sie gibt sich alle Mühe, nicht schon wieder zu lachen. »Sieh es doch mal so: Du bist nett, du weißt, was Verantwortung ist, du bist einfühlsam – ab und zu wenigstens. Glaubst du wirklich, dass das bei einer Frau gar nichts zählt?«

Torsten überlegt, wie viele Ampelphasen das Rentnerpaar vor ihnen noch brauchen wird, um endlich loszufahren.

»Da sieht man es mal wieder«, entgegnet er resigniert. »Frauen verstehen einfach nichts von Frauen. Sonst würdest du so etwas nicht sagen!«

Silvia gluckst amüsiert.

»Aber du verstehst etwas von uns, habe ich das richtig verstanden?«

»Klar.«

»Da bin ich aber mal gespannt.«

»Ist ganz einfach: Am Anfang sagt jede Frau, dass es ihr nicht aufs Geld ankommt. Und dass die so genannten inneren Werte zählen. Spätestens nach einem Jahr erfährt man dann, was diese inneren Werte in Wirklichkeit für sie bedeuten. Auf einmal meint sie damit nämlich die Sachen, die aus

Nerz oder Kaschmir geschneidert sind oder die sie in ihrem Schmuckkästchen aufbewahren kann.«

»Klar, dagegen ist ja auch nichts einzuwenden.«

»Siehst du, ich sag's ja. Letztendlich kommt es nur aufs Konto an.«

Torsten weiß, dass er Silvia mit solchen Sprüchen auf die Palme bringt. Aber wenn schon! Er hat schlechte Laune. Wie immer, wenn es um dieses Thema geht. Wer will ihm das übel nehmen? Gabriele, seine Frau, hat ihn vor zwei Jahren sitzen lassen. Ihn und die Kinder. Weil sie sich ein Leben im Reihenhaus nicht mehr vorstellen konnte. Von heute auf morgen war sie verschwunden. Einfach so. Und damit war sein trauriges Schicksal besiegelt. Denn mal ehrlich: Ein allein erziehender Vater mit zwei Kindern – eher gewinnt so jemand am selben Tag im Lotto und wird vom Blitz getroffen, als noch einmal eine Partnerin zu finden.

08.25 Uhr

Nina, ihre beste Freundin, behauptet, dass Lilly schon mehr Männer verschlissen hat als der Zweite Weltkrieg. Das ist natürlich übertrieben. Aber zugegeben: In ihrem Leben herrscht nicht gerade Mangel an potenziellen Partnern. Kein Wunder, schließlich sind die Typen leichter rumzukriegen als Knetgummi. Die Schwierigkeit besteht für Lilly eher darin, dass sie spätestens beim dritten Date das Interesse an ihnen verliert. An jedem Einzelnen. Wieso das so ist, kann sie auch nicht sagen. Vielleicht, weil sie es ihr einfach zu leicht machen.

Lilly ärgert sich über sich selbst. Warum muss sie ausgerechnet jetzt anfangen zu grübeln? Schließlich geht sie gerade ihrer absoluten Lieblingsbeschäftigung nach. Sie spaziert mit Takagi-San, ihrem japanischen Koch, über den Hamburger Großmarkt und macht Einkäufe.

Es macht ihr nicht einmal etwas aus, dass sie dafür früh morgens aufstehen und das Haus ungeduscht und ungeschminkt verlassen muss. Die Berge an Brokkoli, Waschmöhren und Pak-Soi, der intensive Duft von den Blumenständen, die Rufe der türkischen Händler und die derben Liebenswürdigkeiten ihrer deutschen Kollegen entschädigen sie reichlich. Sie liebt diese Atmosphäre.

»Was meinen Sie?«, fragt sie den alten Japaner, der mit seinen faltigen Händen die handballgroßen Rot- und Weißkohlköpfe befühlt.

»Gut«, sagt Takagi-San. »Aber dort«, er zeigt auf die Auslagen des Nachbarstandes, »sein noch besser.«

Der Koch versteht mehr von Lebensmitteln als jeder andere Mensch, den Lilly jemals kennen gelernt hat. Sie ist überzeugt, dass Takagi in die Seele der Dinge schauen kann – selbst wenn es sich dabei um ein Bund Rüben, ein Hähnchenfilet oder rohen Thunfisch handelt. Sie kauft zwanzig Kohlköpfe und lässt den Händler den Jutesack auf die Handkarre legen, auf der bereits Kisten mit Tomaten und Gurken, Sojabohnensprossen, auf Eis gelegtem Fisch, Ess-Chrysanthemen, Reis und Kichererbsen liegen.

»Was noch?«, fragt sie den Japaner.

Takagi besieht seine Liste, auf der er die Posten feinsäuberlich mit seinem Bleistift abhakt.

»Schweinefleisch, Garnelen, Hühnerhaut, grüne Eda-Bohnen, Süßkartoffeln. Und Nori, japanischen Seetang – aber Sie wissen ja, den ich kaufe immer im Sakai Shoten, Lilly-San.«

Sie schiebt den schwer beladenen Wagen vor sich her zum nächsten Stand und ignoriert dabei die Proteste des alten Mannes, der diese Aufgabe selbst erledigen will. Takagi ist weit über sechzig. Sie hat ihn kennen gelernt, nachdem er sein Sushi-Restaurant bei einem Brand verloren hatte – da die Versicherung nicht zahlte, stand der gelernte Koch plötzlich vor dem Aus. Sie hat nicht lange überlegt und ihn eingestellt. Seitdem ist ihr Takagi-San treu ergeben.

Dem alten Mann machen die Knie und das Kreuz zu schaffen. Er ist viel zu wertvoll für Lilly, als dass sie ihm solche schweren Aufgaben wie das Schieben des Handkarrens überlassen würde. Schließlich verdankt Lilly den Erfolg ihres Asia-Catering-Services nicht zuletzt den Kochkünsten des Japaners.

09.02 Uhr

Rolf Sacher hat den größten Teil seines Lebens einen Beruf ausgeübt, der nicht unbedingt Reichtum verspricht: Er ist Reporter. Der Beau und Frauenheld hat sich mit Charme und Körpereinsatz von einer Tageszeitung über ein Nachrichtenmagazin zum landesweit beachteten Kolumnisten hochgearbeitet, um schließlich als Klatschexperte bei der »Stars« über die Schönen und Reichen der Republik zu berichten. Er schrieb über Prominente und ist schließlich selber einer geworden. Vor ein paar Jahren dann der Absturz: Rolf wurde – aus Gründen, die niemand außer ihm selbst und seiner damaligen Chefredakteurin kennt – von einem Tag auf den anderen gefeuert. Was folgte, war der übliche tiefe Fall nach einem steilen Aufstieg: Depression, Scheidung (die vierte), Alkoholexzesse und ein mehrmonatiger Aufenthalt in einer Trinkerheilanstalt in den Luzerner Bergen. Aber weil Niederlagen in Rolfs Lebensplanung nicht vorkommen, finden sie auch nicht statt. Nachdem er halbwegs trocken war, begann er seinen ganz privaten Rachefeldzug. Da Rolf genug intime Details über genug Prominente in genug Städten kennt, dauerte es genau vier Wochen, bis er wieder in Lohn und Brot war. Seitdem schreibt er seine Artikel nicht mehr für die »Stars« in München, sondern für das Konkurrenzblatt in Hamburg. Er tummelt sich genau wie früher regelmäßig auf den großen Galas und Partys der Republik, trifft sich mit Mitgliedern des Jet Sets zum Mittagessen oder besucht Hollywoodstars in ihren Villen am Comer See. *Leben eben*, wie er selbst schulterzuckend sagt.

Rolf Sachers Lebensstil hat allerdings den Nachteil, dass er dafür mehr Geld benötigt, als er als Reporter und Kolumnist jemals verdienen kann. Sehr viel mehr Geld.

Jetzt sitzt Rolf im Frühstückssaal des Hotels Vier Jahreszeiten, wo er seit einigen Monaten residiert. Er trinkt einen Cognac und denkt darüber nach, wie er diesmal aus seiner hoffnungslosen Situation herauskommen könnte. Rolf Sacher ist mal wieder total pleite.

09.15 Uhr

»Verdammt, Paul. Ich bin Zahnarzt, nicht Orthopäde«, sagt Jon kopfschüttelnd. Paul steht mit halb heruntergelassener Hose vor ihm und stöhnt leise.

»Du wirst ja wohl sagen können, ob ich mir den Hintern

gebrochen habe oder nicht«, sagt Paul. Er verzieht das Gesicht vor Schmerzen.

Jon lacht auf. »Man kann sich den Hintern nicht brechen.«

»Siehst du«, stellt Paul zufrieden fest. »Du verstehst doch etwas davon.«

»Alles, was ich erkennen kann, ist ein gut gebauter Männerarsch, der dringend von ein paar zarten Frauenhänden liebkost werden sollte. Ansonsten hast du mehr blaue Flecken auf deinem Hinterteil als Jackie Chan nach einer Kneipenprügelei.«

»Sehr witzig«, brummt Paul. Er zieht abrupt die Hose hoch und schließt den Gürtel – eine Bewegung, die er lieber behutsamer hätte machen sollen. Er stößt vor Schmerzen einen Zischlaut aus, der jeden Chefarzt von der sofortigen Freigabe der stärksten Opiate überzeugen würde.

Jon quittiert es mit einem spöttischen Blick.

»Klingt, als würdest du gleich ein Kind kriegen.«

Paul schüttelt empört den Kopf. Ein bisschen Mitgefühl darf man von seinem besten Freund doch wohl erwarten, oder?

»Wenn du dasselbe durchmachen müsstest, wärst du längst ins Koma gefallen.«

»Stimmt. Und dann würde man mich ins Hospital einliefern, und ich würde von lauter süßen kleinen Krankenschwestern verwöhnt werden.«

Jons ständige Anspielungen auf sein nicht vorhandenes Sexleben gehen Paul gehörig auf die Nerven. Er ordnet seine Kleider und geht hinüber in die Küche, wo er sich einen Eisbeutel zurecht macht.

Sein aktuelles Stimmungstief verdankt er nicht nur seinem beruflichen Fehlschlag vom Wochenende. Es rührt auch von der Tatsache her, dass er sich wieder einmal unendlich einsam fühlt. Und außerdem wird er in wenigen Wochen dreißig. Schlimm daran ist nicht das Alter an sich, sondern die Tatsache, dass er von einem festen Platz im Leben weiter entfernt ist als die Nasa von einem bemannten Flug zur Venus.

Außerdem hat er sich fest vorgenommen, mit dreißig den Dietrich an den Nagel zu hängen. Nicht, dass er keinen Gefallen mehr an seinem Beruf fände. Es gibt zweifellos unangenehmere Methoden, sein Geld zu verdienen. Aber da ist nun einmal der Eid, den er abgelegt hat. Und da er nicht für den Rest seines Lebens Single bleiben – und den Spott seines besten Freundes ertragen – möchte, hat er sich vorgenommen, noch ein letztes, großes Ding durchzuziehen. Sein Meisterstück. Es soll ihm genug einbringen, um danach ein glückliches Leben zu führen. Und zwar zu zweit.

09.20 Uhr

Silvia weiß, dass Torsten es nicht gerade leicht hat – aber deswegen muss sie ihn trotzdem nicht mit Samthandschuhen anfassen. Und in diesem Fall bedeutet das, dass sie ihn herzhaft auslacht.

Torsten wirft ihr einen tiefgekühlten Blick zu.

»Beruhige dich«, sagt er brummend.

»Ich bin ruhig.«

»Was soll dann das hysterische Gekreische?«

Torsten macht ein so erbostes Gesicht, dass sie gleich wieder losbrüllt. Er sieht kopfschüttelnd aus dem Fenster. Vielleicht sollte er einfach froh sein, dass er Junggeselle ist. Und dass er ein solches Verhalten, wie es nun mal nur Frauen an den Tag legen, nicht auch noch nach Feierabend ertragen muss ...

Silvia bemüht sich um eine ernste Stimme:

»Und wenn du dich täuschst? Wenn wir Frauen in Wirklichkeit ganz anders sind?«

»Seid ihr nicht. Schließlich spreche ich aus Erfahrung.«

»Ich auch«, sagt Silvia. »Und darum verrate ich dir ein Geheimnis: Wenn eine Frau einen Mann wirklich mag, dann sind ihr viele Dinge herzlich egal. Zum Beispiel sein Einkommen. Oder seine Angewohnheit, ziemlich viel Unsinn zu reden. Beispielsweise über Frauen. Es ist ihr sogar egal, wenn der Mann, den sie mag, öfter mal schlechte Laune hat. Oder wenn er ein paar Kinder hat, die dringend wieder eine Mutter bräuchten.«

Torsten sieht seine Beifahrerin verwundert an. Er spürt ein merkwürdiges Kribbeln im Bauch. Es muss etwas mit dem zu tun haben, was sie gerade gesagt hat. Aber was hat sie eigentlich gesagt?

Torsten setzt den Blinker, biegt noch einmal um die Ecke, ignoriert mit professioneller Routine das Einbahnstraßenschild und sagt:

»Da vorne ist es.«

Silvia sieht ihn enttäuscht an. Klar: Torsten ist ein Mann. Und darum muss man ihm nicht mit einem Zaunpfahl, sondern mit einem ausgewachsenen Laternenmast winken. Aber dafür fehlt jetzt die Zeit.

Torsten parkt vor dem schmiedeeisernen Tor, durch das sie auf einen großzügigen Garten und eine noch großzügigere Villa blicken können.

»Nicht schlecht. Der Bruch dürfte sich gelohnt haben.«

Sie steigen aus. Torsten streicht sein wüstenfarbenes Sommersakko von Daniel Hechter glatt und versucht aus den Augenwinkeln zu erkennen, ob Silvia seine Neuerwerbung bemerkt hat. Gesagt hat sie jedenfalls noch nichts.

Silvia hat gerade alles Mögliche im Sinn, aber bestimmt keine Mode. Was zugegebenermaßen selten genug vorkommt. Sie geht zu der kleinen Pforte und drückt auf die Klingel, die in den aus Bruchsteinen gestalteten Torpfosten eingelassen ist. Lange Zeit passiert nichts. Dann hört sie eine schnarrende Stimme in der Gegensprechanlage. Sie beugt sich hinunter und sagt:

»Burmester und Nicolai, Kripo Hamburg. Wir würden Ihnen gerne noch einige Fragen zu dem Einbruch stellen.«

09.38 Uhr

Takagi macht den letzten Haken auf seiner Einkaufsliste. Sie haben alles zusammen.

»Kommen Sie, ich lade Sie auf einen Kaffee ein«, sagt Lilly lächelnd und leicht besorgt, als sie die dunklen Ringe unter Takagis Augen bemerkt. Der alte Mann sieht erschöpft aus.

»Gerne, Lilly-San. Ein gutes Kaffee wird sorgen dafür, dass ich nicht einschlafe auf der Stelle.«

Sie stellt sich in die Schlange bei Toni, einem jungen Italiener, der die Marktbeschicker und die Kunden mit Espresso und belegten Brötchen versorgt. Takagi übernimmt die Karre mit den Einkäufen und sichert ihnen zwei der begehrten Plätze an den Bistrotischen.

Nachdem sie das Frühstück auf einem viel zu kleinen Tablett zum Tisch balanciert hat, stellt Lilly wieder einmal amüsiert fest, wie Takagi seine ständigen Ermahnungen und Vorträge über gesunde Ernährung in die Tat umsetzt. Er rührt etwa sechs Löffel Zucker in seinen Cappucino, probiert – und süßt noch einmal nach.

»Warum gönnen Sie sich heute Nachmittag nicht etwas Ruhe, Takagi? Es reicht vollkommen, wenn Sie die restlichen Einkäufe morgen erledigen«, sagt Lilly.

»Hai, Lilly-San«, antwortet der Japaner und deutet eine Verbeugung an. »Aber nur, wenn Sie tun auch das Gleiche.«

»Mir Ruhe gönnen? Aber Jun«, sie erlaubt sich, den Japaner beim Vornamen zu nennen, »Sie sollten mich besser kennen. Es ist ein wunderschöner Vormittag, und ich fühle mich großartig. Ich werde die Zeit nutzen und trainieren, das ist schließlich auch Entspannung für mich.«

Der alte Mann trinkt einen Schluck und mustert Lilly. Seine Chefin ist eine schöne Frau mit hohen Wangenknochen und einem energischen Blick – und der entspricht ganz ihrem Wesen. Lilly-San ist ausgesprochen selbstbewusst. Sie kämpft für die Dinge, die sie erreichen will. Man muss sie daher schon recht gut kennen, um die Melancholie zu spüren, die sich tief unter dieser energiegeladenen Oberfläche verbirgt. Lilly, denkt Takagi und verspürt dabei eine Spur von Mitleid, ist im Grunde ihres Herzens eine einsame Frau. Gerade weil sie so selbstbewusst ist, fällt es ihr schwer, schwach zu sein. Dabei ist Schwäche – oder besser gesagt die Fähigkeit, Schwäche zugeben zu können – die Voraussetzung für Gemeinsamkeit und Partnerschaft. Takagi ist klar, dass seine Chefin selber nichts von diesen dunklen Seiten in sich wissen will. Dabei würde es ihr gut tun, öfter einmal zur Ruhe zu kommen und in sich hineinzuspüren.

»Wissen Sie, was ist Ihr Problem, Lilly-San?«, fragt er mit milder, nachdenklicher Stimme.

Sie ist überrascht über den vertraulichen Ton, den der Japaner anschlägt. So etwas kommt nicht oft vor. Sie sieht ihn fragend an.

»Sie einfach haben zu viel Energie. Das ist Ihr Problem. Und das sein nicht gut.«

Jetzt muss Lilly doch lachen. Sie hat schon schlimmere Kritik gehört.

»Aber wieso ist es nicht gut? Zu viel Energie zu haben ist doch ganz wunderbar!«

»In Japan man sagt: Wer hat zu viel Kraft, kommt früher oder später auf dumme Gedanken.«

In Lilly taucht die Erinnerung an das vergangene Wochenende auf – und insbesondere an die Nächte dieses Wochenendes. Sie hat einiges erlebt. Allerdings handelt es sich dabei nicht um Erlebnisse, an die jemand denken könnte, der in ihr einfach nur eine junge, gut aussehende, erlebnishungrige Frau sieht.

»Ach Jun«, seufzt Lilly. »Sie haben gar nicht einmal Unrecht. Aber leider ist es zu spät für Ihre Ermahnungen. Das Kind ist schon in den Brunnen gefallen – wie man in Deutschland sagt.«

Der Japaner hört sich ihre Worte mit unbewegtem Gesicht an. Er lässt ein paar Sekunden verstreichen, ohne seinen Blick von Lillys Gesicht abzuwenden.

»Sie wissen, dass Sie können mir vertrauen, Lilly-San. Wenn Sie möchten reden mit mir über etwas, Sie finden bei mir immer ein ... wie sagt man? ... ein offenes Ohr.«

Lilly weiß, dass er es ehrlich meint. Sie nickt ihm dankbar zu und sagt: »Ich weiß das sehr zu schätzen, Jun.«

Lilly und Takagi-San nippen an ihren Cappucini und hängen ihren Gedanken nach. Die Markthalle leert sich nach und nach. Die meisten Stände haben bereits geschlossen. Ein paar Händler rufen lautstark die letzten Sonderangebote aus, um ihre Lager zu räumen.

»Darf ich etwas anderes noch fragen Sie, Lilly-San?«

Takagi bemüht sich, seiner Stimme die nötige Vorsicht und Zurückhaltung zu geben.

»Natürlich dürfen Sie.«

Der Japaner vermeidet es, sie direkt anzusehen und lässt seinen Blick stattdessen über die Reihe mit den Kartoffelständen schweifen.

»Warum ein so schönes Mädchen wie Sie ist nicht verheiratet? Ich ganz sicher, dass viele Männer Sie begehren, aber Sie erhören keinen von ihnen. Es muss geben einen Grund, aber ich kenne nicht.«

Lilly zuckt mit den Schultern.

»Vielleicht habe ich einfach noch nicht den richtigen getroffen?«, sagt sie und bemüht sich, dabei fröhlich und zuversichtlich zu klingen.

Der Japaner setzt ein hintergründiges Lächeln auf.

»Oder Sie haben getroffen und nicht erkannt.«

Lilly sieht den alten Japaner, den sie seit fast zehn Jahren kennt, nachdenklich an. Sie will etwas sagen – und entscheidet sich doch zu schweigen. Jun weiß viel über sie, mehr als die meisten Menschen. Auf eine seltsame Art scheint er sie zu durchschauen, etwas, das Lilly eigentlich immer zu vermeiden versucht. Der Japaner aber würde niemals einen Vorteil aus seinem Wissen ziehen, und darum genießt Lilly das Vertrauen, das sie miteinander verbindet. Es macht auch nichts, dass er mit seiner Frage nach einem Partner einen wunden

Punkt in ihrem Leben anspricht. In diesem Fall aber kann auch Takagi ihr nicht helfen. Es ist etwas, mit dem sie ganz alleine fertig werden muss. Das kann sie zum Glück gut, alleine mit Dingen fertig werden.

10.04 Uhr

Als Mareille zum Frühstückstisch kommt, sieht Rolf nicht einmal zu ihr auf. Er ist in seine Zeitung vertieft, und dabei lässt er sich nicht gerne stören.

Sie sieht ihn an, lächelt und sagt mit ihrer verschlafenen Mädchenstimme:

»Na, Daddy. Hast du schlechte Laune?«

»Musst du mich so nennen?«

»Sei nicht böse, Daddy. Ich mein's doch lieb.«

Sie beugt sich zu ihm hinunter, tief genug, um ihm einen Blick in ihren ohnehin schon großzügigen Ausschnitt zu gestatten, und streicht ihm über die Wange.

»Schlechte Laune macht alt, weißt du das nicht?«

Es ist die pure Bosheit, die sie treibt. Ihre kleine Rache für die Unverschämtheiten, die er sich ihr gegenüber herausnimmt. Wobei die schlimmste die ist, dass er glaubt, sie würde seine Gemeinheiten nicht bemerken. Er unterschätzt sie, und er gibt sich nicht einmal Mühe, es zu verbergen.

Rolf beschließt, ihre Sticheleien einfach zu überhören. Es ist entschieden zu früh am Tag, um sich aufzuregen, auch wenn ihm Mareilles Boshaftigkeiten wehtun. Was soll er tun? Es hält ihn ohnehin nicht davon ab, dieses Mädchen zu lieben. Mehr als das: Je schlechter sie ihn behandelt, desto stärker wird sein Verlangen. Am liebsten würde er sie auf den Frühstückstisch legen und gleich hier *vögeln*. Auch wenn es das Vier Jahreszeiten ist.

Mareille wirft dem Kellner einen flirtenden Blick zu und bestellt ein Kännchen Kaffee.

Rolf interessiert es nicht. Er lehnt sich im Stuhl zurück und hüllt sich in eine Wolke aus Zigarillorauch. *Versicherung lobt hohe Belohnung auf Rubins Kopf aus.* Der Artikel erscheint ihm vielversprechend. Könnte das die Lösung seiner Probleme sein? Immerhin ist klar, dass *Rubin* als Juwelendieb ausschließlich in den Kreisen des Adels, der Hochfinanz und der Glamour-Promis zuschlägt. Eine Welt, die niemand so gut kennt wie er, Rolf Sacher. *Eine Million Euro für denjenigen, der die Identität des berühmten Juwelendiebs enthüllt.* Mareille schlürft lautstark ihren ersten Kaffee. Rolf ist wieder hinter seiner Zeitung verschwunden. Er behandelt sie wie Luft – wie fast immer. Es sei denn, er will ins Bett mit ihr. Dann gibt er sich ein wenig Mühe. Es ist nicht schwer zu merken, was sie ihm bedeutet. Im besten Fall ist sie für ihn eine Art Geliebte. Aber eigentlich nicht einmal das. *Ein Betthase*. Als wäre sie gerade mal klug genug für Sex. Und für sonst nichts. Dabei stimmt das gar nicht. Es fällt ihr ab und zu nur schwer auszudrücken, was sie meint. Und dann macht sich Rolf, der immer das richtige Wort findet, lustig über sie. Je schlechter es ihm selbst geht, desto schlimmer wird es. Heute muss er sich also mal wieder ziemlich mies fühlen. Aber warum nur? Sie hat nicht die geringste Ahnung, will ihn aber auch nicht fragen. Er würde es ihr ja doch nicht sagen.

Dass sie Rolf im Grunde ihres Herzens liebt, glaubt ihr sowieso niemand. Rolf selber auch nicht. Alle unterstellen ihr, dass sie nur hinter seinem Geld her ist. Stimmt ja auch. Aber sie liebt ihn trotzdem.

Rolf und Mareille fällt es schon gar nicht mehr auf, dass sie sich eigentlich nur noch angiften. Er behandelt sie von oben herab. Und sie quält ihn, indem sie ihn mit seinem Alter aufzieht. So einfach ist das. Und so dumm.

Vielleicht liegt es wirklich am Altersunterschied, denkt Mareille. Sie ist jetzt zweiundzwanzig. Und Rolf? Vielleicht fünfundfünfzig? Oder sechzig? Sie weiß es nicht einmal genau. Er redet ja nicht darüber. Genauso wenig wie über seine Familien. Beziehungsweise seine Ex-Familien. Seine Kinder, seine Frauen (wie viele sind es eigentlich?), seine Enkel. Kein Wort. Jedenfalls nicht zu ihr.

Rolf trinkt den dritten Cognac. Er hofft, dadurch mutiger zu werden. Aber die Wirkung bleibt aus. Er sieht seine Freundin an, und ihn durchzuckt derselbe Gedanke wie immer – sie ist die schönste Frau, die er jemals gesehen hat. Sie hat lange blonde Haare, ein ebenmäßiges Gesicht, eine schimmernde Haut, einen schlanken, wohlproportionierten Körper. Er möchte sie nicht verlieren. Er würde es nicht verkraften. Aber er sollte sich so langsam mit dem Gedanken abfinden. Er ist ein alter Mann, und das Attraktivste an ihm ist sein *Geld*. Geld, das er nicht besitzt – auch wenn sie davon noch nichts ahnt.

Rolf Sacher ordert den vierten Cognac an diesem Morgen, obwohl er nicht die geringste Ahnung hat, wie er ihn bezahlen soll. Er lässt die Rechnung aufs Zimmer schreiben. Das gibt ihm Zeit. Eine Gnadenfrist.

»Was machen wir heute, Daddy?«, fragt Mareille. Sie klimpert ihn mit ihren vierfach getuschten Wimpern herausfordernd an.

»Nichts.«

»Wie langweilig.«

Er zuckt mit den Schultern und versucht ein entschuldigendes Lächeln.

»Kauf dir was Schönes zum Anziehen, Schätzchen. Ich muss zu einem wichtigen Termin.«

10.13 Uhr

Jon macht es sich auf dem schmalen Noguchi-Sofa in Pauls Wohnung bequem, so gut das bei dem merkwürdig geformten Designer-Möbelstück geht. Er kennt Paul lange genug, um ihn eine Weile in Ruhe zu lassen. Sein Freund braucht diese Ruhephasen, um zu sich selbst zu kommen. Paul benimmt sich zwar meistens wie ein Dandy, aalglatt und wie ein Typ, der nicht einmal das Wort »Probleme« kennt, geschweige denn welche hat, aber ganz so gefestigt und im Gleichgewicht ist er in Wahrheit nicht. Und das ist gar nicht mal verkehrt. Paul weiß, was Gefühle sind. Er hat Tiefgang, und er lässt sich von den Dingen berühren. Allerdings weigert er sich meistens, das zuzugeben. Aber das ist ja auch gut so, denkt Jon. Welcher Kerl sagt schon freiwillig, dass er traurig, durcheinander oder auch nur nachdenklich ist. Eben! Nur Waschlappen tun so etwas. Andererseits – nur die Klappe halten ist auch keine Lösung.

Jon denkt an einen Urlaub, den Paul und er einmal gemeinsam auf den Seychellen verbracht haben. Eigentlich stand Angeln, Tauchen und Motorbootfahren auf dem Programm, eine Woche Erholung pur. Und zwar ohne Berufsstress und vor allem ohne Frauen. Aber leider begegnete Paul diesem Mädchen aus dem Nachbarbungalow, die zufällig genau sein Typ war und die zugegebenermaßen bombig aussah. Die beiden saßen stundenlang auf der Veranda und unterhielten sich oder machten Urwaldwanderungen durch das grüne Herz der Insel. Und er durfte alleine rausfahren und sich mit den Haien unterhalten. Schwamm drüber, umgekehrt hätte er es genauso gemacht. Nachdem die Kleine ein paar Tage vor ihm und Paul die Insel verlassen hatte, wollte er natürlich wissen, was gelaufen war. Ob Paul bei ihr geschnorchelt hatte oder vielleicht sogar vor Anker gegangen war. Weder noch, hatte Paul geantwortet. Jedenfalls nicht in dem Sinne, wie er es meinte. Er hatte Paul ziemlich entgeistert angestarrt, es schließlich aber eingesehen. Paul meint es ernst mit seinem freiwilligen Zölibat – er will wirklich nichts mit Mädchen anfangen, solange er seinem ausgefallenen und ziemlich illegalen Job nachgeht.

Aber das ist nur die halbe Wahrheit. Die andere Hälfte besteht darin, dass Paul – jedenfalls was Frauen angeht – auf der Suche nach etwas ganz Besonderem ist. Paul will allen Ernstes eine Frau finden, die zu ihm passt. Natürlich ist das blanker Unsinn und nichts als pubertäre Träumerei. Absolut hoffnungslos. Welche Frau passt schon zu einem Mann? Eben. Die einzige Chance, miteinander auszukommen, besteht darin, diese Tatsache zu akzeptieren – eine Art friedliche Koexistenz. Mehr ist nicht drin. Aber das will Paul nicht einsehen. Er ist im Grunde seines Herzens ein Romantiker. Er hat es ihm oft genug vorgeworfen, aber Paul quittiert es nur mit einem Achselzucken. Was soll man machen? Früher oder später wird er es schon noch merken, spätestens dann, wenn ihm klar wird, dass es diese Mischung aus Catwoman, Angelina Jolie und geistreicher Superfrau, die ihm als Partnerin vorschwebt, sowieso nicht gibt.

Inzwischen ist genug Zeit verstrichen, findet Jon. Er sieht zu Paul herüber, der gerade aus dem Schlafzimmer kommt. Er fragt ihn mit möglichst beiläufiger Stimme:

»Also, jetzt erzähl schon. Was ist passiert? Wer hat dir die Blessuren an deinem Allerwertesten verpasst?«

Paul zuckt mit den Schultern.

»Derselbe wie letztes Mal und das Mal davor. Du weißt schon.«

»Dein mysteriöser Nebenbuhler ist wieder aufgetaucht und hat dir ein Duell geliefert«, stellt Jon fest. Er kennt die Geschichte bereits von Pauls letzten Beutezügen. Sein Freund ist gerade am Ziel seiner Unternehmung – sprich vor einem Tresor, einer Schmuckschatulle oder der Auslage eines Juweliergeschäftes –, und plötzlich taucht sein streitlustiger Rivale auf und macht Paul seine Beute abspenstig. Klar, so etwas ist bestimmt ärgerlich. Aber Jons Mitgefühl hält sich trotzdem in Grenzen – schließlich hat er eine eindeutige Meinung zu Pauls Beruf. Und die ist nicht gerade positiv.

»Mysteriös?«, fragt Paul ärgerlich zurück. »Unverschämt, würde ich sagen. Dilettantisch! Und ausgesprochen unkollegial! Ich meine, wo gibt es denn so etwas? Einem Kollegen derart ins Handwerk zu pfuschen.«

Jon kann sich ein Grinsen nicht verkneifen.

»Interessanter Vorwurf. Vor allem in deiner Branche.«

Paul überhört seine Ironie.

»Wieso? Schließlich gibt es auch bei uns Standesregeln. Aber das scheint diesen Aufsteigern egal zu sein.«

Jon lässt sich nicht beeindrucken.

»Konkurrenz belebt das Geschäft. Der Meinung war ich schon immer. Und das kann in deinem Metier doch nicht anders sein. Worüber beklagst du dich also?«

Paul hebt verächtlich die Augenbrauen.

»Zum Beispiel darüber, dass wir in diesem Fall beide leer ausgegangen sind – ich und mein merkwürdiger Mitbewerber. Der Schmuck ist nämlich bei unserem Kampf auf der Strecke geblieben.«

Jon nickt. Es fällt ihm nicht leicht, Pauls berufliche Probleme ernst zu nehmen. Sein bester Freund ist nun mal Einbrecher. Genauer gesagt Juwelendieb, was eine Spur romantischer klingt. Trotzdem ist er überzeugt davon, dass Paul früher oder später im Gefängnis landen wird, so unausweichlich wie ein Zug der Deutschen Bahn unpünktlich ist oder ein französisches Auto Bodenrost ansetzt. Und seit Paul von seinem ominösen Super-Coup redet, werden seine Befürchtungen nur noch schlimmer.

3. Dienstag

Torsten und Silvia sitzen in der Kantine des Polizeipräsidiums und sind wieder einmal einer Meinung. Und zwar darüber, dass sie wieder einmal vollkommen gegenteiliger Meinung sind. Zum Beispiel über ihren aktuellen Fall.

»Gehen wir also davon aus, dass der Täter von der Alarmanlage überrascht wurde«, sagt Torsten nachdenklich. »Er gerät in Panik, lässt die Beute fallen ...«

»Woher weißt du eigentlich, dass es ein *Täter* war?«, unterbricht Silvia ihn.

Torsten sieht sie verständnislos an.

»Wieso? Was denn sonst? Glaubst du, es war eine Horde dressierter Affen? Oder ein Außerirdischer?«

»So was Ähnliches, es könnte eine *Frau* gewesen sein. *Also eine Täterin*. Falls du weißt, wovon ich rede.«

Silvia versucht sich ihren Ärger nicht anhören zu lassen. Männer sind eben begriffsstutzig. Selbst wenn sie bei der Polizei arbeiten. Torsten ist da keine Ausnahme.

Er sieht sie an, denkt für den Bruchteil einer Sekunde nach, schüttelt den Kopf und sagt mit ausdruckslosem Gesicht:

»Quatsch.«

Damit ist das Thema für Torsten beendet. Er trinkt von seinem zu hundert Prozent geschmacklosen Kantinenkaffee und ärgert sich. Kein Wunder, dass sie *Rubin* noch nicht verhaftet haben. Was Silvia an den Tag legt, ist keine ermittlungstechnische Kombinationsgabe – das ist weiblicher Gleichberechtigungswahn.

Silvia sitzt da und weiß genau, was Torsten gerade denkt. Es ist ihm deutlich anzusehen. Und darum fühlt sie sich missachtet. Als Mensch, als Kollegin und insbesondere als Frau. Wieso, bitte schön, ist Torsten nicht bereit, über ihren Vorschlag auch nur nachzudenken? Zugegeben: Die meisten berühmten Verbrecher sind Männer. Aber woran liegt das? Natürlich daran, dass Frauen klug genug sind, sich nicht erwischen zu lassen. Das unterscheidet sie fundamental vom so genannten starken Geschlecht: Wenn Jungs irgendetwas anstellen, wollen sie nämlich im Grunde ihres Herzens geschnappt werden. Weil ihnen die Bewunderung des Publikums letztendlich wichtiger ist als alles andere. Trotzdem – sie will Torsten eine Lektion erteilen.

»Was ist mit Mata Hari?«, sagt sie auftrumpfend. Und dazu so laut und trotzig, dass es auch die Kollegen am Nebentisch hören können.

»Die war Spionin, nicht Einbrecherin.«

»Monika Weimar?«

»Da ging es um Kinder. Nicht um Juwelen«, antwortet Torsten und lächelt selbstgewiss.

»Dann Gin Baker, du weißt schon, die aus ›Verlockende Falle‹.«

»Mein Gott, Silvia. Das ist ein Film. Zugegeben, Catherine Zeta-Jones war umwerfend in der Rolle als Räuberin, aber das hilft uns jetzt wirklich nicht weiter.«

»Vielleicht doch«, sagt sie trotzig.

»Entschuldigung ...« Karlheinz Wondracek, Chef der

Spurensicherung, stellt sich neben die beiden und hüstelt nervös.

»Wenn wir Filme in unsere Theorien miteinbeziehen, können wir gleich einpacken«, sagt Torsten genervt. Er sieht sie kopfschüttelnd an, und sie seufzt frustriert. Diese Diskussionen mit Torsten sind alles andere als erfreulich. Dabei ist er eigentlich gar nicht so. Torsten kann sehr aufmerksam, sensibel und humorvoll sein. Ein Mann mit Qualitäten. Leider sind die so gut versteckt, dass er sie meistens selber nicht finden kann. Weswegen er sich ziemlich oft eher trampelig, verbohrt und voreingenommen verhält. Eigenschaften, die ihn sowohl als Mann als auch als Polizist nicht gerade vorteilhaft erscheinen lassen. Es ist wirklich nicht gerade leicht mit ihm, denkt Silvia und seufzt gleich noch einmal. Aber Männer, die es einer Frau zu leicht machen, sind schließlich langweilig. Und das ist noch schlimmer. Außerdem ist sie keine, die so schnell aufgibt! Und zwar weder als Frau, noch als Polizistin, was ausgesprochen vorteilhaft ist!

»Wieso finden wir nie auch nur die geringste Spur am Tatort? Es kann nur eine Frau sein«, beharrt sie und spürt dabei neu entfachte Kräfte in sich. Es geht hier schließlich ums Prinzip. Und darum, dass sie einfach Recht hat.

»Ich will euch ja nicht stören …«, sagt Karlheinz heiser.

»Ach ja? Und ein Mann würde dreckige Socken am Tatort liegen lassen? Oder eine leere Flasche Bier? Eine offene Zahnpastatube? Einen Rasierer? Pornohefte? Glaubst du das wirklich?«

»Also wenn ihr vielleicht für eine Sekunde …«

Karlheinz, genau wie alle anderen Mitarbeiter im Präsidium, kennt das Schauspiel schon, das er gerade miterlebt. Torsten und Silvia streiten sich. Eigentlich tun sie den ganzen Tag nichts anderes. Es ist rührend, denn jeder weiß, dass die beiden sich eigentlich mögen, aber Liebe macht eben nicht nur blind, sondern auch noch taub und blöd.

»Ich will nur nicht, dass wir eine Richtung der Ermittlungen ausschließen«, sagt Silvia. Sie versucht dabei möglichst professionell zu klingen.

»Unsere Ermittlungen haben keine Richtung, falls dir das noch nicht aufgefallen ist. Weil dies der dritte Einbruch in einem Monat ist, aber wir immer noch nicht den geringsten Anhaltspunkt haben.«

»Genau das wollte ich sagen«, ruft Karlheinz mit hochrotem Kopf in diesem Augenblick. Er schreit die Worte förmlich heraus – mit Erfolg. Torsten und Silvia drehen sich zu ihm um und schütteln verwundert die Köpfe.

»Ist ja gut, Karlheinz«, sagt Torsten mitleidig. »Was gibt es denn so Wichtiges?«

»Nichts«, sagt der Spurenermittler seufzend. »Absolut nichts. Keine Fingerabdrücke, keine Fußspuren, keine Gewebereste. Nicht mal ein Haar. Genau wie immer.«

Torsten und Silvia nicken unisono.

»Mit anderen Worten …«

»… es war mal wieder *Rubin*«, vervollständigt Karlheinz Wondracek den Satz.

4. Mittwoch

Sein schmerzender Hintern ist Paul eine Lehre. Höchste Zeit, sein Training wieder aufzunehmen und endlich etwas gegen seine verdammte Höhenangst zu unternehmen, die ihn immer wieder überfällt. Was könnte da besser sein als eine Übungseinheit an der Kletterwand des Meridian Spa!

»Bevor du da raufgehst, solltest du lieber das hier anziehen«, sagt die Trainerin. Sie heißt Susi. Sie hält Paul ein Körpergeschirr hin, mit dem er sich an einem der Seile sichern kann.

»Ich mach's ohne – immer.«

»Und wenn dir was passiert? Wäre doch schade drum.«

Susi macht keinen Hehl daraus, dass ihr gefällt, was sie sieht: Paul hat zuvor an den Geräten gearbeitet. Seine Muskeln sind aufgepumpt, und er wirkt zäh und geschmeidig. Er trägt einen hautengen Kletteranzug und Slipper mit dünner Gummisohle. Er sieht gut aus, und er weiß es. Susi selbst ist zierlich, ihre Haut ist durch die Solariumsbesuche ein wenig welk, und ihr Körper wirkt durch den ausschließlichen Verzehr von Salat und isotonischen Getränken auf anziehende Art ausgemergelt.

Paul hat allerdings im Moment andere Probleme, als sich Gedanken über die Trainerin zu machen. Das Größte dieser

Probleme ist fünfzehn Meter hoch und ragt vor ihm bis zur Hallendecke hinauf. Es ist aus Beton gegossen und mit einer Unzahl farbenfroher Griffe, Knaufe und Rillen aus Kunststoff übersät, und es soll gelangweilten Großstädtern die Illusion einer Steilwand in den Alpen oder Rocky Mountains verschaffen.

»Wir haben diese Vorschriften, weißt du. Ich muss dich wirklich bitten ...«, sagt Susi und macht einen Schmollmund.

Paul lächelt sie an und legt ihr einen Finger auf die Lippen.

»Und ich habe einen Mitgliedsbeitrag bezahlt, von dem eine Durchschnittsfamilie mehrere Monate leben könnte. Darum wäre ich dir ausgesprochen dankbar, wenn ich auf meine Art klettern könnte.«

Susi zuckt resigniert mit den Schultern. Sie trottet davon, dreht sich an der Tür noch einmal um und ruft:

»Wenn du willst, können wir später zusammen squashen.«

»Ich überleg's mir.«

»Oder Sauna.«

Paul winkt ihr zu und steigt dann ohne weiter nachzudenken in die Wand ein. Er überwindet spielend die ersten Meter. Seine Antriebskraft dabei ist in erster Linie seine Wut auf Jon. Seinem besten Freund verdankt er schließlich den Abstecher an die Kletterwand. Jon hat ihn beschworen zu trainieren: »Ein Sturz aus dem ersten Stock, und du hast blaue Flecken am Hintern. Ein Sturz aus dem Dritten oder vierten Stock, und wir besuchen dich nicht im Krankenhaus, sondern auf dem Friedhof. Wenn es mit deinem Super-Coup etwas werden soll, solltest du also anfangen, an deiner Klettertechnik zu arbeiten. Und an deiner Höhenangst.« Natürlich hat Jon Recht. Aber wütend ist Paul trotzdem.

Kreuzgriff, Klimmzug, Overhead – Schluss mit Nachdenken! Paul wächst regelrecht mit der Boulderwand zusammen. Sein Körper klebt am Beton, als würde er von Magneten oder Saugnäpfen gehalten. Seine Finger ertasten die schmalen Vorsprünge in der Wand, sein Instinkt zeigt ihm den kürzesten Weg nach oben. Wie ein Gecko hangelt er sich von Griff zu Griff, baumelt an einem einzigen Finger in die Tiefe oder streckt das Bein so weit nach oben, dass er die Gesetze der Schwerkraft zu überwinden scheint.

Das Klettern ist nicht sein Problem. Er ist perfekt. Seine Technik sucht ihresgleichen, egal, was Jon behauptet. Auch seine Kondition ist hervorragend. Sein Schwachpunkt ist ein anderer.

Je höher Paul steigt und je mehr Meter zwischen ihm und dem Hallenboden liegen, desto mehr Bilder aus seiner Jugend werden in ihm geweckt: Sein Vater stand tief unter ihm auf der Erde. Er rief ihm Anweisungen zu, während er, zehn oder elf Jahre alt, die aufgestapelten Autowracks auf einem Schrottplatz emporkletterte. Immer wieder blickte er nach unten. Sein Vater wurde kleiner und kleiner. Er hatte Angst. Aber er musste sie überwinden. Die Befehle des Vaters wurden noch eindringlicher: *Höher, Paul, höher! Nimm nicht den einfachen Weg – geh außen herum!* Er gehorchte. Schließlich kletterte er nicht zum Vergnügen. Es war seine Ausbildung. Er musste sich überwinden, denn andernfalls würde die Familie eines Tages nichts mehr zu essen haben. Sein Vater war alt, irgendwann, vielleicht schon bald, würde er für die Familie sorgen müssen.

Je höher Paul – der erwachsene Paul – steigt, desto mehr Erinnerungen werden in ihm wach: Er saß am Küchentisch in der Wohnung, in der er aufgewachsen war. Seine Mutter stand neben ihm und weinte. Sie verlangte von ihrem Mann, Pauls Vater, dass er aufhörte mit dem, was er trieb. Er antwortete drohend: Und wovon sollen wir leben? Ein paar Tage später war es dann passiert. Sie hatten ihn wieder einmal geschnappt, und er wanderte für Monate ins Gefängnis. *Darum, nur darum, quäle ich den Jungen. Er soll besser sein als ich. Ihn sollen sie niemals kriegen.*

Paul hangelt sich mit eisernem Willen weiter. Obwohl die Last der Erinnerung immer schwerer wiegt, ihn unerbittlich nach unten zieht. Er erreicht den Überhang, die schwierigste Stelle am Boulder. Sein Körper hängt nur noch an zwei Fingern. Tief unter ihm der Hallenboden. Seine Muskeln spannen sich an. Er liebt die Gefahr, aber er fürchtet sie auch. Er war achtzehn, als sein Vater ein letztes Mal erwischt wurde, im Tresorraum einer Bank. Diesmal waren es nicht Monate, sondern Jahre, zu denen er verurteilt wurde. Paul saß mit seiner Mutter im Gerichtssaal. Als der Hammer des Richters niedersauste, als er die Worte sprach *Im Namen des Volkes*, legte Paul einen Eid ab. Er schwor, einer Frau niemals das anzutun, was sein Vater seiner Mutter angetan hatte. Und da auch aus ihm ein Einbrecher werden sollte, hatte er keine Wahl: Er durfte sich an keine Frau binden, solange er dem Gewerbe nachging. Er würde alleine bleiben. Der Preis für das Leben eines Diebes.

Paul zieht sich über den letzten Überhang. Er pendelt, gehalten nur von einem Finger. Er nimmt Schwung und wirft das Bein über die Kante. Seine Zehen erfühlen den Widerstand eines Griffes. Sie schließen sich um den Halt. Jetzt klebt er mit dem Kopf nach unten an der Steilwand und blickt in die Tiefe. Plötzlich hört er die Stimme seines Vaters. So wirklich, als lebte der alte Mann noch, als stünde er tatsächlich unter Paul in der Halle. So ist es nicht. Sein Vater starb damals hinter Gittern, und seine Mutter lebte noch einige Jahre als gebrochene Frau.

Dann passiert es. Die Vergangenheit siegt über die Gegenwart. Die Erinnerung packt Paul mit der Kraft eines Strudels. Die schwankende Tiefe unter ihm zieht ihn mit unsichtbaren Händen hinunter. Die Wand, an die er sich klammert, wird flüssig. Er kann sich nicht mehr rühren. Er versucht, sich zur Ruhe zu zwingen, aber es nützt nichts. Alles dreht sich, oben wird unten, rechts wird links, vorne wird hinten. Er kann nur noch die Augen schließen. Er bekommt keine Luft mehr. Er spürt, wie die Kraft aus seinen Händen weicht, wie er fällt …

»Hey! Sie haben es aber eilig, nach unten zu kommen!«, sagt eine Frauenstimme. Paul öffnet verdutzt die Augen. Sein Schutzengel ist eine ausgesprochen irdische Erscheinung. Genau genommen ist es eine Frau in einem dunklen Kletteranzug, die sich gerade große Mühe gibt, nicht über ihn zu lachen. Sie hält ihn fest am Fuß gepackt, und er weiß, dass nur ihre schnelle Reaktion ihn vor dem Absturz bewahrt hat.

Paul lächelt ebenfalls, obwohl er immer noch mit dem Kopf nach unten am Boulder hängt.

»Oh, jetzt wo ich Sie sehe, lasse ich mir lieber Zeit mit dem Abgang.«

Seine Stimme klingt erstaunlich gefasst.

»Sollten Sie auch«, gluckst sie. »Ein Sturz von hier oben, und ihre Knochen sehen aus wie ein Mikadospiel.« Und sie fügt flüsternd hinzu: »Und ich spiele lieber mit Ihnen, wenn Sie noch in einem Stück sind.«

Sie reicht ihm die Hand. Er schlägt ein, und sie zieht ihn zu sich nach oben. Obwohl sie schlank ist, ist sie erstaunlich kräftig. Das Ergebnis eines langen Trainings. Sie hat kastanienbraune Haare, die sie zu einem Zopf zusammengebunden hat – und sie lächelt ihn an, als hätte er gerade statt eines tödlichen Fehlers eine nachlässige Dummheit begangen.

»Hochmut kommt vor dem Fall, wussten Sie das schon?«, fragt sie, immer noch bester Laune.

»Ich habe davon gehört.«

»Ist das auch der Grund, aus dem Sie auf das Sicherungsseil verzichten?«

Er setzt sich neben sie auf die Plattform oberhalb des Boulders, und erholt sich von seinem Schreck. Sie lassen beide die Beine über den Abgrund baumeln. Paul ist allerdings bemüht, ausschließlich seine Retterin anzusehen, und nicht den Hallenboden tief unter sich.

»Ich glaube, dass ich mich bedanken muss ...«

»Ach ja, und wofür?«

»Sie haben mir das Leben gerettet.«

»Gern geschehen. Vielleicht retten Sie ja eines Tages einmal meins.«

Sie meint es ernst. Paul spürt, dass sie zu den Menschen gehört, die nach der Sorte Schwindel, die er zu vermeiden versucht, geradezu süchtig sind. Er hat solche Frauen schon öfter hier im Sportclub getroffen. Normalerweise sind sie beruflich erfolgreich, gehen aber als Ausgleich zum Jobstress irgendwelchen extremen Sportarten wie Steilwandklettern, Paragliding oder Kitesurfen nach. Auch in den Augen seiner Retterin entdeckt Paul dieses gewisse Glitzern, das typisch ist für ausgeprägte Fälle von Risikosucht. Allerdings muss Paul zugeben, dass es ihm bei ihr ausgesprochen gut gefällt. Wie sie ihm überhaupt gefällt. Vielleicht liegt es daran, dass sie ihn neugierig und immer noch amüsiert ansieht – ein Zeichen von Offenheit, das nicht so recht zum Rest passen will.

»Das Leben retten? Hoffentlich nicht. Seien Sie lieber vorsichtig. Ich bin's ab jetzt auch. Versprochen.«

Ein Ausdruck von Nachdenklichkeit huscht über Lillys Gesicht. Wieso nur fühlt sie sich von diesem Typen auf eine unheimliche Art durchschaut? Außerdem hat er natürlich Recht. Hier an der Kletterwand achtet sie auf alle nötigen Vorsichtsmaßnahmen. Aber in ihrem sonstigen Leben kann davon keine Rede sein. Ganz im Gegenteil. Oder meint er vielleicht gerade das? Sie weiß es nicht, aber vermutlich ist es bei ihm sowieso genau umgekehrt. Leichtsinnig beim Sport, aber ansonsten muss alles nach Plan verlaufen. Kein Mann zum Mikadospielen ... Aber wer weiß? Sie will es herausfinden.

»Was machen Sie eigentlich, wenn Sie nicht gerade vom Kletterfelsen fallen? Ich habe Sie noch nie hier gesehen. Neues Mitglied?«

Paul schüttelt den Kopf.

»Bloß keine Zeit, um allzu oft herzukommen.«

Sie taxiert ihn mit zusammengekniffenen Augen.

»Sie sind bestimmt einer dieser gestressten Manager, die achtzehn Stunden am Tag arbeiten und glauben, alles richtig zu machen. Die stürzen ja häufiger mal ab und reißen dabei ihre Firmen und ihre gesamten Mitarbeiter mit in den Abgrund. Von daher war das gerade eigentlich sehr rücksichtsvoll von Ihnen.«

Paul kann sich ein Lachen nicht verkneifen. Frauen mit Humor sind die reinsten Diamanten: wertvoll und ausgesprochen selten.

»Nein, kein Manager. Außerdem hätten Sie mich dann bestimmt fallen gelassen. Ich bin Freiberufler.«

»Ach! Und welche Branche? Sagen Sie nicht, Sie sind Versicherungsvertreter. Das glaube ich Ihnen nämlich nicht – viel zu risikofreudig.«

»Stimmt. Und ehrlich gesagt bin ich sehr froh darüber.«

»Ich auch! Also, was dann? Autoverkäufer? Sparkassendirektor? Politiker?«

»Ihre Auswahl ist wirklich entzückend. Und nicht gerade ein Kompliment. Wirke ich denn so bieder?«

»Wieso? Haben Sie etwas gegen Politiker? Oder gegen Banker?«

»Wenn Sie mich schon so fragen: Ja. Schließlich tun beide so, als würden sie der Menschheit permanent einen Gefallen tun. Und in Wirklichkeit wandert der Großteil der Zinsen in ihre eigene Tasche.«

Sie sieht ihn provozierend an.

»Und was wandert in Ihre Taschen?«

»Alles, was mir gefällt.«

»Dann sind Sie entweder ein Dieb oder ein Schwindler.«

»Oder beides«, ergänzt er lächelnd.

Paul ist überrascht, lässt sich aber nichts anmerken. So weit wagt er sich normalerweise nicht aus seiner Deckung. Warum tut er es also jetzt bei ihr? Er sieht seine Lebensretterin an, und weiß sofort, woran es liegt. An ihr. An diesem Funkeln in ihren Augen. So einfach ist es, und auch so schwierig. Gegen Menschen, die sein Misstrauen erregen, ist er gewappnet. Aber wenn ihm jemand sympathisch ist, wird es kompliziert. Er muss besonders vorsichtig sein, sonst plaudert er zu viel aus. Also keine weiteren Fragen. Am besten er dreht den Spieß ganz einfach um.

»Erzählen Sie mir etwas über sich. Was machen Sie, wenn Sie nicht gerade Felswände hochklettern?«

»Das wissen Sie doch: Ich rette haltlosen Männern das Leben.«

»Und wenn das erledigt ist?«

Sie sieht ihn prüfend an.

»Dann lasse ich mich als Dank an die Saftbar einladen. Und dort trinke ich auf Kosten meines Geretteten jede Menge frisch gepressten Orangensaft.«

»Der Wink ist angekommen. Allerdings müssen wir dazu erst einmal von unserem Berggipfel herunter.«

»Kein Problem, das geht schneller, als Sie denken. Und zwar ohne dass uns etwas dabei passiert.«

Paul traut seinen Augen kaum. Seine Lebensretterin stößt sich einfach vom Boulder ab. Zum Glück hängt sie an einer Leine, die an der Hallendecke befestigt ist. Sie schwingt vor und wieder zurück und breitet dann auffordernd die Arme aus.

»Na los, worauf warten Sie? Sie wissen es doch: Ich bin Ihr Schutzengel.«

Paul seufzt ergeben. Was soll er machen? Er hat keine andere Wahl als sich ihr anzuvertrauen, auch wenn es genau das ist, was er eigentlich nicht will. Er rutscht auf der Plattform nach vorne und schiebt seine Hände durch die Schlaufen ihres Geschirrs, das sie am Körper trägt. Sie sind sich so nahe wie zwei Fallschirmspringer beim Tandemsprung, nur dass sie sich dabei auch noch in die Augen sehen.

»Fertig?«, fragt sie.

»Restlos.«

»Dann geht's abwärts!«

Sie löst die Sicherungsklemme, und in rasanter Fahrt rutschen sie nach unten, bis sie den sicheren Hallenboden berühren.

»Sehen Sie, man kann auch nach unten gelangen, ohne ein Risiko einzugehen.«

Paul löst sich von ihr.

»Leider bin ich mir da nicht so sicher.«

Zwei Stunden und vier Saftgläser später weiß Paul, dass er Recht damit hatte. Es war sehr wohl ein Risiko, sich mit ihr einzulassen, auch wenn es nur ein Besuch an der Saftbar auf der Terrasse des Meridian Spa war. Er hat nämlich einiges über sie erfahren, und all das macht sie ihm noch viel sympathischer. Er weiß zum Beispiel jetzt, dass sie eine ausgesprochen erfolgreiche Unternehmerin ist, die einen Catering-Service betreibt. Ihre Leidenschaft gehört der asiatischen Küche, und so schwärmt sie ihm von Zitronengrassuppe mit Basilikum, Kokoscurry mit Ingwer und Lachs-Avocado-Sushi vor. Er erfährt, dass sie im Urlaub gerne in exotische Länder reist, wo sie alle möglichen Abenteuer erlebt. Als er wissen will, was sie unter Abenteuern versteht, lacht sie und sagt: »Beide Sorten natürlich. Sie wissen schon: mit dem Schlauchboot durch Canyons fahren und mit Pferden durch die Wüste reiten.«

»Und was ist die andere Sorte?«

»Na ja, das hier zum Beispiel.«

»Frisch gepresster Orangensaft?«

»Mit einem interessanten Mann einen Nachmittag zu verbringen, obwohl ich nicht einmal weiß, wie er heißt.«

»Paul.«

»Lilly. Und jetzt will ich wissen, welche Sorte Abenteuer du am liebsten erlebst.«

»Ganz einfach: Keine.«

»Ich sag ja, du bist ein Schwindler. Menschen, die nicht auf Abenteuer aus sind, klettern keine Boulder hoch. Und sie fallen anschließend auch nicht runter. Also, was ist dein Geheimnis, Paul?«

Sie sieht ihn an, und Paul weiß: Es ist nicht nur riskant, wenn diese Lilly in seiner Nähe ist. Es ist geradezu lebensgefährlich. Zum Beispiel, weil er vergisst, vorsichtig zu sein. Und weil er ihr Dinge erzählen könnte, die er besser für sich behält. Das darf er nicht zulassen. Auf keinen Fall.

»Was ist los? Habe ich etwas Falsches gesagt?«, erkundigt sie sich. Sie spürt, dass er innerlich vor ihr zurückweicht, aber sie hat keine Ahnung, warum.

»Ja.«

»Oh! Das tut mir Leid. Verrätst du mir, was es war?«

»Das Richtige.«

Sie sehen sich an, und sie wissen beide, dass sie einen Punkt erreicht haben, an dem man sich entweder schnellstmöglich verabschiedet oder darauf gefasst sein muss, dass es Ernst wird.

Paul würde viel dafür geben, wenn er die zweite Möglichkeit wählen könnte. Aber das ist unmöglich.

»Es tut mir Leid, Lilly. Aber ich werde dich jetzt leider verlassen müssen.«

Er steht von seinem Hocker auf. Sie starrt ihn entgeistert an. Sie merkt, dass er wirklich gehen will. Aber sie wäre nicht Lilly, wenn sie sich einfach damit abfände. Kommt gar nicht in Frage.

»Warte. Vielleicht kann ich es wieder gutmachen. Wie wäre es mit einer Einladung zum Abendessen?«

»Tut mir Leid.«

»Heißt das etwa Nein?«

Er nickt schweigend.

»Also wirklich!«, empört sie sich. »Erst erlebe ich mit dir den schönsten Nachmittag seit langem, und dann willst du einfach so verschwinden. Das muss ich nicht verstehen, oder?«

»Nein, musst du nicht. Und ich kann es dir leider auch nicht erklären.«

Sie zuckt resigniert mit den Schultern.

»So ist das immer mit euch Männern, entweder spielt ihr wütender Tiger oder scheues Reh. Aber beides immer zur falschen Zeit. Man wird einfach nicht schlau aus euch.«

»Das liegt daran, dass wir ab und zu einfach ziemlich dumm sind. Ich bin das beste Beispiel. Aber es ist leider nicht zu ändern.«

»Warum nicht? Alles kann man ändern.«

»Nein, manches nicht. Noch nicht.«

Sie spürt, dass er es ernst meint.

»Dann kann ich dich nicht umstimmen?«

»Nein, leider nicht.«

Sie sieht es ein, aber auf ihre Art. Und das bedeutet, dass sich Lilly einen letzten Gefallen schuldig ist. Sie beugt sich blitzschnell nach vorne und drückt Paul einen Kuss auf die Lippen. So! Jetzt kann er von ihr aus verschwinden. Auch wenn sie es sehr schade findet.

Paul ist viel zu verblüfft, um sich zu wehren. Er sieht sie lächelnd an und schüttelt verwundert den Kopf. Das ist ihm schon lange nicht mehr passiert.

»Auf Wiedersehen, Lilly. Und vielen Dank für den schönen ... Abschied.«

»Auf Wiedersehen, Paul. Und sei vorsichtig, sonst fällst du wieder. Und ich bin vielleicht nicht da, um dich zu retten.«

»Ich werde die Warnung beherzigen.«

Er geht am Pool entlang zur Aufzugtür, und er fühlt sich dabei wie damals, als er dreizehn war und zum ersten Mal verliebt – hervorragend und fast so, als würde er schweben. Aber auch völlig durcheinander. Als er noch einmal zu ihr hinübersieht, sitzt sie immer noch an der Bar und saugt den letzten Rest Saft mit dem Strohhalm aus ihrem Glas. Sie sieht zu ihm herüber, ohne sich zu bewegen. Er tritt in den Aufzug, dessen Türen sich hinter ihm schließen.

Auf der Fahrt nach unten hat Paul wieder das Gefühl zu stürzen. Es gibt Situationen, in denen kann man nur das Falsche tun.

5. Donnerstag

11.20 Uhr

»Scheidung! Das ist das Einzige, was für mich in Frage kommt.«

Rolf sieht Eleonore Vogel entgeistert an. Die künstlich hervorgehobenen Wangenknochen der Schauspielerin mahlen vor Wut.

Er rückt das Mikrophon auf dem Tisch zurecht.

»Und die Kinder?«, fragt er schwach.

»Kinder, Kinder. Ich kann es nicht mehr hören. Warum fragt Bernd niemand, was aus den Kindern wird? Sind die beiden denn mein Problem? Nur, weil ich zufällig die Mutter bin? Soll er doch zusehen, wie er mit ihnen klarkommt.«

»Elli, immer mit der Ruhe. Ihr werdet schon eine friedliche Lösung finden«, sagt Rolf beschwichtigend. Er erlaubt sich die vertrauliche Anrede. Er kennt Eleonore seit zwanzig Jahren. Genauer gesagt: seit sie zum ersten Mal mit Bernd Vogel, dem berühmten Regisseur, im Bett gewesen ist. Damals war sie eine Serienschauspielerin, deren Stern sank – falls er überhaupt jemals aufgegangen war. Durch die Geschichte mit Berni, wie sie ihn alle nannten, kam sie groß raus. Er versorgte sie mit Rollen, er vögelte sie, er ließ sich von seiner ersten Frau scheiden, und er heiratete sie.

»Friedlich? Wieso friedlich?«, fragt die Diva entgeistert. »Ich will das Haus, den Wagen, die Tantiemenrechte und die Finca auf Ibiza. Dann können wir auch über friedlich reden.«

Die Klasse, die sie erreicht hat, ist daran zu erkennen, dass sie trotz ihrer Wut umwerfend aussieht. Eleonore Vogel spuckt verbales Gift und macht dabei ein charmantes Gesicht, das für die Titelseite in Frage kommt. Die Fotografin, die Rolf zum Interview mitgebracht hat, drückt begeistert ab.

»Sag's mir noch mal, Elli. Was ist überhaupt passiert?«, fragt Rolf. Er versucht seit zwei Stunden herauszufinden, worum es eigentlich geht. Wenigstens schert sich die Vogel genauso wenig wie er um Konventionen. Es ist nicht einmal Mittag, und sie haben die zweite Flasche Cabernet Sauvignon bestellt.

Sie winkt ab.

»Passiert? Nichts. Mir reicht's, das ist alles. Das Schwein soll bluten.« Sie legt die Hand gekonnt an die Wange und flirtet mit der Kamera. *Klick, klick, wunderbar, ganz wunderbar.*

»Also wieder die Russin?«, fragt Rolf.

Elli spuckt wieder auf den Boden.

»Russin, Polin, Tschechin. Interessiert mich nicht. Die Schlampe geht ein und aus bei uns. Es hat mich nie gestört. Seien wir ehrlich: Er konnte immer machen, was er wollte. Aber jetzt ist er einen Schritt zu weit gegangen.«

Rolf nickt verständnisvoll. Welchen Weg soll er in seinem Artikel einschlagen? Eleonore Vogel, die betrogene Diva, Goldene-Kamera-Preisträgerin, Publikumsliebling, brutal vom Ehemann hintergangen, einsam und tapfer? *Langweilig.*

Wie wäre es mit: die versoffene Ex-Actrice, die ihren Mann quält, bis der in die Arme einer jungen, russischen Pianistin flüchtet. *Sexy.*

»Und? Was hat sich verändert?«, fragt er mit ehrlicher Neugier.

»Hast du von der Oggersheim-Verfilmung gehört?«

Rolf nickt. Kein Come-Together, bei dem nicht über Bernis Großprojekt getratscht wird.

»Er will die Rolle der Ehefrau mit der Berben besetzen.«

»Iris? Als Hannelore?«

Statt zu antworten, verschüttet Eleonore die halbe Karaffe von dem Rotwein. Rolf zuckt mit den Schultern.

»Keine schlechte Idee, oder?«

Sie legt ihm eine Hand ans Kinn, greift dann mit aller Kraft in seine Barthaare, sodass Rolf nur mit Mühe einen Schmerzensschrei unterdrücken kann.

»Das ist *meine* Rolle. Das schreibst du, Rolf, oder ich kastriere dich. Und zwar so, dass dein Fotografenflittchen es in Farbe in ihrem Kasten hat.«

Rolf nimmt einen Schluck Sauvignon.

»Darf ich ehrlich sein?«

»Kannst du das denn?«

»Ihr wart ein schönes Paar, Berni und du.«

Sie lacht wieder höhnisch. Es ist betörend. Sie ist zu recht berühmt dafür.

»Wie oft waren wir im Bett, Rolf? In den letzten fünfzehn Jahren? Wie oft?«

Er zuckt mit den Schultern.

»Ein paar Mal.«

»Und *du* sagst, Berni und ich waren ein gutes Paar? Bist du krank? Überfordert dich dein blondes Flittchen? Berni und ich waren eine Arbeitsgemeinschaft. Also hör auf mit dem Unsinn.«

»Scheiße, aber ihr wart glücklich. Noch nicht so lange her, dass du mir von euch vorgeschwärmt hast«, sagt er. Sein Kinn schmerzt immer noch. Blaue Flecken? Mareille wird toben.

Eleonores Gefühle crashen. Eine Art Szenenwechsel: Die Bosheit tritt ab, dafür wird jetzt Melancholie gegeben. Ihre Wimperntusche verläuft in den Faltencanyons ihrer Tränensäcke. Sie zündet eine Zigarette an und pafft mit der ungeschickten Koketterie einer Sechzehnjährigen.

»Ich habe Berni geliebt. Damals. Weißt du das noch? Italienurlaub, neunzehnhundertzweiundachtzig. Wir beide, unsere Freunde, dazu die ganzen Paparazzi. Berni sah ja nie gut aus. Aber diese Kraft. Er hat gebrannt, ich habe gebrannt. Wir waren unschlagbar. Erinnerst du dich an *Die Frau von gegenüber*? Das war großes deutsches Kino. Ganz großes Kino!«

Sie weint. *Wunderbar*. Die Fotografin hält drauf. Karrenbauer, sein Chefredakteur, wird vor ihm knien. Rolf lacht.

»Vielleicht wegen des Einbruchs?«, fragt er.

Sie grinst verständnislos.

»So etwas ist aufwühlend. So etwas kann eine Beziehung durcheinander wirbeln«, sagt er.

»Hör doch auf«, sagt sie schneidend. »Der Schmuck ist weg. Na und? Die Versicherung hat's bezahlt.«

»Trotzdem. Erzähl mir davon«, beharrt er.

»Fürs Interview? Das habt ihr doch schon groß gebracht. *Die Diamanten der Diva*. Du bist auch nicht mehr der, der du mal warst, Rolf.«

»Auch?«

Er bereut es im gleichen Augenblick, in dem er es sagt. Für ein paar Sekunden: Bombenstimmung. Zum Glück ist es ein Blindgänger. Elli merkt es nicht. Sie hört nicht mehr zu.

»Hat man jemals Hinweise gefunden, wer es war? Hast du eine Idee?«, insistiert er.

Die Vogel trinkt den letzten Schluck aus ihrem Glas und legt dabei den Kopf weit in den Nacken. Dann wischt sie sich den Mund ab, starrt ihn an.

»Ach, leck mich, Rolf. Warum kannst du nicht einfach eine schöne Geschichte über mich machen? Eine schöne, hörst du? Ich will die Hannelore spielen.«

Er schaltet das Band aus. Es reicht. Für eine schöne Geschichte. *Die zerbrochene Göttin*. Karrenbauer wird dabei einer abgehen. Er, Rolf Sacher, ist ein Schlächter. Das hat ihn groß gemacht.

Rolf steht auf, Bussi zum Abschied. Er gibt das Aufnahmegerät der Fotografin, torkelt aus dem Restaurant, winkt ein Taxi heran. Er liebt seinen Job. Nicht einmal Mittag, und er ist betrunken. Auf Spesenkosten. Und jetzt? Zurück zu Mareille. Die ist da, wo sie hingehört. Im Bett. Er wird bei ihr sein. Schlafen. *Morgen ist auch noch ein Tag.*

14.35 Uhr

»Ich kann das alles nicht mehr hören«, seufzt Lilly. Sie beobachtet Nina, ihre beste Freundin, über den Rand ihrer Milchkaffeeschale hinweg. Nina sieht wie immer so aus, als würde sie ihre Kleider aus alten Greenpeace-Fahnen nähen – sie schillert in allen Regenbogenfarben. Wahrscheinlich ist es eine Art Protestmode, weil sie im Job immer nur ihre langweilige blaue Uniform von der Lufthansa tragen muss. Nina ist Stewardess und verbringt die Hälfte des Jahres in Rio, auf Hawaii oder in Los Angeles. Was sie allerdings nicht davon abhält, regelmäßig mit Lilly zu telefonieren, auf Firmenkosten natürlich.

Ninas farbenfrohes Outfit passt sehr viel besser ins Flowers als Lilly in ihrem modischen, aber strengen Businesskostüm. Das Café in der Hamburger City wird vorwiegend von Frauen besucht, deren Mode auf dezente Art rebellisch ist. Frauen, die teure Kaschmirpullover mit indischen Tüchern kombinieren oder unter ihren Joseph-Janard-Blazern Baumwoll-T-Shirts in Rot- oder Türkistönen tragen.

»Du kannst *was* nicht mehr hören?«, erkundigt sich Nina und nimmt den Faden ihrer Unterhaltung wieder auf.

»Diese ganze Sache mit Frauen und Männern, und dass wir angeblich nicht einparken können, während die Kerle rumlaufen, um ihren Samen in der Gegend zu verteilen, weil ihnen ihre Gene gar keine andere Wahl lassen. Ich meine, vielleicht war es früher irgendwie doch besser.«

»Früher?«

Lilly nickt, woraufhin Nina spöttisch die Augenbrauen zusammenzieht.

»Du meinst Kinder, Küche, Kirche? Du meinst mit achtzehn heiraten und froh sein, wenn er dich nicht allzu oft mit einer anderen betrügt?«

»Ach, Nina«, seufzt Lilly. Sie hat keine Lust sich zu streiten, und sie hofft, dass ihre Freundin das Signal versteht. »Du weißt schon, was ich meine.«

»Nein, weiß ich nicht, Liebes«, entgegnet Nina mit sanfter Stimme.

»Ich meine, dass es vielleicht besser war, als man – beziehungsweise als frau – sich noch nicht über alles Mögliche Gedanken machen musste. Als die Männer noch rangingen und wir Frauen uns zurücklehnen und überlegen konnten, ob wir Ja oder Nein sagen.«

Nina sieht ihre Freundin entgeistert an und unterdrückt dabei ein Lachen. Dann kneift sie die Augen zusammen und forscht in Lillys Gesicht. Kein Zweifel, irgendetwas ist anders als sonst. Aber was? Sie weiß natürlich, dass Lilly unter ihrer so zielstrebigen Powerfrau-Oberfläche öfter ziemlich nachdenklich ist. »Ihre düstere Seite«, wie sie es selbst einmal genannt hat. Normalerweise versucht Lilly mit allen Kräften, diese Züge ihres Charakters zu verstecken. Es soll bloß niemand auf die Idee kommen, dass die selbstbewusste Businesslady, als die Lilly sich normalerweise präsentiert, auch eine weiche, nachgiebige Seite hat. Und darum gibt sie sich nur umso härter, je schwächer und grüblerischer sie sich fühlt. Worunter am meisten ihre Mitarbeiter und Angestellten zu leiden haben, weil sie in solchen Phasen noch tougher ist als sonst und mehr Aufträge annimmt, als die Firma bewältigen kann. Auch privat fängt Lilly dann an, verrückte Dinge zu tun – und die sind bei ihr zweifellos genauso extrem wie fast alles, was sie tut. Meistens setzt sie sich einfach in ihren Wagen – sie hat einen Audi TT, auf den sie nichts kommen lässt – und fährt sich ihren Frust auf der Autobahn bei zweihundertfünfzig Stundenkilometern von der Seele. Vor Jahren hatte sie bei einer solchen Spritztour einen schweren Autounfall, bei der sich ihr Wagen mehrfach überschlug und als Totalschaden endete. Lilly kam wie durch ein Wunder mit ein paar Kratzern davon. Ist sie klug daraus geworden? Im Gegenteil. Sie war wie euphorisiert von dem Erlebnis. Noch Monate später erzählte sie immer wieder von dem Unfall –

sie war damals aus dem Wrack geklettert und hatte Nina auf dem Handy angerufen und ihr von dem Unfall erzählt, als wäre es eine besonders tolle Achterbahnfahrt gewesen. Tja, so ist Lilly … eigentlich.

Nina spürt, dass es diesmal anders ist. Ihre Freundin hat ein gewisses Leuchten in den Augen, das sie merkwürdig mild und zufrieden erscheinen lässt. Es ist ganz anders als diese wüste Sucht nach den Grenzen, die sonst in ihrem Blick glitzert. Heute wirkt sie auf eine seltsame, ungewohnte Art ruhig. Und anscheinend merkt Lilly selber nichts davon, weswegen sie sich auch gar keine Mühe gibt, es zu verbergen. Eigentlich kann es bei einer Frau nur eine Erklärung für dieses Phänomen geben.

»Korrigiere mich, wenn ich daneben liege, Lil, aber – bist du verliebt?«

Lilly, die gerade wieder ihre Tasse an den Mund führt, trinkt und verschluckt sich. Sie hustet und starrt Nina dabei mit aufgerissenen Augen an.

»Wie bitte? Ob ich was bin?«

»Du hast schon verstanden.«

Lilly nickt – eine Kapitulation. »Stimmt. Und die Antwort lautet: Nein, ich bin nicht verliebt.«

»Dann hast du einen Korb bekommen«, setzt Nina nach. Sie kennt ihre Freundin gut genug, um sie nicht so einfach davonkommen zu lassen. Sie wird das Geheimnis ergründen!

»Nina, bitte. Was soll das?«, stöhnt Lilly auf. »habe ich irgendetwas an mir, das dich auf komische Gedanken bringt?«

»Allerdings hast du das.«

Ninas Fröhlichkeit ist ohnehin durch so gut wie nichts zu erschüttern. Auch jetzt setzt sie ihr verschmitztes Lächeln auf und sagt:

»Also los, erzähl's mir.«

»Was?«

»Was passiert ist.«

Lilly schiebt sich gedankenverloren einen Bissen ihres russischen Zupfkuchens mit Birnenstückchen in den Mund. Die französische Besitzerin des Cafés ist eine Meisterin am Backofen. Für eine Sekunde durchzuckt Lilly der Gedanke, ob ihr Catering-Service nicht mit dem Flowers kooperieren sollte.

»Also schön«, seufzt sie schicksalsergeben. Vor Nina kann sie sowieso nichts verbergen. »Ich habe jemanden getroffen.«

»Ach was!«

Nina gibt sich keine Mühe, ihren Mangel an Begeisterung zu verhehlen. Ähnliche Äußerungen hört sie von Lilly alle drei Tage. Und es folgt stets das gleiche Spiel: Lilly ist drei Tage verliebt, hat unverbindlichen und im besten Fall befriedigenden Sex – und nach spätestens einer Woche will sie von dem entsprechenden Mann nichts mehr wissen. Weil er ihr auf die Nerven geht. Lilly ist nicht unbedingt eine Nymphomanin, aber zweifellos hat sie so hohe Ansprüche an einen möglichen Partner, dass der eine Mischung aus Albert Einstein, George Clooney und Donald Trump sein müsste, um längerfristig Lillys Gnade zu finden. Mit anderen Worten: Ihre beste Freundin ist total beziehungsunfähig.

»Ich glaube, dass es diesmal anders ist«, sagt Lilly.

»Du meinst, es könnte diesmal zwei Wochen gut gehen statt nur einer?«

»Du bist gemein«, sagt Lilly ohne rechte Überzeugung.

»Ich kenne dich. Das ist alles.«

Die beiden Frauen sitzen einige Momente schweigend voreinander und trinken ihren Kaffee. Aber Ninas Neugier ist noch keineswegs befriedigt.

»Okay, vergiss, was ich gerade gesagt habe. Erzähl mir von ihm«, sagt sie aufmunternd.

Lillys Augen funkeln. »Er heißt Paul.«

Nina wartet auf den Fortgang des Berichtes. Sie macht eine auffordernde Handbewegung.

»Schöner Name, was noch?«

»Nichts.«

»Nichts?«

»Ich meine, ich weiß nichts anderes über ihn. Nicht wirklich. Wir gehen ins selbe Studio.«

Nina stößt ihr gurrendes Lachen aus.

»Nicht gerade viel an Gemeinsamkeiten.«

»Ich glaube, dass er schüchtern ist.«

»Und daran willst du etwas ändern, vermute ich.«

Lilly zuckt mit den Schultern. Sie macht ein unschuldiges Gesicht, das ihr jeder abgenommen hätte, außer Nina. Die weiß gut genug, dass Lilly bei Männern genauso vorgeht wie in einem Supermarkt – sie nimmt sich, was sie haben will.

»Und? Hast du eine Strategie?«, erkundigt sie sich.

»Nicht direkt«, antwortet Lilly. Für ihre Verhältnisse klingt es erstaunlich zögerlich. »Aber fest steht, dass ich ihn wiedersehen will. Und wie ich mich kenne, wird mir etwas einfallen, um das zu bewerkstelligen.«

16.12 Uhr

Fünf Dinge, die sie am meisten hasst. Trotz ihrer hektischen Umgebung versucht Silvia sich zu konzentrieren. Erstens: Kein Sex. Zweitens: Männer, die nach dem Sex fragen, ob es okay für sie war. Drittens: Kein Katzenfutter im Haus. Viertens: Fernsehkrimis, weil die mit der Wirklichkeit der Polizeiarbeit so viel zu tun haben, wie Rosamunde-Pilcher-Verfilmungen mit Romantik. Fünftens: Vorgesetzte, die ihren Ehefrust an ihren Mitarbeitern auslassen.

»Was meinen Sie dazu, Frau Burmester?«

Die Stimme des Dezernatsleiters klingt schneidend. Silvia zuckt zusammen und sieht hilflos zu Torsten hinüber, der neben ihr in der Morgenbesprechung sitzt. Zum Glück versteht er ihren SOS-Ruf.

»Nein, Chef. Die Tatsache, dass wir bisher keine Spur haben, liegt nicht an unserer Unfähigkeit und auch nicht daran, dass wir während der Dienstzeit Privatbeschäftigungen nachgehen. Es liegt einfach daran, dass wir es mit einem ausgemachten Profi zu tun haben.«

»Schön, dass Sie das so sehen, Herr Nicolai. Mich interessiert aber ausnahmsweise die Meinung Ihrer hochverehrten Kollegin.«

Silvia gibt sich einen Ruck. Es ist nicht ihre Art, vor Menschen wie Horst Rudolph einzuknicken, selbst wenn der ihr Vorgesetzter ist. Jeder im Präsidium weiß, dass der Dezernatsleiter kurz vor der Scheidung steht. Er ist einsam, er trinkt, und er tarnt seine Flucht vor seinen Privatproblemen mit besonderem Engagement für den Job.

»Mein Gott, Herr Rudolph. Geht es auch etwas höflicher?«, fragt sie nicht weniger schneidend als er zuvor.

Rudolph lacht.

»Gegenfrage: Wird die Stadt durch Höflichkeit sicherer?«

»Nein. Aber erträglicher.«

Ihre Blicke prallen für einen kurzen Augenblick aufeinander. Die Gesichtszüge des Dezernatsleiters entspannen sich.

Er setzt die schwere Hornbrille ab und reibt sich mit dem Handballen über die geröteten Augen.

»Entschuldigung. Ich bin ... es ist zu viel in letzter Zeit.«

»Ihre Frau, nicht wahr? Haben Sie miteinander gesprochen?«, fragt Silvia mit einer scheinheiligen Einfühlsamkeit, die geradezu grausam ist. Sie wirft einen Seitenblick auf Torsten, dem die Situation mehr als unangenehm ist. Vermutlich erinnert ihn Rudolphs privates Drama an seine eigene Lage. Aber so ist es eben bei der Polizei: Wer nicht geschieden ist, hat Eheprobleme. Und wer keine Eheprobleme hat, ist Single. Oder er ist mit einem Kollegen verheiratet, was bedeutet, dass Privatleben und Beruf ohnehin dasselbe sind.

Rudolph nickt matt. »Wissen Sie, was das Schlimmste daran ist? Es geht seit über fünf Jahren, und ich habe es nicht gemerkt. Fünf Jahre. Ich dachte, er ist mein bester Freund, und dann erfahre ich, dass er mit meiner Frau schläft.«

Silvia will etwas sagen, entscheidet sich dann aber zu schweigen. Für ein paar Augenblicke herrscht peinliche Stille im Raum. Der Dezernatsleiter schwingt mit dem Stuhl herum und steht auf. Er bedient sich an der Kaffeemaschine, die auf der Fensterbank steht, und sieht fragend zu Torsten und Silvia herüber. Beide schütteln den Kopf. Er trinkt laut schlürfend einen Schluck und richtet sich dann innerlich auf. Aus dem gehörnten Ehemann wird wieder der leitende Beamte der Hamburger Polizei.

»Noch mal von vorne: Welche Spuren oder Anhaltspunkte haben wir bisher?«

Torsten zuckt mit den Schultern. »Keine.«

Rudolph vollstreckt mit Blicken das Todesurteil.

»Keine«, wiederholt er ätzend.

Silvia denkt gar nicht daran, sich einschüchtern zu lassen. »*Rubin* ist dieses Mal ohne Beute abgezogen. Vermutlich wegen der Alarmanlage. Ansonsten dasselbe wie immer: Keine Spuren, keine Fingerabdrücke, keine Zeugen, nichts, was uns weiterbringt.«

»Aber wir wissen, dass er es war«, stellt der Dezernatsleiter fest. Er sieht die beiden fragend an.

»Kein Zweifel, es war *Rubin*«, bestätigt Torsten. Er ahnt, dass er sich mit seinen Worten keinen Gefallen tut. *Rubin* ist nämlich inzwischen mehr als der Spitzname für einen Einbrecher, der seit Jahren Hamburgs Schickeria um ihre Juwelen erleichtert. *Rubin* ist zu einem geflügelten Wort für ihre ergebnislose Fahndung geworden. Und darum ist *Rubin* sein ganz persönlicher Albtraum, der ihm die Beförderung versperrt, und damit den Aufstieg in eine Gehaltsklasse, die ihn wieder für Frauen interessant macht.

»Typischer Tatort, typischer Tathergang, typisches Beuteprofil«, fügt Silvia hinzu. »*Rubin* ist entweder unsichtbar. Oder wir sind wirklich alles Dilettanten, die den Dienst quittieren und irgendetwas anderes anfangen sollten.«

Der Dezernatsleiter macht ein Geräusch, das eine Mischung aus Schnalzen, Husten und Schniefen ist. Immerhin hat er inzwischen seine Arroganz abgelegt. Es kommt Silvia fast so vor, als hätte er endlich erkannt, dass er nicht der Herr und sie nicht seine Sklaven sind. Sondern dass sie alle im gleichen Boot sitzen.

»Könnte früher kommen, als ihr denkt, das mit dem Dienst quittieren«, sagt Rudolph. Er greift in ein Ablagefach neben seinem Schreibtisch und holt die »Bild« des Tages hervor – *Juwelen glänzen – aber nicht die Polizei*. Die Schlagzeile ist wie üblich ein kleines Gedicht. Nur dass es in diesem

Fall ein Spottgedicht ist, das sich auch noch gegen sie und ihre Kollegen richtet. Torsten und Silvia überfliegen den Artikel. Es ist ein vernichtendes Urteil ihrer Arbeit. Und das Schlimmste daran ist, das ausnahmsweise jedes Wort davon stimmt: *Seit Jahren tappt Rubin über Hamburgs Dächer. Und unsere Kommissare im Dunkeln. Wer noch Schmuck hat, sollte ihn aus Hamburg fortschaffen. Oder gleich verschenken. Denn Wiederholen ist gestohlen.*

»›Morgenpost‹ und ›Abendblatt‹ zeige ich euch gar nicht erst«, sagt der Dezernatsleiter. Er lässt sich wieder in seinen Drehstuhl fallen. Torsten und Silvia können sich vorstellen, dass die anderen Zeitungen nicht besser über sie urteilen. Sie wechseln einen unheilvollen Blick. Es ist klar, dass Rudolph noch mehr auf Lager hat.

»Unser geschätzter Feldhase gibt uns noch sechs Wochen«, sagt er und meint damit Udo Hase, Hamburgs hoch dekorierten Polizeipräsidenten. Rudolph hält seinen Tischkalender hoch und tippt mit einem Kugelschreiber auf den Monat September. »Entweder trägt *Rubin* spätestens dann Handschellen statt Diamanten. Oder wir drei tragen wieder Uniform und gehen gemeinsam in Mümmelmannsberg Streife.«

»Alles klar, Herr Rudolph. Wir werden uns Mühe geben«, sagt sie – es klingt ziemlich schwach, und sie weiß es.

Horst Rudolph schüttelt den Kopf.

»Das reicht mir nicht.«

»Und das heißt?«, fragt Torsten in einem Anfall von Trotz.

»Das heißt, dass ihr euch etwas einfallen lassen müsst. Und es ist mir völlig egal, wann und wie ihr das macht, verstanden? Ich will endlich Ergebnisse sehen. Ich habe keine Lust, nur wegen euch von Hase fertig gemacht zu werden.«

Silvia weiß, dass ihr Chef Recht hat. Aber sie ist nicht bereit, sich anschnauzen zu lassen.

»Also wirklich, Herr Rudolph. Ich glaube, sie sollten doch noch mal mit Ihrer Frau reden. Wir würden uns alle darüber freuen.«

Horst Rudolph spart sich eine Antwort. Er zeigt stumm mit dem ausgestreckten Zeigefinger zur Tür.

20.45 Uhr

»Übrigens, ich habe mit Mark und René gesprochen«, sagt Jon. Er wischt sich mit seinem Laufhandtuch über die Stirn. Sie haben gerade einmal zur Hälfte die Alster umrundet, aber er ist trotzdem außer Atem. Paul dagegen wirkt so frisch wie auf den ersten hundert Metern.

»Ach ja, und weswegen?« Pauls Stimme schwankt zwischen Misstrauen und Belustigung. Er kennt Jon lange genug, um dessen Gesichtsausdruck richtig einzuschätzen. Sein Freund plant irgendeine Gemeinheit, die auf Kosten eines anderen gehen soll, in diesem Fall vermutlich auf seine.

»Wir haben schon mal zusammengelegt. Für einen Besen«, erläutert Jon grinsend.

»Nett von euch. Aber ich glaube, so etwas erledigt meine Putzfrau.«

»Diesmal nicht, mein Lieber. Ich darf dich daran erinnern, dass du bald dreißig wirst. Und an dem Tag wirst du höchstpersönlich fegen. Es sei denn, du überlegst es dir noch einmal, und erhörst endlich eine deiner Bewerberinnen.«

Paul ist an diesem Tag nicht nach Witzen zumute. Er wirft Jon einen finsteren Blick zu. Es ärgert ihn, dass sein bester

Freund immer wieder mit diesem Thema anfängt. Jon ist der einzige Mensch, der in sein Geheimnis – seinen Beruf – eingeweiht ist. Und der daher auch das Gelübde kennt, das er abgelegt hatte. Er ist schließlich nicht freiwillig Single. Und er ist es bestimmt auch nicht gerne. Aber es geht nun einmal nicht anders. Er hat einen *Eid* geschworen. Und er wird ihn nicht brechen, solange er sein Geld mit den Juwelen anderer Leute verdient.

»Vergiss es«, sagt er daher trotzig.

Jon lacht.

»Besser, *du* vergisst es. Jedenfalls den Teil mit deiner komischen Wette.«

»Es ist keine Wette, es ist ein Schwur. Nur damit du es weißt.«

Paul spurtet los und lässt Jon mühelos einige Meter hinter sich. Der folgt laut keuchend und ruft:

»Ich habe es schon immer gesagt, du läufst vor den Dingen davon. Paul. *Das* ist dein eigentliches Problem.«

Paul erhöht sein Tempo noch einmal. Es gibt Augenblicke, in denen findet er Jon einfach unerträglich. Sein Freund ist Zahnarzt, glücklich verheiratet, und im Übrigen die Sorte Mensch, die sich kaum vorstellen kann, dass es im Leben auch einmal nicht glatt läuft. Und das liegt keineswegs nur an den üppigen Zahnarzthonoraren, die er jeden Monat einstreicht – trotz Gesundheitsreform. Jon ist ein liebenswerter Kerl, auf dessen gute Laune in jeder Situation Verlass ist. Ab und zu aber geht er einem einfach nur auf die Nerven. Jetzt zum Beispiel.

Paul behält sein hohes Tempo bei. Er spurtet mit entschlossenem Gesichtsausdruck an den Spaziergängern vorbei, die sich auf den Wegen des Alsterparks drängen. Er denkt an die zurückliegenden Monate und Jahre. An die Zeit, zu der er sich noch mit Mädchen getroffen und Nächte mit ihnen verbracht hat. Schließlich ist es nicht so, dass er den angenehmen Seiten des Lebens nichts abgewinnen könnte. Er ist ein Genießer, und zwar insbesondere wenn es um andere Menschen geht. Er interessiert sich für ihre Geschichten, für ihre Erlebnisse, sogar für ihre Macken. Und wann kann man die schon besser kennen lernen, als während einer gemeinsamen Nacht? Aber was soll er tun, wenn er mehr möchte als das? Wenn aus einer Nacht viele Nächte werden sollen? Das ist unmöglich. Er darf es nicht, sein Schwur schiebt dem einen eindeutigen Riegel vor. Nach einer Nacht ist daher für ihn automatisch das Ende jeder Beziehung erreicht, mehr ist zu gefährlich. Er muss seine Tarnung wahren.

Irgendwann hat er sogar mit diesen kurzen Affären aufgehört. Er war sich dabei ohnehin wie ein Artist auf dem Hochseil vorgekommen. Immer mit der Angst abzustürzen. Und bei der Liebe gibt es nun mal kein Sicherheitsnetz. Es ist ihm zwar niemals wirklich etwas passiert. Aber ein paar Mal ist er gehörig ins Straucheln geraten, das war schlimm genug. So hat er sich seit fast zwei Jahren nicht einmal mehr auf ein Abenteuer eingelassen. Er lebt in einer Art freiwilligem Zölibat, ein einsamer Räuber über den Dächern von Hamburg. In der Öffentlichkeit tritt er zwar immer noch als Charmeur und Playboy auf, aber als einer, der am Abend stets alleine nach Hause zurückkehrt.

»Hey, Paul. Ist dir nicht gut? Jetzt warte doch mal!«

Jons Stimme reißt ihn in die Gegenwart zurück. Der Kopf seines Freundes ist puterrot vor Anstrengung, aber immerhin hat er die Aufholjagd gewonnen. Sie drosseln beide das

Tempo. Kopfschüttelnd sehen sie einer Gruppe junger Väter hinterher, die an ihnen vorbeijoggt und dabei ihren Nachwuchs in gefederten Kinderkarren vor sich herschiebt.

»Weißt du, wer das war?«, fragt Jon grinsend.

Paul zuckt mit den Schultern.

»Das war Gregor Hamdorf.«

»Und wer, bitte schön, ist Gregor Hamdorf?«

Jon sieht ihn mit einem »Du-hast-ja-wirklich-gar-keine-Ahnung«-Blick an. »Mensch, Paul, solltest du doch wissen. Bei deinem Umgang mit der High Society. Das ist dieser Klatschjournalist vom ›Magazin‹. Besser gesagt: Ex-Klatschjournalist. Ich glaube, der betreibt jetzt mit seiner Frau ein Edelrestaurant am Elbufer. Italienisches Gourmetfutter für die Schönen und Reichen.«

Paul sieht den joggenden Vätern hinterher, bis er sie im Gewühl der Spaziergänger aus den Augen verliert. Vielleicht ist es dieser Anblick, der ihn dazu verleitet, alles auf eine Karte zu setzen.

»Übrigens ... vielleicht komme ich drum herum.«

Er sieht Jon prüfend an. Der legt die Stirn in Falten und schüttelt verständnislos den Kopf.

»Worum?«

»Ums Fegen.«

»Keine Chance«, hält Jon sofort dagegen. »Das wirst du auf keinen Fall.« Er schwenkt den ausgestreckten Zeigefinger vor Pauls Gesicht hin und her. Dann bemerkt er Pauls merkwürdiges Lächeln. Jon geht ein Licht auf.

»Sag bloß, du hast eine Frau kennen gelernt?«

Paul nickt vorsichtig, und in Jons Gesicht erscheinen ein paar strahlend weiße Zahnarztzähne. Paul macht sofort eine beschwichtigende Handbewegung.

»Kennen gelernt ist vielleicht übertrieben. Sie hat mir neulich das Leben gerettet«, sagt er mit beiläufiger Stimme.

»Ach so, das ist ja fast nichts«, sagt Jon genauso trocken. »Ist ja nur so, als hättet ihr geheiratet oder rausgefunden, dass ihr nach der Geburt getrennte Zwillinge seid. Oder gemeinsame Erben eines Millionenvermögens. Das Leben gerettet, ja klar, reden wir nicht mehr darüber.«

»Jon, bitte«, sagt Paul genervt. »Ich meine es ernst.«

»Wurde auch höchste Zeit!«, erwidert Jon und grinst anzüglich.

»Ernst bedeutet: Sie hat mir wirklich das Leben gerettet.«

»Das ist wunderbar, Paul. Wirklich. Wir haben schon fast nicht mehr damit gerechnet. Aber ich sag's ja: Irgendwann findet jeder Mann die Frau, die ihm das Leben rettet. Bei dir hat es halt etwas länger gedauert. Mach dir nichts draus, es ist nie zu spät. Oder sagen wir: fast nie.«

Er macht eine Pause. Aber als er merkt, dass Paul das Thema schon wieder für beendet hält, ergreift er erneut die Initiative.

»Jetzt red schon, Paul. Wer ist sie? Und wie ist sie? Wart ihr zusammen im Bett? Werdet ihr heiraten? Wann stellst du sie mir vor? Hast du ihr gesagt, was du beruflich so treibst?«

Paul wendet sich ab. Soll er losspurten und Jon einfach wieder stehen lassen? Lust dazu hat er. Andererseits: Dann würde der ihm bis in alle Ewigkeiten vorhalten, dass er vor den Dingen davonläuft.

»Hör zu, Jon. Es hat nichts zu bedeuten. Erst einmal wenigstens nicht. Du weißt schon, noch lebe ich in Quarantäne.«

Jon schnaubt. »Ich weiß, ich weiß. Bis unser Herr Lupin sein großes Ding durchgezogen hat und endlich ein ehrliches

Leben führt, hat überhaupt gar nichts eine Bedeutung für ihn. Jedenfalls nicht, wenn es mit Frauen zu hat.« Jon fixiert seinen Freund, dessen Prinzipienreiterei ihm schon lange auf die Nerven geht. »Hat dir eigentlich schon mal jemand gesagt, Paul, dass man bestimmte Dinge verlernt, wenn man sie nicht gelegentlich trainiert, insbesondere Dinge, die man mit Frauen macht?«

»Mein Gott, Jon. Du tust so, als wollte ich den Rest meines Lebens in Einsamkeit verbringen.«

»Willst du nicht?«

»Nein.«

»Wirst du aber. Weil du jetzt freiwillig auf Sex verzichtest. Und weil du es in Zukunft zwangsweise tun wirst. Weil du nämlich früher oder später von der Polizei geschnappt wirst und für zwanzig Jahre hinter Gittern landest. Und falls du es nicht weißt: Im Knast gibt es keine gemischten Zellen. Da kannst du es dann höchstens mit deinen Mithäftlingen treiben. Also hör auf mich: Vergiss deinen Super-Coup und mach Ernst mit dieser Frau, die du kennen gelernt hast.«

Paul beschließt, nicht auf Jons Sticheleien einzugehen.

»Das werde ich, Jon. Ich verspreche es dir. Ich muss nur noch diese eine Sache durchziehen – den Super-Coup, wie du es nennst. Das weißt du genau.«

Jons Züge entspannen sich. »Tu, was du nicht lassen kannst. Beziehungsweise: Lass, was du nicht tun kannst. Außerdem muss ich mir, was das Verlernen angeht, eigentlich keine Sorgen machen: Ficken ist schließlich wie Fahrradfahren. Wenn man es einmal geschafft hat, kann man es für den Rest seines Lebens. Und du hast es, weiß Gott, oft genug geschafft.«

Die beiden Freunde sehen sich an, und ihr Groll verpufft in lautem Gelächter.

Sie spazieren in harmonischem Schweigen am Alsterufer entlang. Im Wasser glitzert die frühabendliche Sommersonne. Am gegenüberliegenden Ufer steigen die Rauchschwaden der ersten Grillrunden auf.

Paul versinkt in Gedanken. Er weiß, dass der Plan, den er sich zurechtgelegt hat, ziemlich riskant ist. Aber ab und zu muss man ein Risiko eingehen. Umso größer ist schließlich am Ende die Belohnung. Wer weiß, vielleicht wird seine Belohnung ja Lilly heißen, die Frau, die ihm aus irgendeinem Grund nicht mehr aus dem Kopf geht.

6. Sonntag

18.36 Uhr

Lilly hat zu Männern eine Einstellung, die vermutlich von ihrem langjährigen Judo-Training herrührt: angreifen und flachlegen. Der Bodenkampf macht schließlich am meisten Spaß. Die meisten ihrer Gegner stößt sie allerdings spätestens am nächsten Morgen wieder von der Matte. Lilly hat deswegen regelmäßig Streit mit allen möglichen Leuten, nicht nur mit Nina. Sämtliche Freundinnen halten ihr gerne und ausdauernd Vorträge über Themen wie Liebe, Verbindlichkeit und Monogamie. »Aber wieso denn?«, verteidigt Lilly sich. »Neunzig Prozent aller Kerle machen es wie ich. Sie suchen sich was Süßes und vernaschen es. Und das war's. Nur weil ich eine Frau bin, ist das unmoralisch, oder was?«

Das Problem ist natürlich in Wirklichkeit ein anderes. Die meisten Männer wehren sich erst gar nicht, wenn sich Lilly an sie heranmacht. Sie ist eine gut aussehende Frau, und die Typen können sich nichts Besseres vorstellen, als von ihr aufs Kreuz gelegt zu werden. Meistens tut Lilly ihnen den Gefallen. Immer vorausgesetzt, der jeweilige Mann gefällt ihr. Und er gibt sich wenigstens eine Nacht lang Mühe. Aber genau das ist eben auch das Problem an der Sache. Sie machen es ihr zu leicht. Die Tigerin will endlich eine Beute, die sich ihrer als würdig erweist.

Das sind Lillys Gedanken, während sie wie immer am frühen Abend durch den Alsterpark joggt – als sie auf einmal Paul entdeckt. *Das darf einfach nicht wahr sein!* Sie ist seit ihrer Begegnung an der Steilwand jeden Tag ins Studio gegangen, hat die Kletterwand im Auge behalten, ist durch den Raum mit den Geräten gestrichen und hat die Schwimmbäder abgesucht – nichts. Sie hat sich auf die Lauer gelegt, aber Paul ist einfach nicht wieder aufgetaucht. Und jetzt entdeckt sie ihn ganz zufällig hier im Park wieder ... *Typisch Leben. Unzuverlässig wie nur was. Aber trotzdem muss man es gern haben.*

Lilly spurtet los und ist bald auf einer Höhe mit Paul.

»Das ist eine gute Entscheidung. Joggen ist viel ungefährlicher als Free Climbing«, sagt sie lächelnd, als sie ihn eingeholt hat.

»Lilly!«

Paul ist genauso überrascht wie sie, aber dank seiner professionellen Routine lässt er sich nichts anmerken.

»Ungefährlich? Kommt darauf an, wem man dabei begegnet«, sagt er. Natürlich, es ist von allen Sätzen, die er hätte sagen können, zweifellos der dämlichste. Aber gesagt ist gesagt.

Lilly zieht eine Schnute.

»Klingt nicht so, als würdest du dich freuen, mich wiederzusehen.«

»Ich wünschte, ich könnte dir sagen, wie Unrecht du hast.«

Paul ist so durcheinander, als hätte jemand seinen Verstand in einen Mixer getan, auf höchster Stufe umgerührt und anschließend wieder in seinen Kopf geschüttet. Ein einziges Durcheinander. *Lilly!* Natürlich freut er sich, sie zu sehen. Gleichzeitig ist es eine Katastrophe. *Sie kommt einfach zu früh.* Was soll er tun? Soll er sagen: Hör zu, Lilly. Ich bin Einbrecher, – aber nur noch für ungefähr zwei Wochen. Ich wäre darum echt froh, wenn wir uns erst danach wiedersehen könnten? *Vergiss es!* Es gibt Dinge, die kann man nicht erklären. Also muss er sich etwas anderes einfallen lassen.

Lilly geht es nicht anders als ihm. Sie ist verwirrt. Sie spürt seine Abwehr. Und seine Zuneigung. Typisch Mann, die wissen einfach nicht, was sie wollen. Darum ist man als Frau gut beraten, sie wie junge Hündchen zu behandeln. Erst einmal anfüttern und ihr Vertrauen gewinnen. Und dann, schwups, mit nach Hause nehmen.

»Kommst du oft hierher?«, fragt sie mit möglichst harmloser Stimme.

»Jeden Abend.«

»Ich habe dich noch nie gesehen.«

»Das liegt daran, dass ich einer von diesen unauffälligen Typen bin, die man leicht übersieht.«

»Klar, ich wäre beinahe auf dich draufgetreten.«

Paul muss lachen. Es versöhnt ihn mit der Situation. Außerdem hat er gar keine Zeit, sich weiter Gedanken zu machen. Im Alsterpark zu joggen ist nämlich wirklich nicht ungefährlich. Darum passiert jetzt auch, was passieren muss: Die Gassi geführten Hunde entdecken ihn und Lilly und stürzen sich mit fröhlichem Gekläffe auf sie. Stramme Joggerwaden sind ein gefundenes Fressen.

»Denkst du auch, was ich denke?«, fragt Lilly und läuft instinktiv schneller.

»Allerdings, wir werden verfolgt.«

»Wie romantisch, das habe ich mir immer gewünscht. Ich und ein toller Mann, und irgendwer, der hinter uns her ist!«

Er sieht sie überrascht an, aber sie hat es völlig ohne Hintergedanken gesagt.

»Ins Wasser oder auf einen Baum? Was meinst du?«

»Vielleicht probieren wir einfach, wer schneller ist, die Köter oder wir«, sagt sie übermütig. Es gibt schließlich nichts, was mehr Spaß macht, als einer Gefahr zu entkommen.

Paul und Lilly spurten los, während die zähnefletschende Bande, angeführt von einem Labrador, immer näher rückt.

»Ich habe eigentlich gar keine Angst vor Hunden«, ruft Lilly und lacht atemlos.

»Solltest du. Jeden Tag verschwinden hier im Alsterpark hübsche Läuferinnen. Morgens findet man nur noch abgenagte Knochen.«

»Oh, die stammen von den Läufern, die *ich* vernasche.«

»Hilfe.«

»Keine Sorge, Paul. An dir lasse ich noch etwas dran. Ich hebe mir dich sozusagen für später auf.«

Es ist das Wunderbarste, was sie sagen könnte. Paul verlangsamt seinen Trab und bleibt stehen, sie ebenfalls. Die Hunde auch. Aber sie beißen nicht. Im Gegenteil. Sie verlieren schlagartig das Interesse an der langweiligen Beute.

Zum zweiten Mal begegnen sich Paul und Lillys Blicke. Ein Mann, eine Frau, und der Zufall, der mit ihnen spielt. Spielen sie mit? Oder machen sie ihm einen Strich durch die Rechnung?

Völlig außer Atem steuern sie auf eine Bank zu. Sie lassen sich keuchend auf das weiß gestrichene Holz fallen, holen hechelnd Luft, schwitzen und lachen dabei. Aber es hilft alles nichts.

»Hast du es gemerkt?«, fragt Lilly.

»Was?«

»Ich bin schneller als du.«

»Hilfe«, sagt Paul noch einmal.

»Schrei ruhig. Das hilft dir jetzt auch nicht mehr«, sagt sie und blitzt ihn gefährlich aus ihren hellen Augen an. Er tut es nicht. Er beugt sich zu ihr und küsst sie auf den Mund. Schwüre sind schließlich dazu da, um gebrochen zu werden. Wenigstens für ein paar Minuten.

19.35 Uhr

»Danke«, sagt Lilly lächelnd.

»Wofür?«

»Für den Kuss.«

»Gern geschehen.«

»Kriege ich noch einen?«

»Wenn du willst.«

»Her damit.«

Lilly ist begeistert. Klar ist es toll, wenn Männer Humor haben, wenn sie gut aussehen, eine Menge verdienen, oder wenn sie sich rührend um Kinder kümmern können. Wichtiger aber ist, dass es für sie einen Unterschied macht, was sie mit ihren Lippen berühren – eine Frau oder eine Currywurst. Kurz gesagt: Wenn sie gut küssen können. Paul kann es. Er bekommt die Höchstpunktzahl. Sie schmilzt in seinen Armen dahin.

Der zweite Kuss von Paul und Lilly dauert zehn Minuten.

Er ist nass, hemmungslos und ungeheuer anregend – findet Lilly jedenfalls. Ein Kuss wie eine himmlisch gute Vorspeise. Und die dient bekanntlich dazu, den Appetit auf den Hauptgang anzuregen.

Jetzt hat sie mehr als Appetit. Sie ist Feuer und Flamme. Sie ist geradezu gierig. »Los, wir fahren zu mir«, sagt sie überschwänglich. Am liebsten würde sie Paul gleich hier die Kleider vom Leib reißen. Warum auch nicht? Es ist inzwischen dunkel geworden und immer noch wohlig warm. Ideal für Sex im Park. Aber vielleicht sollte sie ihn nicht gleich überfordern. Lilly springt auf die Beine, zieht ihn von der Bank und schmiegt sich gleich für einen weiteren Kuss an ihn. Paul aber windet sich geschickt aus ihrer Umarmung.

»Hör zu, Lilly, es war schön, dass wir uns wiedergetroffen haben. Es war schön, was wir gemacht haben. Aber ich muss jetzt weg.«

»Wie bitte?«

»Ich habe noch einen ... Termin!«

Lilly ist baff. Sie schafft es nicht, es zu verbergen.

»Heißt das, du willst mich verlassen? Jetzt schon? Wir haben doch gerade erst angefangen.«

Er weicht ihrem Blick aus.

»Eben. Und es ist besser, wenn wir sofort wieder aufhören.«

»Hey! Ich bin böse«, sagt sie und macht einen Schmollmund. »Ich habe dir das Leben gerettet, schon vergessen? Ich habe ein Recht darauf, dass du mir jeden Wunsch erfüllst!«

Er schüttelt den Kopf.

»Ich kann es dir nicht erklären. Ich brauche einfach mehr Zeit.«

Das leuchtet ihr ein.

»Kein Problem, wir können vorher etwas essen gehen.«

»Das ist es nicht, es geht um mehr als einen Abend.«

»Okay, dann schlagen wir uns die Nacht um die Ohren, bis es morgen früh ist.«

»Es tut mir Leid, Lilly, aber es geht nicht.«

»Du bist verheiratet?«

»Nein, das ist es nicht.«

»Aber was ist es dann?«, fragt sie verwirrt. Sie hat nicht die geringste Ahnung, was hier gerade vor sich geht. Sonst ziehen sich die Männer praktisch schon aus, wenn sie nur Guten Abend sagt. Und dieser hier will nicht mal zugreifen, wenn sie das Buffett offiziell für eröffnet erklärt? Das verstehe wer will – sie kann es nicht.

»Ich habe dich überfordert, stimmt's? Das darf nicht wahr sein. Nina hat doch Recht. Ich bin ein Monster!«

»Nein, das bist du nicht, Lilly. Ganz im Gegenteil.«

»Warum dann, Paul?«

»Frag mich besser nicht. Ich müsste lügen, und anders als sonst habe ich keine Lust dazu.«

»Tell me Sweet Little Lies«, summt sie leise. »Los, Paul. Ich mag Lügner. Von daher: Ausrede abgelehnt. Sag es mir.«

Paul ist aufgestanden. Er nimmt ein paar Meter Abstand zu ihr, obwohl ihn jeder Schritt große Anstrengung kostet. Es ist, als müsste er sich aus einem Magnetfeld befreien, das ihn mit unsichtbarer Kraft zu Lilly hinzieht.

»Ich kann es dir nicht erklären. Du musst mir vertrauen.«

Er sieht sie ein letztes Mal an, dann dreht er sich um und trabt los. Eine Sekunde später ist er in der Dämmerung verschwunden.

Lilly blickt ihm kopfschüttelnd hinterher. In ihren Gedanken wirbeln alle möglichen Dinge durcheinander. Zum ersten Mal seit langem spürt sie, dass es viel schöner sein kann, einen Mann nicht zu bekommen, als ihn schon beim ersten Mal zu vernaschen. Hauptsache, dieser Zustand dauert nicht allzu lange.

7. Dienstag

20.18 Uhr

»Ach, Rabe. Warum seid ihr Männer eigentlich so?« Silvia schließt seufzend die Wohnungstür hinter sich. Sie beugt sich zu dem Kater hinunter, der sich an ihren Beinen reibt und laut maunzend sein Abendessen einfordert. Bis auf einen weißen Fleck an der Vorderpfote schimmert sein Fell in einem reinen, seidigen Schwarz.

»Fressen, saufen, bumsen. Frauchen die ganze Arbeit machen lassen und dann auch noch gekrault werden wollen. Das könnt ihr doch nicht ernst meinen, oder? Gibt es denn gar keine Gerechtigkeit?«

Rabe stellt den Schwanz auf und schreit unbeeindruckt weiter. Silvia stupst ihn mit dem Fuß zur Seite. Der Kater miaut empört.

»Außerdem seid ihr wehleidig. Du bist der beste Beweis dafür, mein Kleiner. Aber weißt du, was das Schlimmste von allem ist? Dass man euch trotzdem lieb haben muss.«

Sie legt ihren Schlüsselbund auf die Kommode im Flur. Die Tasche wirft sie aufs Sofa. Obwohl die Fenster auf Kippe stehen, hat der Sommertag eine schwüle, muffige Atmosphäre in der Wohnung hinterlassen. Erst einmal durchlüften, denkt Silvia schlecht gelaunt.

Nachdem sie die Verandatür aufgerissen hat, geht sie zum Kühlschrank und nimmt eine kleine Packung Sheba heraus. Viel zu teuer für so eine Miniportion, denkt sie. Aber Rabe ist es ihr einfach wert. Seitdem der Kater das Edel-Katzenfutter einmal gekostet hat, verweigert er ohnehin naserümpfend alles andere, von frischem Fisch einmal abgesehen.

Silvia schlüpft in ihren Hausanzug, den sie immer trägt, wenn sie alleine in der Wohnung ist. Und da sie eigentlich immer alleine ist, sieht der Anzug entsprechend verschlissen aus. Es ist ihr egal. Zuhause gönnt sie sich den Luxus – lieber bequem als chic.

Mit einem Glas Kombucha in der Hand geht sie ins Wohnzimmer. Sie hat die meisten Möbel aus dem Zimmer verbannt. Ein Sofa, eine Palme, ein kleiner Tisch. Der schlichte Stil gefällt ihr. Außerdem verschafft er ihr die Illusion, dass es an den fehlenden Möbeln liegt – die Stille in ihrer Wohnung.

Es ist Dienstag, und es ist halb neun. Höchste Zeit, dass Lydia anruft. Ihre beste Freundin meldet sich regelmäßig und immer zur gleichen Zeit. Lydia ist genau wie sie selbst solo. Und darum sind sie füreinander so etwas wie eine Ersatzfamilie. Lydia und sie spenden sich Trost, Wärme und das Minimum an Umarmungen, ohne die das Leben einfach keinen Spaß macht. Silvia weiß, dass sie damit erst aufhören werden, wenn eine von ihnen wieder in festen Händen ist. Ob das in diesem Leben noch einmal geschieht? An einem Abend wie diesem bezweifelt Sylvia es.

In diesem Augenblick klingelt das Telefon. Sylvia nimmt den Hörer ab und macht es sich auf dem Fußboden bequem.

Nach ihren üblichen Begrüßungsfloskeln, eine Art Wettkampf, bei dem sich entscheidet, wer als Erste reden darf, und zwar für die nächsten anderthalb Stunden, beweist Lydia einmal mehr, dass Freundschaft für sie in erster Linie bedeutet, rückhaltlos ehrlich zu sein. Vor allem wenn es – wie jetzt – mal wieder um Torsten geht.

»Dass du selber Polizistin werden musstest, okay, ich habe es akzeptiert. Aber dass du dich auch noch in einen Bullen verliebst, geht wirklich zu weit, meine Liebe.«

Silvia gibt sich – wie schon tausend Mal vorher – Mühe, ihrer Freundin klar zu machen, dass die Entscheidung für einen Kollegen Vorteile hat.

»Polizistenpärchen sind einfach perfekt. Denk allein an unsere Arbeitszeiten, an die Überstunden und die Nachtschichten. Wären Torsten und ich ein Paar, aber nicht gleichzeitig Kollegen, dann würden wir uns vermutlich kaum zu sehen bekommen.«

»Klar, und außerdem hättet ihr zwei Paar Handschellen, mit denen ihr im Bett spielen könntet. Und Torsten kann bestimmt auch wunderbar mit seinem Knüppel umgehen ...«

»Du bist ordinär, Schätzchen«, entgegnet Silvia. Trotzdem lacht sie. Und die Vorstellung, mit Torsten in einem Bett zu liegen – ob nun mit oder ohne Handschellen – findet sie ausgesprochen anregend.

Leider macht ihr Lydia einen Strich durch ihre Phantasie.

»Bisher jedenfalls ist das alles graue Theorie. In der Praxis läuft nichts zwischen euch. Gib es zu, Silvie! Du schmachtest deinen Torsten an, seit ihr beiden Partner im Dienst seid. Also seit fast einem halben Jahr. Und seitdem hat sich nichts, rein gar nichts, zwischen euch getan.«

»Er knabbert halt immer noch an seiner Exfrau.«

»Das will ich nicht hoffen«, sagt Lydia entrüstet.

»Du weißt schon, was ich meine: Er ist einfach noch nicht über sie hinweg. Das heißt nicht, dass er ihr nachtrauert.

Aber sie hat ihn nun mal sitzen lassen. Sein Selbstbewusstsein ist ungefähr so groß wie der Bundeskanzler ohne Absätze: praktisch nicht vorhanden.«

Lydia, die eigentlich Rechtsanwältin ist und ihre Tage mangels Mandanten mit Kaffeetrinken zubringt, lacht schallend. Irgendwie sind doch alle Männer klein.

»Hast du sie eigentlich mal kennen gelernt, seine Ex?«, fragt sie.

»Nur mal kurz gesehen. Aber das reicht mir vollkommen«, sagt Silvia. Sie erinnert sich an die denkwürdige Weihnachtsfeier, als Torsten mit ansehen musste, wie seine Ehefrau vor den Augen des gesamten Dezernats mit Horst Rudolph, ihrer aller Chef, rumknutschte. Ausgerechnet mit Rudolph, der ungefähr so attraktiv ist wie eine Dose Katzenfutter.

»Sie ist grässlich. Eine verwöhnte Tusse, die Leggins und lila Make-up trägt, und die glaubt, dass eine Pelzjacke und ein schicker Wagen eine feine Dame aus ihr machen. Leider hat sie Torsten eingeimpft, dass sich der Wert eines Mannes darin ausdrückt, was er einer Frau materiell bieten kann.«

»Aber das stimmt doch auch«, entgegnet Lydia.

Silvia kennt ihre Freundin gut genug, um zu wissen, dass sie es nicht ernst meint. Genau wie sie verdient Lydia ihr Geld lieber selbst. Allein schon, damit die Männer sich auf die wirklich wichtigen Dinge konzentrieren können.

»Torsten ist davon überzeugt, dass er ohne Gehaltssprung bei einer Frau nicht landen kann. *Das* muss ich ihm ausreden, dann klappt's auch mit der Kollegin«, sagt sie nachdenklich.

Lydia stöhnt auf.

»Die Sorte kenne ich – frau muss erst mal Therapeutin spielen, bevor sie auf die Idee kommen, dass es zu zweit auf der Couch bequemer ist.«

»Ich glaube, das ist er mir wert«, seufzt Silvia.

»Und ich sage dir: Vergiss ihn. Wenn du Pech hast, dauert deine Therapie nämlich zehn Jahre. Und dann geht dir dein Torsten mit einer Jüngeren durch.«

Silvia hat keine Lust, sich entmutigen zu lassen. Selbstbewusst schnalzt sie mit der Zunge.

»Hast du 'ne Ahnung. Wenn ich erst mal meine Hand bei ihm auflege, ist er in Nullkommanichts von seinen Komplexen geheilt.«

Besonders überzeugend klingt sie wirklich nicht. Lydia braucht es gar nicht erst zu sagen, sie traut sich ja ohnehin nicht, ihren Plan in die Tat umzusetzen, sprich: ihm wirklich einmal ihre Hand aufzulegen.

Das ist vermutlich das ganze Problem. Torsten mag sie eigentlich auch. Davon ist Silvia überzeugt. Aber wie Männer so sind: Ihre Gefühle sind ihnen ungefähr so rätselhaft wie einer Frau das Innenleben eines Computers. Auf die technischen Geräte kann man notfalls kräftig mit der Faust schlagen, damit sie wieder funktionieren. Bei Männern ist das nicht so einfach – schließlich sind die Herren der Schöpfung empfindlicher als man auf den ersten Blick denken könnte.

»Übrigens Schätzchen, mal was ganz anderes ...«, sagt Lydia mit salbungsvoller Stimme – sie hat Neuigkeiten. Und sie ist stolz darauf. »Ich habe heute mit Isabelle gesprochen, du weißt schon, die mit dem Blumenladen. Ihr kleiner Max hat anscheinend eine andere, du kannst dir ja vorstellen, wie es ihr geht. Der Schlingel, Lippenstift auf dem Anzug, und er behauptet, das sei Farbe, weil ihm ein Teil seiner Studiodekoration auf den Kopf gefallen sei. Welch eine primitive Ausrede! Aber das wollte ich dir gar nicht erzählen.«

»Was wolltest du mir denn erzählen?«

»Gute Frage«, antwortet Lydia und lacht über sich selbst. »Ach ja, jetzt fällt es mir wieder ein. Ich habe Raffaela getroffen, du weißt schon, die Portugiesin, die mit dem Maler verheiratet ist. Sie hat uns beide eingeladen, sie machen nächstes Wochenende ein Gartenfest, mit allem Drum und Dran, Fado-Musik, Spanferkel und Feuerwerk. Sie hat Gott und die Welt eingeladen. Na ja, eigentlich wollte sie wissen, ob wir beide nicht aushelfen können. Ich habe schon mal zugesagt für uns beide. Schließlich kannst du sowieso nicht *jedes* Wochenende arbeiten.«

Silvias Antwort fällt nicht gerade so aus, wie Lydia es sich vorgestellt hat. Sie sagt erst gar nichts, murmelt dann irgendein unverständliches Zeug und sagt schließlich:

»Ich bin wirklich die größte Idiotin der Welt!«

»Silvia? Wovon redest du? Ist alles in Ordnung bei dir?«

»Was? Ja, natürlich ist alles in Ordnung.«

»Aber was soll das dann?«

»Ganz einfach. Ich habe gerade gemerkt, dass ich den Wald vor lauter Bäumen und die Hand vor Augen nicht sehe.«

Lydia lacht.

»Das ist normal. Passiert mir auch öfter.«

Silvia gewinnt ihre Fassung zurück.

»Sei mir nicht böse, Lydia, aber ich muss Schluss machen. Kann ich dich morgen in der Kanzlei anrufen?«

»Aber klar, Schätzchen. Gib mir nur einen Hinweis, hat dein Zustand etwas mit Torsten zu tun?«

»Allerdings«, sagt Silvia gut gelaunt. Sie schmatzt ihrer Freundin einen Kuss durch die Leitung und legt den Hörer auf. Sie kramt ihr Notizbuch hervor, sucht Torstens Privatnummer heraus. Zum Glück geht er selbst ans Telefon.

»Silvia? Was gibt es denn? Ich meine, es ist halb zehn. Ich bringe gerade die Kinder ins Bett.«

Silvia lacht. Ins Bett bringen heißt bei Torsten, dass er mit seinem Jüngsten vor der Playstation sitzt und seine Schießkünste an der Laserpistole vervollkommnet.

»Es ist ... kann ich vorbeikommen? Es ist wirklich dringend«, sagt sie.

»Jetzt?«

»Nein, in drei Wochen. Natürlich jetzt. Wie gesagt: Es brennt.«

»Ja, klar. Ich meine, komm vorbei, kein Problem. Ich freue mich.«

»Bin schon unterwegs«, ruft Silvia in den Hörer.

Sie legt auf und streicht Rabe über den Rücken.

»Na also. Geht doch.«

Dann nimmt sie ihren Schlüssel von der Kommode und stürmt aus der Wohnung.

22.10 Uhr

»Wie siehst du denn aus?«, fragt Torsten mit großen Augen. Es ist nicht unbedingt Überraschung, was sich in seinem Gesicht abzeichnet. Eher Enttäuschung. Und wie so oft, gibt er sich keine Mühe, seine Gefühle zu verbergen.

Silvia nimmt es mit Fassung. Sie kennt ihn schließlich. Torsten ist gelegentlich so sensibel wie ein Metzgermeister. Insbesondere wenn es darum geht, ihr ein Kompliment zu machen. Aber zugegeben – der Hausanzug, den sie immer noch trägt, ist nicht gerade kleidsam. Torstens Aufzug ist allerdings auch nicht gerade eine modische Offenbarung. Von daher: Angriff ist die beste Verteidigung. Mit honigsüßer Stimme sagt sie:

»Wenn ich gewusst hätte, dass du dich extra für mich fein machst, hätte ich mich natürlich auch in Schale geschmissen.« Sie kann auch beißen, wenn es sein muss. Und bei Torsten muss es manchmal einfach sein. Er trägt einen hellblauen Jogginganzug, der mindestens zehn Jahre alt ist und vermutlich genauso lange keine Waschmaschine mehr gesehen hat. Im Vergleich dazu, findet Silvia, sieht sie in ihrer grauen Marlene-Hose und dem Kapuzenshirt geradezu nach Haute Couture aus. Aber, was soll's – Männer und Mode ist nun einmal wie Essen gehen und McDonald's. Reine Geschmackssache.

Leider ist Torsten anderer Meinung. Er sieht sie verständnislos an, zupft demonstrativ an den Hosenbeinen seines Jogginganzuges, und sagt:

»Wieso? Als Mann darf man das doch, oder nicht?«

Er meint es ernst. *Hilfe!*

»Darf ich wenigstens reinkommen?«

»Ich ... klar, Entschuldigung. Und außerdem wollte ich die ganze Zeit ...«

»Ja?«

»... sagen, also, schön, dass du da bist. Ich freue mich wirklich. Und du siehst fabelhaft aus.«

So ist Torsten. Erst grob wie ein Trampel. Aber dann, im letzten Moment, bekommt er doch noch die Kurve. Eigentlich unfair, weil sie es so nie schaffen wird, ihn nicht zu mögen.

Silvia tritt in den unaufgeräumten Hausflur, während Torsten, ohne ein Wort zu sagen, nach hinten geht und im Keller verschwindet. Sie bleibt stehen und sieht sich um. Aus dem ersten Stock dröhnt HipHop-Musik in einer Lautstärke, die für eine Großraum-Diskothek reichen würde. Dazu hört sie im Wohnzimmer Klein-Jungen-Geschrei, das darauf schließen lässt, dass Pierre, Torstens Jüngster, entweder gerade selber gefoltert wird, oder – noch wahrscheinlicher – jemand anderem Schmerzen zufügt. Vermutlich erschießt er irgendwelche Aliens auf seiner Playstation.

Am merkwürdigsten an der Situation ist die Tatsache, dass sie in diesem ungemütlichen, ungeputzten Flur steht und so etwas wie *Neid* empfindet. Vielleicht ist es auch Sehnsucht. Was sie hier hört, riecht und sieht, ist *Familienleben*. Natürlich ist es laut, chaotisch und anstrengend. Aber es ist auch schön. Es strahlt Nestwärme aus, Geborgenheit, Zusammenhalt. So ganz anders, als die Stille in ihrer Singlewohnung.

Torsten taucht mit einem Plastikkorb voller Flaschen wieder auf: Bier, Saft und Selters.

»Komm, wir setzen uns rüber. Willst du irgendetwas ablegen? Auf die Jacken da kannst du einfach drauftreten. Einzige Methode, wie die Kinder lernen, sie an die Garderobe zu hängen.«

Silvia lacht.

»Ich kenne eine bessere Methode«, sagt sie schmunzelnd. Sie bückt sich, hebt die Kleidungsstücke auf und hängt sie an die Garderobenhaken. »Nennt man übrigens *Vorbild*, diese Methode. Aber die liegt dir nicht so, stimmt's?«

Torsten überhört ihr Lachen und winkt ab. Er öffnet die Wohnzimmertür, schiebt Silvia hindurch und schreit im gleichen Augenblick mit ohrenbetäubender Lautstärke:

»Könnt ihr verdammt noch mal den Krach leiser machen – ich habe Besuch, falls es euch interessiert.«

»Interessiert uns nicht«, kommt augenblicklich ein zweistimmiger Kinderchor zurück. Am Lärmpegel im Haus ändert sich nichts.

»Los, ab nach oben«, sagt Torsten, diesmal schon ruhiger. Pierre, der vor dem Fernseher sitzt und tatsächlich damit beschäftig ist, mithilfe seines Joysticks Außerirdische zu liquidieren, reagiert nicht.

»Und sag gefälligst Guten Abend, wenn jemand reinkommt.«

Immerhin gibt Pierre jetzt ein unverständliches Gemurmel von sich.

»Na, macht das Spiel Spaß, Pierre?«, fragt Silvia. Sie gibt sich Mühe, warm und mütterlich zu klingen. Der Junge wirft ihr für den Bruchteil einer Sekunde einen misstrauischen Blick zu.

»Wie Spaß? Ich versuche gerade, den High Score zu knacken, das macht keinen Spaß, das ist Arbeit.«

»Vor allem für deine Augen, Pierre«, sagt sie mit leicht ermahnender Stimme.

»Sag das lieber Torsten. Der spielt doch die ganze Zeit«, mault Pierre.

»Jetzt reicht's aber. Du machst das Ding aus, und zwar auf der Stelle. Und dann ab nach oben in dein Zimmer.«

Pierre zieht seufzend die Mundwinkel nach unten. Anscheinend kennt er die Untertöne seines Vaters gut genug. Er hört die ersten Anzeichen eines heraufziehenden Sturms in Torstens Stimme.

Er tötet schnell noch eine Hand voll Außerirdische und beendet dann quengelnd das Spiel. Silvia sieht fasziniert zu, wie er ohne weitere Aufforderung einen Berg von CD-Hüllen, seinen Controller und ein undurchdringliches Knäuel an Elektrokabeln zur Seite räumt.

Als der Junge damit fertig ist, zieht er sich seine Schlafanzughosen hoch und schlurft aus dem Zimmer. In der Tür dreht er sich noch mal um.

»Bist du Torstens Neue? Ich meine, geht ihr beiden zusammen ins Bett?«

»Ich ...«, Silvia spürt, wie ihr Gesicht knallrot wird. Sie stottert herum. Der Kleine hat sie auf dem falschen Fuß erwischt.

»Pierre, ab nach oben«, ruft Torsten streng.

Der Junge schüttelt den Kopf und macht dazu einen nachdenklichen Gesichtsausdruck.

»Ich wollte ja nur mal fragen.«

»Ab!«, wiederholt Torsten streng. »Und sag Gute Nacht zu Tante Silvia.«

Tante Silvia! Geht's noch? Aber wahrscheinlich sieht er das wirklich in mir! Eine alte Tante. Kein Wunder, dass er mich links liegen lässt. Tante ist ungefähr das Gegenteil von Frau.

Wieder gibt Pierre sein unverständliches Gemurmel von sich, mit viel gutem Willen ist eine Verabschiedung herauszuhören. Dann hören sie das Tapsen nackter Füße auf der Treppe.

»Tut mir Leid, ich glaube, der Junge kommt langsam in die Pubertät. Und das in dem Alter.«

»Wieso?«, fragt Silvia. Sie blinzelte Torsten zu. »Ist doch gar keine schlechte Idee, oder?«

»Was jetzt? Ach so ... ja, also ich ...«

Diesmal ist es Torsten, der etwas unverständliches murmelt. Und der offenbar auf dem falschen Fuß erwischt worden ist. Er springt auf, setzt sich wieder hin, steht wieder auf. Silvia amüsiert sich köstlich über das Schauspiel.

»Ich, verdammt, was wollte ich denn jetzt?«

Diesmal richtet sich Torstens Ärger gegen sich selbst.

»Zum Sofa vielleicht?«, schlägt sie mit gespielter Ernsthaftigkeit vor. »Oder in die Küche? Vielleicht wolltest du Pierre nach weiteren Tipps für den Abend fragen?«

Er überhört es. Vielleicht nimmt er es auch wirklich nicht wahr, Silvia weiß es nicht. Ihr Kollege steht kopfschüttelnd und orientierungslos im Zimmer und blickt hektisch hierhin und dorthin, als hätte er etwas verloren. Vermutlich seine männliche Souveränität.

»Ach ja«, sagt er schließlich und schlägt sich laut klatschend gegen die Stirn. »Gläser. Schließlich sollst du nicht verdursten. Vielleicht hast du ja auch Hunger? Soll ich uns ein Brot machen? Oder Chips? Eine Pizza?«

Silvia schüttelt den Kopf.

»Lass mal, nicht um die Uhrzeit. Ich werde eh schon zu dick.«

»Stimmt. Lassen wir es lieber. Obwohl – ich kann's mir leisten. Ich esse ein paar Chips.«

Er verschwindet in der Küche und lässt Silvia mit der Wirkung seines verbalen Nackenschlags alleine. Sie weiß nicht, wie sie reagieren soll. Die Auswahl besteht zwischen Verzweiflung, Depression und Wutanfall.

»Mir gefällt es bei euch«, sagt sie, als Torsten zurückkommt und sich neben sie setzt. Sie hat sich für Ignorieren entschieden, auch wenn es schwer fällt.

»Irgendwie gemütlich«, fügt sie hinzu.

»Echt? Findest du?«

»Klar, ich meine, ihr seid halt eine Familie. Auch wenn die Mutter fehlt.«

»Fehlen ist gar kein Ausdruck«, sagt Torsten. »Aber wir schlagen uns so durch. Und du weißt ja, irgendwann werde ich wieder eine Frau an Land ziehen. Vielleicht dauert es, bis die Kinder aus dem Haus sind. Aber ich werde es schon schaffen.«

»Bestimmt, Torsten. Vielleicht dauert es auch bis zur Rente. Dann findest du bestimmt eine rüstige Seniorin, die dir noch mal eine Chance gibt.«

Torsten sieht sie irritiert an. Ihre ironischen Bemerkungen verwirren ihn. Aber nicht nur die. Eigentlich verwirrt ihn alles, was Silvia sagt, warum, weiß er auch nicht so genau. Es ist halt nicht einfach, eine Partnerin im Beruf zu haben. Irgendwie kommt ja doch immer etwas anderes ins Spiel. Aber das ist bei Silvia natürlich tabu, ganz klar. Schließlich will er nicht aufdringlich erscheinen. Gerade bei einer Kollegin muss man vorsichtig sein. Sonst hagelt es sofort Vorwürfe von wegen Belästigung am Arbeitsplatz. Außerdem ist Silvia eine absolute Klassefrau. Die hat Besseres zu tun, als sich mit einem verlassenen Familienvater ohne besondere Karrierechancen und mit bescheidenem Beamtengehalt abzugeben. Von daher: Schuster bleib bei deinen Leisten. Die ist einfach nicht deine Liga.

»Warum bist du eigentlich hier?«, fragt er. Es wird Zeit, dem Gespräch eine andere Wendung zu geben.

»Warum ich hier bin? Ganz einfach, Torsten! Weil wir blind, taub und doof sind. Wir beide, du und ich.«

»Sagen meine Kinder auch immer, aber dass du jetzt auch so anfängst.«

Er grinst. Silvia ist bei der Sache. Sie hat umgeschaltet. Sie ist jetzt Polizistin, mit Leib und Seele.

»Die Feiern, Torsten. Verstehst du nicht? Die Partys, die Gartenfeste! Und wir haben die ganze Zeit nach dem missing link gesucht, nach *Rubins* System.«

23.38 Uhr

»Du bringst mich noch ins Grab, meine Süße«, seufzt Rolf.

Er ist erschöpft. Er liegt neben Mareille auf dem Rücken und bläst den Rauch seines Zigarillos unter die ockerfarbene Zimmerdecke.

»Nein, Daddy, das sollst du nicht sagen«, sagt sie maulend. »Ich kann mir keinen schöneren Ort zum Sterben vorstellen als dein kleines Mausoleum.«

Sie dreht sich zu ihm um und legt ihm einen Finger auf die Lippen.

»Du bist gesünder und stärker als die meisten Männer, Daddy. Und du sollst mir keine Angst machen. Weil, ich wüsste nicht, was ich ohne dich machen soll.«

Ihre Worte sind süß und klebrig wie Honig, und Rolf kann einfach nicht genug davon bekommen. Natürlich lügt sie. Aber das tun schließlich alle. Er auch. So ist es immer im Leben. Und erst recht in der Liebe: Eine süße Lüge trägt weiter als die bittere Wahrheit. Warum also nicht den Augenblick genießen?

Mit dem letzten Geld, das er besaß, war er am Nachmittag beim Juwelier Wempe. Die Verkäufer haben ihn als Premiumkunden behandelt, auch wenn er schließlich nur ein paar Ohrstecker für Mareille gekauft hat. Jetzt liegt sein Geschenk auf dem Nachttisch, ohne groß von ihr beachtet zu werden. Es ärgert ihn. Offenbar müssen Schmuckstücke mehr Karat aufbieten, um von dem verwöhnten Mädchen anerkannt zu werden.

Rolf steht auf und schlurft zu der kleinen Hausbar, mit der jedes Zimmer im Vier Jahreszeiten ausgestattet ist. Sein

Blick streift den mit Blattgold eingefassten Wandspiegel. Für einen kurzen Moment betrachtet er seinen erschlafften Körper. Die langen Jahre in den Redaktionen, der Stress, die Termine, die ewigen Empfänge haben ihren Preis gefordert. Dazu der Alkohol, die Zigaretten, das Essen – und das ist bei weitem nicht alles, was er konsumiert. Die Folgen kann er jetzt im Spiegel besichtigen: Seine Brust hängt schlaff nach unten, genau wie sein Bauch, die Schultern, sein Hintern. Erde zu Erde, Asche zu Asche. Wenigstens schaufelt er sich jede Nacht bei Mareille sein eigenes Grab. Es gibt entschieden schlechtere Arten abzutreten.

Er nimmt ein Glas, stellt es wieder hin und trinkt den Cognac direkt aus der Karaffe.

Mareille liegt zwischen den Satinlaken wie der wahr gewordene Traum eines Bildhauers. Runde Hüften, volle Brüste, ein ausgeprägtes Schlüsselbein, ihr kindliches Gesicht, das von ihren fast weißen Haarsträhnen eingefasst wird. Sie ist so vollkommen, wie Rolf verbraucht ist. Und sie weiß es. Schade nur, dass jeder sofort denkt, sie könnte nicht einmal bis drei zählen. Und das nur, weil sie hübsch ist.

»Was ist mit den Ohrringen? Gefallen sie dir nicht?«, fragt er. Seine Stimmung ist längst ins Bodenlose gekippt.

»Doch, schon …«, sagt Mareille vorsichtig.

»Aber? Sind die Klunkerchen nicht groß genug?«

Rolf versprüht jetzt reinstes Gift. Es ist seine Rache für ihre Schönheit. Für ihre Jugend, die er einst bewundert hat und die er jetzt als Beleidigung empfindet. Vielleicht ist das die Lösung. Er muss mit den Komplimenten aufhören, mit den Nettigkeiten. Er muss es ihr einfacher machen zu gehen. Es ist doch schon lange keine Liebe mehr. Es ist Mitleid. Er kann darauf verzichten. *Dann lieber einsam sein.*

Rolf geht zur nächsten Flasche über. Gin. Schmeckt wie Terpentin. Er neutralisiert die Taubheit auf der Zunge mit einem Glenmorangie. Augenblicklich meldet sich sein Magen, in dem der Alkohol Feuer gefangen hat und ihm die Tränen in die Augen treibt.

»Warum sagst du so etwas, Daddy?«

»Verdammt noch mal, ich heiße Rolf.«

»Aber das weiß ich doch, Daddy«, sagt sie lächelnd.

Er sieht sie nicht einmal an. Er bellt:

»Ich habe dich etwas gefragt. Was ist mit den Ohrringen?«

Mareille schluchzt leise, aber er denkt nicht daran, sie zu trösten. Sie soll weinen. Sie soll erkennen, dass es keinen Sinn hat. Nur, er wird sie nicht verlassen. Das muss sie schon selber tun.

»Ich möchte keine Geschenke von dir, Daddy. Hörst du? Du sollst mir nichts geben, außer ... halt mich fest, Daddy. Ja? Tust du das? Hältst du dein kleines Mädchen ganz fest?«

Es sind längst nicht mehr die Tränen des Schmerzes in seinen Augen. Es ist Rührung. Er dreht sich um und kniet sich auf den Fußboden vor das Bett, auch wenn es ihm nicht gerade leicht fällt, so weit herunterzukommen. Er will sie trösten, aber jetzt bettet er sein Gesicht in ihren Schoß. Er ist es, der weint, während sie ihm besänftigend über die Haare streicht.

»Schau, Daddy. Ich brauche diese Dinge nicht, hörst du? Das Hotel nicht, die Ohrringe nicht, die Kleider nicht, die du mir schenkst. Ich will, dass du bei mir bleibst und mich lieb hast. Ich weiß, dass wir kein Geld mehr haben. Aber es ist mir ganz egal. Ich will nur, dass du bei mir bist.«

»Verzeih mir, Engel«, sagt er leise. Sie schüttelt den Kopf.

»Du sagst mir, wie es richtig ist, Daddy. Ich vertraue dir.«

Er spürt, wie die Anspannung allmählich nachlässt. Ein tiefer, betrunkener Frieden breitet sich in ihm aus. Er hievt sich auf die Beine und legt sich neben sie auf das Bett.

»Wir werden Geld bekommen, Engelchen. Viel Geld. Das verspreche ich dir. Wir müssen uns nur klug anstellen«, flüstert er.

»Was heißt das, klug anstellen?«

»Wir müssen einen Räuber fangen. Das ist alles.«

»Einen Räuber? Ist das nicht gefährlich?«

Rolf zuckt mit den Schultern.

»Vielleicht, aber nicht, wenn wir es richtig machen. Und wir werden es richtig machen.«

»Und dann sind wir reich?«

»Ja, dann sind wir reich. Stinkreich«, sagt Rolf. In seiner Stimme liegt die ganze Wut, die sich in einem Leben in der unerreichbaren Nähe derer aufgestaut hat, für die Geld stets die kleinste Sorge gewesen ist.

Ihr Kichern reißt ihn aus den Gedanken.

»Was ist?«

»Darf ich dir etwas verraten?«

Er zuckt mit den Schultern. Sie beugt sich über ihn und schmatzt ihm einen Kuss auf die Lippen.

»Die Klunker sind wirklich zu klein.«

8. Mittwoch

11.30 Uhr

Paul steht im Schatten der Lindenterrasse des Hotels Louis C. Jacob, einer Luxus-Herberge in Blankenese, und beobachtet den Mann am Geländer. Die Beschreibung passt. H. L. U. – die Visitenkarte, die er in der Hand hält, verzeichnet drei Initialen. Eine alberne Verschleierung, die lediglich zum Nachforschen einlädt. Der Mann hat den unförmigen Körperbau eines übergewichtigen Teenagers. Der faltige Nacken glänzt in der Sonne. Er kratzt sich alle paar Sekunden. Ein Tollpatsch. Dennoch rät Pauls ausgeprägter Instinkt ihm zur Vorsicht. Menschen wie H. L. U. haben einen Hang zum Extremen. Er ist ein leidenschaftlicher Sammler, und er ist offenbar bereit, Risiken für seine Leidenschaft einzugehen.

Paul nähert sich H. L. U. lautlos. Er hustet, und der Dicke fährt erschrocken herum. Der dankbare Blick eines Menschen, der gerne überrascht wird. Sein fleischiger Mund verzieht sich zu einem Grinsen.

»*Rubin*. Ich freue mich, Sie leibhaftig zu Gesicht zu bekommen.«

»Falls ich es tatsächlich bin. Man kann nie wissen«, erwidert Paul lächelnd.

»Natürlich, immer auf der Hut. Ich schätze das. Ich habe Ihre Karriere verfolgt. Respekt, mein Guter, Respekt.«

Sie setzen sich an einen der Terrassentische, die in warmen provencalischen Stoffen gedeckt sind.

»Ein Drink?«

Paul schüttelt den Kopf. Als der Kellner kommt, bestellt er einen Latte Macchiato. H. L. U. entscheidet sich für einen Chablis.

»Meine Offerte ist Ihnen zugegangen?«, erkundigt sich der Unternehmer, der nach Pauls Recherchen durch ein kleines Internetunternehmen und eine große Börsenmanipulation zum Multimillionär geworden ist, wie so viele Abenteurer, damals während der New-Economy-Euphorie. Die meisten von ihnen sitzen heute im Knast oder bereiten sich auf ein Leben mit Hartz IV vor. Einige aber haben es geschafft. Sie sind davongekommen. Und reich. So wie H. L. U.

Der kommt Paul jetzt allerdings mehr vor wie ein verkleideter Junge, der gerade dabei ist, das Geld seines Vaters zu verschleudern. Aber so ist die Welt, wer das Geld hat, hat das Sagen.

»Ich akzeptiere«, sagt Paul.

H. L. U.'s Lächeln wird noch triefiger.

»Wunderbar, *Rubin*. Ganz wunderbar. Es ist ein besonderer Reiz, mit Ihnen zusammenzuarbeiten.«

»Fünf Millionen«, sagt Paul.

Die Überraschung sitzt. Seinem Gegenüber steigt die Röte eines viel zu hohen Blutdrucks ins Gesicht.

»*Rubin*, das ist …«, H. L. U. wischt sich Stirn und Nacken mit einem Stofftaschentuch ab, »…für die Summe könnte ich das Objekt kaufen.«

»Nein, können Sie nicht. Es steht nicht zum Verkauf.«

Der Dicke nickt resigniert.

»Trotzdem ist es eine ziemliche Summe. Sogar für mich«, sagt er stotternd, nur um danach in ein seltsames Kichern auszubrechen, das ihn noch alberner erscheinen lässt. Paul weiß, dass H. L. U. die Summe aufbringen kann. Und er weiß auch, dass man Menschen wie ihn durch hohe Summen eher lockt als abschreckt. Es ist eine Blutspur, die seinen Jagdinstinkt weckt.

Dennoch beschließt Paul offener zu sein, als er es ursprünglich vorgehabt hat.

»Ich werde mich nach diesem Auftrag zurückziehen, H. L. U. Sie verstehen?«

Die Augen des Dicken schimmern feucht.

»Es wird Ihr Meisterwerk, *Rubin*. Sie wissen nicht, welche Freude Sie mir machen.«

»Sie sind einverstanden?«

»Natürlich. Fünf Millionen. Selbstverständlich, *Rubin*. Es ist mir ein ganz besonderes Vergnügen. Das Geld wird Ihnen zugehen, sobald ich Nachricht von der Ware habe.«

Paul schlürft von seinem Kaffee und wischt sich den Milchschaum aus dem künstlichen Schnauzbart, der seine Oberlippe ziert.

»Ihre Wahl ist bemerkenswert«, sagt er anerkennend.

»Nicht wahr?«, stimmt H. L. U. eifrig nickend zu. »Es soll ein Geschenk werden, für eine Freundin. Meine Freundin. Meine Frau. Jedenfalls hoffe ich, dass das Objekt sie von meinem Anliegen überzeugt.«

»Die Dame wird Ihnen zu Füßen liegen. Jede Frau würde das. Es ist ein außergewöhnliches Geschenk. Einzigartig.«

»Meinen Sie wirklich, *Rubin*?«

»Die Liebe einer Frau kann nur durch eine einzige Sache auf der Welt bestochen werden.«

»Diamanten«, sagt H. L. U atemlos.

Paul reicht dem Unternehmer die Hand.

»Es war schön, Sie kennen zu lernen.«

»Eine Frage noch, *Rubin*. Wissen Sie bereits, wann Sie ... aktiv werden?«

Paul lächelt erneut.

»Selbstverständlich.«

Er lässt die Neugier des Dicken verhungern. Er nickt ihm zu und verlässt die Hotelterrasse, ohne sich noch einmal umzudrehen.

Ein Taxi bringt Paul zurück in die Stadt, wo er im Strom der Passanten einen U-Bahnhof betritt und einige Stationen zurücklegt. Anschließend durchstreift er eine Einkaufspassage und nutzt den wenig bekannten Hinterausgang, um mögliche Verfolger abzuschütteln. Erst als Paul überzeugt ist, alleine zu sein, kehrt er nach Hause zurück, wo er sich erschöpft auf sein Bett fallen lässt.

Eine große Freude durchströmt ihn, als er so daliegt. Endlich ist das Ende greifbar, der letzte Coup, sein krönender Abschluss. Schon bald wird er die Last seines Berufs abstreifen können. Und dann wird er frei sein! Paul schließt die Augen. In seiner Vorstellung sieht er Lilly. Er hört ihre Stimme, und er lässt sich von der Erinnerung an ihren Duft davontragen. Schon bald wird er frei sein für sie.

9. Donnerstag

14.45 Uhr

»Ich habe ihn wiedergetroffen«, sagt Lilly. Sie sitzt in ihrem Büro, und während sie telefoniert, wandert ihr Blick über die Papierberge auf ihrem Schreibtisch. Rechnungen, Kochrezepte, Briefe, das ganz normale Chaos einer florierenden Firma.

»Wen? Ich meine, wen hast du wiedergetroffen?«, fragt Nina am anderen Ende der Leitung.

»Na, Paul natürlich.« Ab und zu ist ihre Freundin wirklich schwer von Begriff.

»Paul?«

»Du weißt schon, der, den ich vor dem Absturz bewahrt habe.«

»Ach der«, sagt Nina mit sonniger Stimme. »Und? Hast du erreicht, was du wolltest? Hast du ihn ... gehabt?«

»Nina! Es war ein zufälliges Wiedersehen. Wir haben uns beim Joggen im Park getroffen und unterhalten.«

Nina lässt ihr gurgelndes Lachen hören, das wie eine Waschmaschine beim Abpumpen klingt.

»Moment, Schätzchen, nur damit ich es richtig verstehe. Du hast einen Mann zum zweiten Mal getroffen, er gefällt dir – und du warst nicht im Bett mit ihm? Bist du krank?«

»Ich verstehe es auch nicht. Vielleicht bin ich über Nacht hässlich geworden«, gibt Lilly ungerührt zurück. Gegen Ninas Spott muss man mit den gleichen Waffen zurückschlagen.

»Unsinn, es ist einfach nur ausgleichende Gerechtigkeit. Darum geschieht es dir ganz recht, dass dir endlich mal ein Typ eine Abfuhr erteilt. Denn das hat er ja wohl! Oder hast du etwa freiwillig verzichtet?«

»Du bist wirklich eine Freundin«, sagt Lilly böse. Sie könnte ein paar tröstende Worte gut vertragen. Nina hat den Nagel nämlich auf den Kopf getroffen. Paul ist der erste Mann seit langem, der ihr wirklich gefällt. Und ausgerechnet der scheint kein Interesse an ihr zu haben.

»Vielleicht ist er schwul«, sagt sie nachdenklich.

»Mein Gott, Lilly, das ist doch wunderbar. Dann liegt es wenigstens nicht an dir.«

»Aber eigentlich glaube ich das nicht.«

Diesmal steigert sich Ninas Lachen zum Schleudergang.

»Ich sage es ja ungern. Aber möglich wäre doch, dass du einfach nicht sein Typ bist.«

Lilly wird von einem lauten Geräusch in der Firmenküche, die direkt an ihr Büro grenzt, unterbrochen.

»Warte mal kurz, Nina. Ich glaube, nebenan geschieht gerade ein Mord.«

Mit dem Telefon in der Hand springt sie auf und öffnet die Tür. Der neue vietnamesische Auszubildende steht vor einer Großpfanne mit verbrannten Zwiebeln. Schwarzer Rauch und ätzender Gestank erfüllt die Küche. Während der zweite Koch, ein Koreaner, seinen Tobsuchtsanfall auslebt und mit einer Kelle auf den kleinen Azubi losgehen will, versucht Takagi die beiden zu beruhigen. Die große Küchenuhr über dem Herd zeigt fast drei Uhr nachmittags, sie haben also nur noch wenige Stunden bis zu ihrem Einsatz am Abend.

»Hör zu, Süße. Ich rufe dich später wieder an. Ich muss meinen Männern Beine machen, sonst wird der Auftrag heute Abend ein Reinfall.«

Nina murmelt einen Abschiedsgruß in den Hörer, den Lilly schon nicht mehr hört. Sie hat innerlich bereits umgeschaltet. Aus der privaten, von permanenten Männerproblemen geplagten Singlefrau ist die erfolgreiche Unternehmerin geworden. Beide Seiten in Lilly sind zielstrebig und auf ihren eigenen Vorteil bedacht. Aber als Businesslady und Gourmetexpertin ist sie noch eine Spur durchsetzungsfähiger.

»Was ist hier los?«, schreit sie lautstark durch die Küche. »Warum sind die Enten noch nicht tranchiert, der Pak Soy nicht gedünstet, die Ingwertorte nicht garniert und die Garnelen nicht geschält? Wofür bezahle ich euch eigentlich? Takagi, verdammt noch mal, Sie sind hier der Chef. Ich erwarte von Ihnen, dass Sie durchgreifen. Die Gräfin erwartet uns pünktlich um sechs. Schließlich sollen ihre Gäste etwas zu essen bekommen.«

Der Streit ist schlagartig vergessen, die Köche stehen stramm, und Takagi verbeugt sich höflich.

»Machen keine Sorgen, Lilly-San. Alle werden sein wie üblich sehr zufrieden.«

Lillys Züge entspannen sich. Sie weiß, dass sie dem alten Japaner vertrauen kann. Er hat sie noch nie im Stich gelassen.

»Okay, Leute. An die Arbeit. Und denkt daran, dass wir uns heute große Mühe geben müssen. Die Gräfin ist nicht irgendeine Kundin. Und ich möchte noch öfter Aufträge von ihr bekommen.«

Die Mannschaft verbeugt sich ergeben vor ihrer Chefin. Nur Lutz, der jahrelang als Smutje zur See gefahren ist und der bei ihr fürs Gemüseputzen zuständig ist, grinst blöd. »Denn man tau, Jungs«, murmelt er und widmet sich wieder seinen Möhren und Kohlrabis.

»Na, jedenfalls war es der schönste Abend, den ich seit langem erlebt habe«, sagt Lilly kurz darauf in den Hörer. Sie hat es sich wieder im Büro gemütlich gemacht, schlürft eine Tasse grünen Tee, den Takagi ihr zubereitet hat, und sortiert nebenbei die Rechnungen des Vormonats. »Obwohl ich immer noch nicht verstehe, warum Paul einfach abgehauen ist.«

»Vielleicht ist er impotent«, schlägt Nina vor. Sie kann eine gewisse Schadenfreude nicht verhehlen. Lilly hat eine sonderbare Einstellung zu Besitz und Eigentum. Und zwar besonders in Bezug auf Männer. Wenn sie einen nicht haben kann, fühlt sie sich irgendwie um ihr gutes Recht betrogen. Ausgerechnet Lilly!

»Impotent? Oh ja, ganz bestimmt sogar, und zwar ein richtig harter Fall davon«, entgegnet Lilly ungerührt. Um dann voller Eifer fortzufahren: »Nina! Paul trug eine Jogginghose. Ich konnte spüren, dass ich ihn nicht kalt gelassen habe.«

»Na prima, dann steht die Sache doch gar nicht so schlecht«, kichert Nina am anderen Ende der Leitung.

Lilly überhört ihre Anzüglichkeit.

»Trotzdem verstehe ich nicht, warum er sich aus dem Staub gemacht hat. Und zwar ausgerechnet in dem Moment, als es am schönsten war.«

Lilly ist kläglich zumute. Die Sache macht ihr wirklich zu schaffen.

Nina aber ist mit ihrer Geduld am Ende, und die ist bei ihr, sie arbeitet schließlich als Stewardess, schon aus beruflichen Gründen eigentlich grenzenlos.

»Kindchen, was erwartest du eigentlich? Selbst bei einem Mann heißt Küssen nicht unbedingt, dass er gleich mit dir ins Bett will!«

»Nicht?«

»Nein. Insbesondere nicht, wenn er das Gefühl hat, dass du ihn am liebsten an Ort und Stelle vergewaltigen würdest.«

Lilly ist nicht im Geringsten beeindruckt.

»Die meisten Typen können sich nichts Schöneres vorstellen. Glaub mir.«

»Vielleicht ist dieser Paul anders.«

»Allerdings ist er das«, gibt Lilly zurück. Ihr Stolz ist ihr anzuhören. Eine Sekunde später allerdings siegt wieder ihre Verunsicherung.

»Ach, Nina. Auch wenn es bescheuert klingt, ich bin wirklich ratlos. Um nicht zu sagen: verzweifelt.«

»Willkommen im Club«, murmelt Nina.

»Es ist einfach ungerecht«, seufzt Lilly aus tiefstem Herzen. »Ständig habe ich Affären mit Typen. Ich lerne sie kennen, ich gehe ins Bett mit ihnen und dann stelle ich fest, dass es eigentlich ziemliche Idioten sind. Jetzt treffe ich endlich mal einen, der mir wirklich gefällt, und es klappt einfach nicht. Es funkt so gewaltig zwischen uns, dass das Alsterfeuerwerk der reinste Blindgänger dagegen ist. Trotzdem – der große Knall bleibt einfach aus. Und warum? Weil Paul irgendwie komisch ist. So zurückhaltend. Als wenn er ein Geheimnis hätte. Und Angst davor, dass ich es lüfte. Wie kann so etwas sein?«

Lilly hört, wie sich Nina am anderen Ende der Leitung eine Zigarette anzündet und genussvoll inhaliert – trotz meterhoher Todesdrohungen auf der Packung. Rauchen ist einfach das Befriedigendste auf der Welt.

»Tja, Kindchen, so ist es halt im Leben«, sagt sie schließlich trocken. »Worüber beklagst du dich? Was du durchmachst, ist Alltag für die meisten Singlefrauen. Je toller der Typ, desto geringer die Chance, dass du auch nur ein Stück von seinem Schwanz zu sehen kriegst. Die ganz normale Ungerechtigkeit des Frauendaseins.«

»Quatsch«, fährt Lilly dazwischen, allerdings klingt es nicht besonders überzeugend. Nina lässt sich nicht beirren.

»Sieh es einfach ein, Schätzchen. Es sind immer die Idioten, bei denen eine Frau ankommt, und es sind immer die tollen Typen, bei denen wir abblitzen. Hat wahrscheinlich irgendetwas mit Einstein und der Relativitätstheorie zu tun. Du weißt schon: Die Chance, den richtigen Mann fürs Leben zu finden, ist relativ bescheiden.«

»Aber vielleicht habe ich ihn schon gefunden«, entgegnet Lilly ungerührt. »Nur – er weiß es halt noch nicht.«

»Übertreibst du nicht ein bisschen?«, fragt Nina, die sich über den Überschwang ihrer Freundin nur wundern kann. »Außer einer Knutscherei im Park ist bisher doch nichts passiert.«

»Eben! Und trotzdem habe ich so ein Gefühl als ob ...«

»... als ob Paul *derjenige* ist?«, vervollständigt Nina den Satz. Sie fühlt sich hin und her gerissen zwischen Ärger über Lillys Euphorie und der Hoffnung, dass sie es ausnahmsweise einmal ernst meint.

»Wenn du dir sicher bist, musst du halt geduldig sein.«

»Du weißt genauso gut wie ich, dass ich das nicht kann.«

»Dann lerne es.«

»Gibt es denn keine andere Möglichkeit?«

»Klar. Du könntest bei ihm einbrechen, ihn ans Bett fesseln und dir nehmen, was du willst«, sagt Nina ironisch.

Nina spürt, dass ihre Freundin wirklich leidet. Aber das heißt nicht, dass sie es Lilly zu leicht machen will. Sie kommt ihr vor wie eine talentierte Sportlerin, die zum ersten Mal in ihrer Karriere mit einer Niederlage zurechtkommen muss.

Eigentlich gar nicht so verkehrt. Sollte es diesem Paul etwa gelingen, aus der sexuellen Kamikazepilotin, die Lilly bisher war, eine einfühlsame und verliebte Frau zu machen? Eine Frau, die sich über einen Mann wirklich den Kopf und das Herz zerbricht – und die ihn nicht einfach nur als Ablenkung für eine Nacht betrachtet? Nina beschließt, Lilly eine Chance zu geben.

»Versuch es doch einfach mal mit Zurückhaltung«, sagt sie.

»Was genau meinst du damit?«

»Lilly, bitte! Was ich dir sagen möchte, ist: Nimm dir Zeit. Und vor allem: Lass *ihn* die Initiative ergreifen. Gib ihm das Gefühl, dass *er* das Tempo bestimmt. Zeig du dich von deiner schüchternen Seite, falls du so etwas besitzt. Gib ihm das Gefühl, dass du nicht so einfach zu haben bist. Es gibt Männer, die brauchen das. Die wollen das Gefühl haben, dass sie die Zügel in der Hand halten. Besonders beim ersten Mal. Weil sie erst dadurch merken, ob ihnen eine Frau wirklich etwas bedeutet, oder nicht.«

Lilly nickt versonnen. Auch wenn es ihr nicht ganz leicht fällt, mitzukommen.

»Du meinst also, ich soll ihm erst einmal das Gefühl geben, dass er mich gar nicht interessiert?«

»Interessieren schon, aber nicht um jeden Preis. Und vor allem nicht sofort! Das gilt besonders für die Dinge, die man nur zu zweit macht. Gib ihm das Gefühl, dass er dich erobern muss.«

Lilly denkt eine Weile nach und stößt schließlich ein Lachen aus, das schon sehr viel fröhlicher klingt.

»Nina«, sagt sie gut gelaunt. »Ich glaube, wenn ich dich nicht hätte, müsste ich dich klonen. Ich habe verstanden, was du meinst. Glaube ich jedenfalls. Vielen tausend Dank für deine Hilfe.«

»Mmmh«, macht Nina. Es klingt nicht besonders überzeugt. »Mach was draus, Süße. Und denk dran: Manche Typen sind es wert, dass man sich Zeit lässt.«

Lilly schmatzt einen Kuss durch die Leitung und legt auf. Jetzt fühlt sie sich wirklich besser. Das einzige Problem, das jetzt noch besteht, ist die Tatsache, dass sie keine Ahnung hat, wie und wann sie Paul wiedersehen wird. Schließlich weiß sie nichts über ihn, was seine Telefonnummer mit einschließt.

Aber zunächst gibt es andere Dinge, um die sie sich kümmern muss.

15.10 Uhr

»Nur damit ich dich nicht falsch verstehe, Paul«, sagt Jon. Er gibt sich keinerlei Mühe, seinen Spott zu verbergen. »Du magst dieses Mädchen. Du träumst von ihr. Du denkst ständig an sie – aber du willst sie nicht wiedersehen. Ist das korrekt wiedergegeben?«

Paul nickt. »Korrekt.«

»Okay«, lächelt Jon. »Ich bin Arzt und meine Diagnose ist eindeutig. Du bist durchgeknallt, Paul. Plemplem. Irre. Verrückt. Ein Sex-Maniac, und zwar im umgekehrten Sinne. Ist ja auch kein Wunder: Du warst, wenn ich es richtig sehe, seit drei Jahren mit keiner Frau im Bett. So etwas kann natürlich nicht gut gehen. Hat Freud schon vor hundert Jahren festgestellt. Man nennt so etwas Triebstau. Du hast drei Jahre keinen Dampf abgelassen, und jetzt sind deine Sicherungen durchgeschmort.«

»Mein Gott, Jon. Mein Schwanz ist doch kein Überdruckventil«, entgegnet Paul genervt.

»Psychologisch gesehen schon«, sagt der Zahnarzt besserwisserisch. »Wenn du einen Tipp haben willst: Geh zu dieser Lilly und vögel dir die Seele aus dem Leib. Danach wird's dir besser gehen. Und dann kannst du immer noch entscheiden, ob du was Ernstes mit ihr anfangen willst.«

Sie haben sich in Jons Nachmittagspause im Café Paris getroffen, mitten in der Hamburger Innenstadt. Jon trägt unter seinem Sommerblazer seine weiße Arztmontur. Paul hat Jeans an und ein T-Shirt. Er würde glatt als Student durchgehen. Jedenfalls für die Leute, die nicht gesehen haben, wie er seinen Mercedes SLR im Neuen Wall abgestellt hat.

Paul hat das unangenehme Gefühl, dass nach Jons sexualtherapeutischer Ansprache eine andächtige Ruhe in dem Café eingekehrt ist. Weil der Großteil der Gäste aufgehört hat zu reden, um kein Wort *ihrer* Unterhaltung zu verpassen.

»Geht's auch ein bisschen leiser?«, sagt er schlecht gelaunt.

»Nein, geht es nicht. Ein Fall wie deiner ist von öffentlichem Interesse.«

Paul muss lachen. Jons nonchalante Art ist köstlich. Aber sie ist auch gefährlich.

»Toll. Dann zeig mich doch gleich bei der Polizei an. Falls es neu für dich ist: Leute in meinem Berufsfeld leben mit einer gewissen Diskretion.«

Jon wischt den Einwand mit einer Handbewegung zur Seite. »Ausnahmsweise sprechen wir nicht über Paul, den Juwelendieb, sondern über Paul, den Beziehungsflüchtling.« Jetzt flüstert Jon derart übertrieben, dass er nach Pauls Meinung ebenso gut schreien könnte. »Du bist der einzige Mann, den ich kenne, der jede Frau haben könnte. Und der sich trotzdem benimmt wie Gandhi im Ehebett. Der hat bekanntlich dagelegen und seinen Ständer wegmeditiert, anstatt sich in seine Frau zu vertiefen.«

Paul ist sauer. Er hat Jon von dem Abend mit Lilly im Park erzählt. Sein Freund kennt ihn eigentlich gut genug, um sich die Dinge selbst zusammenzureimen. Nur dieses eine Mal liegt er total daneben.

»Du täuschst dich, Jon. Es hat nichts damit zu tun.«

Jon sieht ihn herablassend an.

»Wahrscheinlich erzählst du mir gleich, dass du neuerdings allergisch gegen Frauen bist und Pickel kriegst, wenn sie dir zu nahe kommen.«

»Nicht mehr als vorher auch. Aber darum geht es doch gar nicht.«

»Sondern?«

»Es geht um zwei Wochen, Jon, verstehst du? Dann ist alles vorbei. Dann ist mein letzter Coup gelaufen, und ich bin frei. Dann ist mein Gelübde erfüllt. Und dann werde ich mich bei Lilly melden. Aber im Moment geht's halt nicht.«

»In zwei Wochen? Und du meinst, dass sie sich dann noch an dich erinnern wird?«

»Wird sie! Das garantiere ich dir. Und ich werde mich vor sie knien und ihr sagen, dass mich noch nie eine Frau so umgehauen hat wie sie. Ich werde ihr sagen, dass ich sie will und dass ich sie nicht mehr hergebe, weil ich es dieses Mal wirklich ernst meine!«

Jon schlürft versonnen seinen Espresso. Der Geräuschpegel im Café schwillt nach und nach wieder an und umgibt die beiden wie ein schützender Vorhang. Jon zieht seine Sonnenbrille auf die Nasenspitze, mustert Paul und sagt:

»Vergiss es. Es wird nicht funktionieren.«

»Was wird nicht funktionieren?«

»Das mit den zwei Wochen.«

»Zu lang oder zu kurz?«

Jon sieht seinen Freund erstaunt an. Ist Paul neuerdings wirklich so naiv, oder hat diese Lilly ihn derart durcheinander gebracht?

»Mein Gott, Paul. Die Zeiten sind vorbei, in denen eine Frau auf einen Mann wartet. Oder umgekehrt. Glaub es mir. Sie wird denken, dass du kein Interesse an ihr hast. Und darum wird sie mit dem Nächstbesten, der ihr über den Weg läuft, durchbrennen. Du sagtest, diese Lilly ist so um die dreißig? Das ist genau das Alter, in dem Frauen ungeduldiger sind als läufige Kaninchen. Zwei Wochen? Du hast höchstens achtundvierzig Stunden.«

»Dann habe ich wohl Pech gehabt.«

»Wie du meinst. Aber eines verspreche ich dir: In zwei Wochen wird sie nicht mal mehr wissen, wie du heißt«, entgegnet Jon kalt lächelnd.

Paul schüttelt ungläubig den Kopf. Am liebsten würde er

einfach aufstehen und gehen. Eine innere Stimme sagt ihm, dass es besser ist, hierzubleiben. Anders als sonst, steht diesmal eine Menge auf dem Spiel. Zum Beispiel die Sache mit Lilly.

»Ich könnte ihr ja zwischendurch Blumen schicken«, sagt er und sieht Jon erwartungsvoll an.

»Sie wird dich für verklemmt halten. Kein normaler Mann schickt heutzutage Blumen. Es sei denn, sie kriegt den Strauß, während du in ihrem Schlafzimmer stehst und sie ausziehst.«

»Dann halt einen Liebesbrief.«

»Mein Gott, heißt du Goethe? Sie wird denken, dass du zu vergeistigt für Sex bist.«

Paul spürt, wie Wut in ihm aufsteigt, nicht auf Jon, sondern auf sich selbst.

»Also gut. Was soll ich sonst machen? Unter ihr Fenster treten und singen?«

»Sie wird dich fragen, ob dein Therapeut keine neueren Ideen auf Lager hat.«

Paul winkt dem Kellner und bestellt sich einen Grappa. Er hat ihn selten so nötig gehabt wie im Moment.

»Alles klar, Herr Erika Berger«, sagt Paul, nachdem die Flüssigkeit glühend durch ihn hindurchgelaufen ist. »Ich kapituliere. Was schlägst du vor? Was soll ich tun?«

Jon zuckt mit den Schultern.

»Fahr zu Lilly und schnapp sie dir, Tiger! Und mach mit ihr das, was du vom ersten Augenblick an tun wolltest. Schließlich ist es mit Schwüren so wie mit allen Grundsätzen im Leben: Wenn niemand erfährt, dass man sie bricht, ist es praktisch so, als hätte man nichts getan.«

»Und ich dachte, ich wäre der Unmoralische von uns beiden.«

»Ich habe das nie behauptet. Und meine Frau liebt mich dafür.«

Jon verdreht vielsagend die Augen. Paul nimmt es ihm nicht übel. Jon zählt zu den wenigen glücklich verheirateten Männern, die er kennt. Nicht zuletzt, weil er nicht nur Zahnarzt ist, sondern auch abends im Bett nicht genug von den Doktorspielchen bekommt.

Dennoch will er sichergehen.

»Du meinst also Sex?«

Jon lacht lauthals.

»Wo denkst du hin? Ihr sollt natürlich Mensch-ärgere-dich-nicht spielen. Oder zusammen ins Museum gehen.«

Jon macht eine Pause, zweifelt für eine Sekunde an Pauls geistiger Verfassung und fährt schließlich ungeduldig fort. »Mein Gott, Paul. Natürlich meine ich Sex. Was denn sonst? Muss ich dir vielleicht noch erklären, wie man es macht? Nein? Gut.«

»Ich wollte nur sichergehen«, wirft Paul zerknirscht ein. Jon überhört es und fährt fort:

»Und wenn ich von Sex rede, meine ich nicht wieder so eine Teenagerknutscherei, wie ihr sie im Park veranstaltet habt. Ich meine wilden, leidenschaftlichen, hemmungslosen, schmutzigen Sex. Ich meine Dinge, bei denen Frauen früher schwanger geworden sind. Und bei denen deiner Lilly klar wird, dass du es ernst mit ihr meinst, und zwar nicht erst in zwei Wochen, sondern sofort. Danach will ich nicht nur hören, wie sie sich anfühlt, sondern auch wie sie schmeckt und in welcher Stellung sie anfängt zu quieken.« Jon holt Luft, als hätten ihn seine Sätze einige Anstrengung gekostet. Mit milderer Stimme sagt er: »Mit allem anderen kannst du dir getrost ein paar Wochen Zeit lassen.

Oder auch noch länger. Insbesondere mit Dingen wie heiraten.«

Paul hat längst eingesehen, dass Jon Recht hat. Es fällt ihm dennoch schwer, es offen zuzugeben. Schließlich bedeutet es, mit mehr oder weniger lieb gewonnenen Gewohnheiten zu brechen. Seine allmähliche Einsicht äußert sich in einem nachdenklichen Nicken.

»Also gut. Du hast Recht. Du hast gewonnen«, sagt er resigniert.

»*Du*, Paul, *du* hast gewonnen. Vorausgesetzt, du tust es wirklich.«

»Verlass dich drauf«, sagt er mit fester Stimme, und meint es auch so. Denn mal ehrlich, es geht um gerade einmal zwei Wochen. Jon hat also vollkommen Recht. Eine Nacht mit Lilly könnte man nicht als gebrochenen Schwur bezeichnen, höchstens als kleine Übertretung.

Jon blickt auf die Uhr und legt ein paar Münzen auf den Tisch.

»Gut, dass wir das geklärt haben«, sagt er grinsend und steht auf. »Außerdem muss ich zurück in die Praxis. Ich muss weiter Löcher bohren, und zwar nicht in Safes, sondern in Zähne. Auf die Art kann man nämlich auch sein Geld verdienen.«

Paul steht ebenfalls auf und umarmt seinen Freund zum Abschied.

»Danke, Jon. Ich weiß, was ich an dir habe.«

»Geht mir auch so, Paul. Auch wenn es nicht immer einfach mit dir ist.«

Sie nicken sich zu, und Jon verschwindet im Strom der Passanten.

10. Freitag

15.45 Uhr

Mit der Liebe ist es ähnlich wie mit einer Topfpflanze. Man kann sie gießen, düngen, die Erde wechseln, die Wurzeln beschneiden oder ihr Mozart vorspielen. Am Ende ist es trotzdem purer Zufall, ob das gute Stück blüht und gedeiht oder ob es jämmerlich zugrunde geht.

Silvia weiß es, schließlich hat Lydia es ihr oft genug klar gemacht. Erst gestern zum Beispiel, als ihre Freundin sie bei ihrem allabendlichen Telefonat fragte: »Du warst als junges Mädchen bestimmt in Rod Stewart oder Cliff Richard verliebt, stimmt's?«

»In Campino«, hatte sie schulterzuckend erwidert. »Und das bin ich eigentlich immer noch.«

»Siehst du, das meine ich. Du suchst dir Männer aus, die unerreichbar für dich sind. Genauso ist es jetzt mit Torsten.«

Sie hatte gelacht und gesagt:

»Torsten ist bestimmt alles Mögliche, aber unerreichbar ist er eigentlich nicht.«

»Der Junge war verheiratet, er hat Kinder, und er ist emotional auf dem Stand eines Jack Russell. Ich glaube, du könntest dich nackt in sein Bett legen und er würde dich fragen, ob er deine Haut nach Melanomen absuchen soll.«

Es war eines der wenigen Male, an denen Silvia einfach den Hörer aufgeknallt hatte. Der Grund für ihre übertriebene Reaktion ist ihr vollkommen bewusst: *Lydia hat Recht.* Zumindest auf den ersten Blick. Dass Torsten eigentlich ganz anders ist, kann sie Lydia einfach nicht begreiflich machen. Und so langsam verliert sie selbst auch den Glauben daran.

Silvia steht von ihrem grauen Behördenschreibtisch auf und geht zum Fenster hinüber. Das traurigste am neuen Hamburger Polizeipräsidium ist die trübe Aussicht. In dem Hochhaus am Berliner Tor, in dem sie früher residiert haben, konnte sie vom Büro aus über die ganze Stadt sehen. Das war ungeheuer motivierend. Selbst wenn sie nicht wusste, hinter wem sie gerade her war, so hat sie den entsprechenden Täter dennoch *sehen* können. Irgendwo dort unten war er, derjenige, auf den sie es abgesehen hatte. Die Stadt war so etwas wie ihr Revier gewesen, das sie von dort oben beobachten konnte wie ein Raubvogel. Um dann im geeigneten Augenblick hinabzustoßen und Beute zu machen.

In dem Neubau, in dem sie jetzt untergebracht sind, gibt es natürlich jeden erdenklichen Komfort: Kabelschächte für die Computerleitungen, Klimaanlage, Besprechungszimmer mit Beamer und elektrischen Fensterjalousien. Dafür blickt sie vom Fenster aus auf eine triste Backsteinsiedlung, die einen nicht gerade in die Stimmung versetzt, Verbrecher zu jagen.

Seit ihrem Gespräch mit Horst Rudolph sind acht Tage vergangen. Acht Tage, in denen Silvia mehr oder weniger rund um die Uhr auf den Beinen gewesen ist. Acht Tage, in denen Torsten nichts Besseres zu tun gehabt hat, als ihr zu erklären, dass es vollkommen sinnlos ist, was sie tut. Er hält ihre Idee nämlich für bescheuert. Reiner Zufall, dass *Rubin* immer dort zuschlägt, wo die High Society kurz zuvor ein rauschendes Fest gefeiert hat.

Sie ist anderer Ansicht. Und jetzt kann sich Silvia ein selbstbewusstes Lächeln nicht verkneifen. Sie blickt auf die Listen, die sie in den vergangenen Stunden angefertigt hat. Sie ist stolz darauf. Weil es der Beweis ist, dass ihre Theorie stimmt.

Silvia schiebt den Bürostuhl nach hinten, legt die Arme in den Nacken und die Füße auf den Tisch. Bella Block, Rosa Roth oder Lea Sommer, sie können sich alle eine Scheibe von ihr abschneiden. Und Torsten Nicolai erst recht! Zum ersten Mal gibt es eine heiße Spur, die sie zu ihm führen könnte. *Zu Rubin.*

Silvia greift zum Telefon und wählt die Nummer von Torstens Handy.

»Störe ich?«

»Kommt drauf an. Was gibt es denn so Wichtiges?«

»Verrat mir lieber, wo du steckst.«

»Na, wo schon? Ich sitze mit den Jungs von der Wache in der Kantine.«

»Hmm.« Sie ist froh, dass er ihren Gesichtsausdruck nicht sehen kann.

»Und?«, fragt Torsten ungeduldig.

Silvia lächelt siegesgewiss.

»Was hältst du davon, wenn wir *Rubin* schnappen?«

Torsten lacht.

»Ich habe letzte Nacht auch was Schönes geträumt.«

Irgendetwas in Silvia zerreißt, als er das sagt, hoffentlich ist es nur ihr Geduldsfaden. Und nicht das, was sie für Torsten empfindet.

»Torsten Nicolai, beweg gefälligst deinen prächtigen Hintern hierher. Sonst gehe ich alleine zu Rudolph und präsentiere ihm die Ergebnisse meiner Ermittlungen.«

16.03 Uhr

»Die Bea ist super im Bett. Aber soll ich deswegen die Moni verlassen? Im Oktober kommt auch noch das Kind.«

Robby Schulz sieht ihn ratlos an. Rolf zuckt gelangweilt mit den Schultern.

»Als Mittelstürmer wissen Sie halt, wie man die Dinger in die Kiste kriegt.«

Er lacht. Der Fußballer braucht ein paar Sekunden, bevor er in das Gelächter mit einstimmt.

»Ihr Pressefritzen habt's gut reden. Ihr bumst durch die Gegend und davon ist nie was zu lesen. Und ich? Ich gehe einmal in die Disko und die Schlagzeile kommt schneller als ich selber.«

Robby macht einen gequälten Gesichtsausdruck. Rolf winkt ab.

»Zurück zu der Sache mit dem Collier. Sie haben mit Bea eine Reise nach Hamburg gemacht, richtig? Zweihunderttausend Euro, richtig? Und am selben Abend wird es aus dem Hotelzimmer gestohlen, richtig?«

Es ist der dritte Anlauf, den Rolf während des Interviews nimmt. Der Mittelstürmer steht derart unter Beschuss, dass er sich an nichts mehr erinnern kann.

»Wissen Sie«, sagt er mit schleppender Stimme. »Die Moni, die kenne ich, seit ich siebzehn bin. Darum ist das mit der Bea doch passiert. Weil, immer dasselbe, das geht doch auch nicht.«

»Das Collier, Robby. Was war mit dem Collier?«, drängelt Rolf. Aus keinem anderen Grund hat er sich dafür eingesetzt, die abgelutschte Story mit dem Fußballer noch einmal ins Heft zu nehmen. Er ist, top secret natürlich, auf der Jagd nach *Rubin*. Und wo könnte er Hinweise finden, wenn nicht bei den Opfern? Und zu denen gehört auch Robby Schulz, der berühmte Mittelstürmer.

»Ich komme mir schon vor wie ein Affe«, sagt Robby kleinlaut. »Die Kleine, also Bea, macht mich völlig verrückt. Aber deswegen alles mit der Moni aufgeben? Die ganzen Jahre, das Haus, unser Kind? Was würden Sie an meiner Stelle tun?«

Rolf ärgert sich am meisten darüber, dass er überhaupt mit einem Menschen wie Robby Schulz zu tun hat. Schuld ist der Engländer. Beckham. Seit der Haarreifen trägt und herumläuft wie ein Model, sind Fußballer gut genug für die Hochglanzmagazine. Menschen, die Stroh im Kopf haben und ihr Geld mit den Füßen verdienen. Und auf einmal zählen sie zur High Society.

Rolf winkt dem Kellner und bestellt zwei Bier und zwei Klare.

»Warum muss ich mich überhaupt entscheiden?«, fährt Robby mit weinerlicher Stimme fort. »Mit der Moni will ich Familie haben. Sage ich mal so. Und dreimal in der Woche bei der Bea. Ich spiel doch auch Verein und Nationalmannschaft.«

»Und das Collier? Denken Sie doch nach, verdammt noch mal. War damals jemand in Ihrem Hotelzimmer? Haben Sie irgendetwas bemerkt? Irgendein Verdacht? Irgendein Gesicht, an das Sie sich erinnern können?«

Der Mittelstürmer sieht Rolf irritiert an. Er reibt sich mit den riesigen Händen durch das zerfurchte Gesicht.

»Ich bin froh, dass das Ding weg ist. Dadurch ist doch alles rausgekommen. Erst wird das Collier gestohlen, dann kommt der Typ von der Versicherung zu uns nach Hause. Der fragt die Moni, ob sie noch die Rechnung hat. Und ich stehe als Lügner da. Ehebrecher, was weiß ich. Was soll's. Vorbei. Interessiert mich nicht mehr. Zweihunderttausend, na und?«

Rolf kippt die beiden Klaren und zieht eines der Biere zu sich heran. Er sitzt seit über zwei Stunden im »Franziskaner«, einem der wenigen bayerischen Lokale in Hamburg. Seit der ersten Minute sülzt ihn der Mittelstürmer mit seinen Eheproblemen zu. Immerhin hat er dadurch genug intime Geständnisse auf dem Band, um Karrenbauer, seinen Chefredakteur, vor Freude tanzen zu lassen. Seine Laune ist trotzdem im Keller. Es wird noch einige Biere brauchen, bis er sie da wieder herausbekommt.

»Hören Sie zu, Robby. Wenn Sie nichts über das Collier wissen, dann ist jetzt Schluss mit dem Gespräch.«

»Was?«

»Sie haben schon richtig gehört.«

»Ich denke, Sie wollen mir was über die Moni und die Bea schreiben. Dass ich auch mal wieder gut wegkomme. Weil das Kind doch im Oktober kommt.«

»Scheiße, Robby. Erzählen Sie mir was über das Collier.«

»Was hat das denn mit der Moni und der Bea zu tun?«

Der Mittelstürmer nimmt das Bierglas und schüttet es nach bayerischer Manier in einem einzigen Schwall in sich hinein.

Rolf winkt ab.

»Vergessen Sie es.«

Er wird die Prämie nicht bekommen. Er hat sich übernommen. *Rubin* beklaut diese Prominenten, und es scheint sie gar nicht zu interessieren. Er kommt keinen Zentimeter von der Stelle. Vielleicht ist er ein guter Journalist. Aber als Privatdetektiv ist er miserabel.

Rolf winkt dem Kellner und bestellt eine neue Runde.

»Also gut, Robby. Erzählen Sie's mir noch mal: Wollen Sie jetzt die Moni oder die Bea bumsen? Oder beide?«

Der Mittelstürmer verschränkt die Arme vor der Brust.

»Ihnen sag ich gar nichts mehr.«

»Ach, Scheiße, Robby. Jetzt seien Sie doch nicht beleidigt. Das bringt doch nichts.«

Er kippt die zwei Klaren und schiebt dem Mittelstürmer ein Bier hinüber.

»Vielleicht sollte ich die Bea einfach abschießen, weg damit. Bei der Moni weiß ich, wo ich dran bin. So übel ist die gar nicht«, sagt der Mittelstürmer kopfschüttelnd.

16.22 Uhr

Singles sind erfindungsreiche Menschen. Insbesondere wenn es darum geht, nicht länger Singles zu sein. Die Mutigen unter ihnen gehen in eine Kneipe und reißen jemanden auf. Die Ergebenen gehen in eine Kneipe und hoffen, aufgerissen zu werden. Die Raffinierten gehen in eine Zoohandlung und kaufen sich einen Hund. Die Technikgläubigen gehen ins Internet und chatten in einem Flirt-Forum. Und die Biederen belegen an der Volkshochschule den Kurs »Blumen fotografieren – Tricks, Tipps und Techniken«.

An diesem Tag bricht der VHS-Kurs zu seiner ersten Freilandexkursion auf. Das Ziel ist Planten un Blomen, die Hamburger Entsprechung zum Central Park in New York oder den Tuilerien in Paris. Der Park bietet reichlich Material für die Objektive der Teilnehmer: Im Apothekergarten lassen sich Arznei- und Kräuterpflanzen knipsen. Im Japanischen Garten bieten kunstvoll gestutzte Kiefern reizvolle Motive. Und im Rosengarten warten romantische Blumenmotive.

Der Kursleiter, er ist achtundfünfzig Jahre alt und seit einer kurzen Affäre zu Realschulzeiten allein stehend, gibt letzte Tipps. Die Singles, bewaffnet mit Kamerataschen, Stativen und Wechselobjektiven, schwärmen aus.

Einer der Singles trägt kurze Hosen, Kniestrümpfe und Sandalen. Dazu ein ausgewaschenes, kariertes Hemd. Auf dem Kopf einen Strohhut, auf der Nase eine Sonnenbrille, um das Kinn einen struppigen Bart. Auch legt er – als Einziger – keinen Wert darauf, den anderen Teilnehmern der Gruppe näher zu kommen.

Er hockt sich tief auf die Erde. Er bringt sein Objektiv in Stellung. Er knipst. Aber es sind nur scheinbar die Rosen, die er ablichtet. In Wirklichkeit ist es das dahinter gelegene Radisson Hotel, einer der wenigen Wolkenkratzer in Hamburg.

Er macht sich unauffällig ein genaues Bild von den Straßen und Wegen, die zum Hotel führen. Was ihm gefällt, das knipst er. Er studiert die Lieferzonen und die Angestellteneingänge, dazu die Notausgänge. Er merkt sich die Position der Pförtnerloge und die Ecke, in der die Angestellten in freien Minuten ihre Zigaretten rauchen. Er macht beflissen Aufnahmen von den nahe gelegenen S-Bahngleisen, und er studiert die Zu- und Ausfahrten, die zu der riesigen unterirdischen Parkgarage des Congress Centrums, direkt neben dem Hotel gelegen, führen.

Erst als er damit fertig ist, kehrt er zu der Volkshochschulgruppe zurück. Niemand vermisst ihn. Er nimmt es gelassen zur Kenntnis.

Schließlich schultert er seine Ausrüstung und sucht eine der öffentlichen Toiletten im Park auf. Es ist ihm anzusehen, dass er ein dringendes Geschäft verrichten muss.

Wenige Minuten, nachdem er im Örtchen verschwunden ist, kommt Paul aus ebendiesem. Er streicht sich über die Haare, die etwas unordentlicher als sonst sind. Er sieht sich um, wie er es immer tut.

Er verlässt den Park und ist bester Laune. Auch wenn er immer noch Single ist.

16.28 Uhr

»Findest du wirklich, dass ich einen prächtigen Hintern habe?«

Torsten steht grinsend in der Tür.

Silvia neigt abwägend den Kopf zur Seite.

»Schwer zu sagen. Ich kriege ihn ja nie zu sehen. Jedenfalls nicht unverpackt.«

Torsten schließt die Tür, dreht ein paar Runden vor ihrem Schreibtisch, setzt dazu an, etwas zu sagen, und bringt dann doch nichts über die Lippen.

Schließlich lässt er sich schnaufend in den Stuhl fallen, der eigentlich für Verdächtige und Verbrecher reserviert ist.

Aber da gehört er ja auch hin, findet Silvia. Erstens ist Torsten verdächtig immun gegen versteckte Andeutungen. Und zweitens ist es ein Verbrechen, die Zuneigungsbekundungen einer Kollegin einfach zu ignorieren.

»Also? Was ist so wichtig, um mich von meiner Doppelkopfrunde in der Kantine loszueisen?«, fragt er schlecht gelaunt.

»Entschuldigung«, ruft sie lautstark aus. Es klingt wie ein Vorwurf und so ist es auch gemeint. »Ich wollte dir nur erzählen, dass ich weiß, wer *Rubin* ist.«

»Ich lag mit zweihundert Augen in Führung. Da wäre mindestens ein Kasten Bier fällig gewesen. Und jetzt ist Olaf vom Mord für mich eingestiegen.«

Silvia löst die Sperre für den Wippmechanismus an ihrem Schreibtischstuhl. Die Federung gibt eine Art Seufzen von sich, und sie lässt sich weit nach hinten sinken. Sie schließt die Augen und versucht sich an alles zu erinnern, was sie über »Positives Denken« weiß. Es ist nicht gerade viel. Klar ist aber, dass man dabei auf keinen Fall an Männer denken darf.

Torsten kramt seine Zigaretten hervor und steckt sich eine an. Zu Hause darf er ja nicht mehr rauchen. Pierre wird von seinen Lehrern so sehr gegen Raucher indoktriniert, dass er seinem Vater jedes Mal, wenn der sich eine anzündet, Vorträge über Lungenkarzinome und Arterienverkalkung hält. Und unter solchen Umständen macht Rauchen nun mal kein Vergnügen.

Torsten zieht lange und tief an der Zigarette. Seine Bronchien fühlen sich an, als würden sie jeden Moment platzen. Gut so. Der Schmerz lindert seine Wut. Und wütend ist er. Erst muss er wegen Silvia die Jungs alleine weiterspielen lassen. Und jetzt sitzt sie vor ihm und meditiert. Typisch

Frau: Alles, was sie als ungeheuer *wichtig* bezeichnen, ist aus der Sicht eines Mannes meistens *überflüssig*. Zum Beispiel tiefsinnige Gespräche nach dem Sex, Gemüse zum Steak, Filme mit Evelyn Hamann. Dinge also, auf die man ohne Probleme verzichten kann.

Immerhin kann er Silvia, weil sie die Augen geschlossen hat, ungestört ansehen. Normalerweise versucht er das zu vermeiden, weil es ihm dabei jedes Mal heiß und kalt den Rücken runterläuft. Sie ist eine verdammt schöne Frau und auch noch genau sein Typ. Theoretisch jedenfalls, wenn solche Frauen für ihn überhaupt in Frage kämen. Klar, das ist Träumerei. Trotzdem muss er sich vorstellen, wie es wäre, wenn sie *seine* Frau wäre. Wenn Silvia der erste Mensch wäre, den er morgens nach dem Aufstehen sieht, und abends der Letzte, wenn er einschläft. Fall er einschliefe. Denn wenn sie neben ihm im Bett läge, könnte er wahrscheinlich kein Auge zumachen. Unmöglich. Viel zu aufregend. Er würde die ganze Nacht wachliegen und sie anstarren und darüber nachdenken, wie schön das Leben sein kann. Na ja, was soll's. Er wird es doch nie erleben. Irgendetwas stört Torstens Gedanken. Worüber hat Silvia geredet, als er ins Zimmer kam? *Ich wollte dir nur erzählen, dass ich weiß, wer* Rubin *ist*. Torsten zerdrückt die halb gerauchte Zigarette in Silvias Benjamini-Topf. Asche ist ja ein guter Dünger. *Hat sie das wirklich gerade gesagt?*

»Hast du das wirklich gerade gesagt?«

Silvia öffnet die Augen. Sie tut so, als wäre sie in Gedanken ganz weit weg gewesen. Dabei hat sie seine Blicke genossen. Und sie hat gespürt, dass irgendetwas in ihm vorgegangen ist.

»Was denn?«

»Na, dass du weißt, wer ...«

»... *Rubin* ist. Ja, habe ich gesagt«, vervollständigt sie seinen Satz. Sie kann ihr Triumphgefühl nicht verbergen. Will sie auch gar nicht.

Torsten sieht aus dem Fenster. *Kein Zweifel: Doppelkopf ist eine der großartigsten Erfindungen der Menschheit.*

»Und? Wann verhaften wir ihn?«, fragt er spöttisch.

Silvia denkt, sie hört nicht richtig. Und dazu dieser arrogante Blick von Torsten. Am liebsten würde sie ihren Kollegen durchprügeln! Stattdessen steht sie auf, nimmt ihre Liste und pfeffert sie ihm auf den Schoß.

»Sieh es dir selbst an.«

Torsten blickt auf drei Bogen Papier, auf denen ungefähr dreißig Namen stehen. Vielleicht auch vierzig. Er zuckt mit den Schultern.

»Und? Wer ist das? Sind das *Rubins* Pseudonyme der letzten zehn Jahre?«

Silvia stellt sich direkt vor ihn. Sie beugt sich hinunter und stützt die Hände auf die Armlehnen des Stuhls, auf dem er sitzt. Ihr Gesicht ist unmittelbar vor seinem. *So nicht, mein Lieber.*

»*Das*«, sie schlägt mit der Hand auf die Liste, »ist das Ergebnis meiner Arbeit. *Das* sind die Überschneidungen der Einladungslisten aller Feiern, in deren Umfeld eingebrochen wurde. *Das* ist unsere einzige Chance, *Rubin* hinter Schloss und Riegel zu bekommen.«

Torsten sieht sie mit zusammengekniffenen Augen an – so langsam dämmert ihm, worauf sie hinauswill. Und er ärgert sich über seine lange Leitung.

»Natürlich«, sagt er zerknirscht. »das kleine Einmaleins der Täterfahndung. Und ich war zu blöd, um darauf zu kommen.«

»Genau, das warst du«, sagt sie, aber auf ihrem Gesicht liegt kein Triumph, sondern nur ein mildes Lächeln. Sie fährt fort:

»Wir sind immer davon ausgegangen, dass *Rubin* Promis beklaut, weil die so tollen Schmuck besitzen. Ich denke, wir lagen total daneben. Weil: *Rubin* ist selber ein Promi.«

Torsten nickt zustimmend.

»Zumindest verkehrt er in prominenten Kreisen.«

Silvia nimmt ihre Papiere und schlägt mit der flachen Hand darauf, sodass es einen lauten Knall gibt.

»Und darum bin ich mir ganz sicher, dass er auf der Liste steht.«

Torsten senkt den Blick. Für einen Moment herrscht völlige Stille im Raum. Dann sieht er sie wieder an, und ausnahmsweise scheut er sich nicht, ihr direkt in die Augen zu sehen.

»Darf ich Ihnen ein Kompliment machen, Frau Kollegin?«

»Nehmen Sie sich nur nicht zu viel vor, Herr Kollege.«

»Du bist eine brillante Ermittlerin. Und ich sollte mir wirklich eine Scheibe von dir abschneiden.«

Aber warum denn? Du kannst mich doch ganz haben.

»Ja, das finde ich auch«, entgegnet sie lächelnd. »Und darum verrate ich dir auch, wie es weitergeht. Wir werden uns ganz einfach …«

»… auf die nächste Promi-Fete einladen«, vervollständigt er ihren Satz. Endlich sind sie einmal auf einer Wellenlänge, wenigstens auf beruflicher Ebene.

»Ganz genau. Und dort halten wir einfach die Augen auf, und mit etwas Glück läuft uns *Rubin* ganz von selbst in die Arme.«

»Genial.«

»Allerdings«, entgegnet sie selbstbewusst. »Und ich weiß noch etwas. Unsere nächste Gelegenheit ist schon morgen. Und zwar bei niemand anderem als Geena Karolis – und die sollten wir uns doch nicht entgehen lassen, oder?«

11. Samstag

20.48 Uhr

»Das ist er«, jauchzt Gudrun und rempelt Geena unsanft in die Seite.

»Natürlich ist er das«, erwidert die Gastgeberin gelassen. Es hat Geena Karolis einige Jahre gekostet, um Ereignisse wie dieses – Jean Holzmann, der Goldene-Kamera-Preisträger, kommt gerade mit seiner Frau Charlotte auf *ihre* Gartenparty – nicht mehr als etwas Besonderes zu betrachten. Gudruns Aufregung erinnert sie allerdings daran, dass sie vor gar nicht langer Zeit in so einem Moment auch noch in Ohnmacht gefallen wäre.

»Komm, ich stell dich vor«, sagt sie lächelnd zu ihrer Freundin und zieht sie mit sich zu der Gartenpforte, durch die immer mehr namhafte Gäste strömen.

»Du willst mich Jean Holzmann vorstellen?«

»Mein Gott, Gu. Stell dich nicht so an. Er ist Schauspieler, nichts weiter«, erwidert Geena gelassen.

Geena hakt sich bei ihrer Freundin unter und schreitet in Richtung Eingang. Sie ist sich vollkommen bewusst, dass sie in diesem Augenblick von so ziemlich jedem im Garten der Blankeneser Villa angestarrt wird, und sie weiß auch, dass die Blicke keineswegs nur freundlich sind. Anerkennung,

Geringschätzung, Verachtung, das ganze Spektrum der Gefühlsskala, die in solchen Kreisen üblich ist, ist vertreten. Geena weiß aber auch, dass in jedem dieser Blicke noch etwas anderes mitschwingt: Neid.

Sie ist selbstbewusst – und das mit Recht. Sie weiß, dass die meisten der Menschen, mit denen sie heute verkehrt, nicht einmal ahnen, wie grau, kalt und armselig die Welt auch sein kann. Die Welt, aus der sie stammt, zum Beispiel. Geena, die damals noch Gisela hieß, hatte die ersten fünfundzwanzig Jahre ihres Lebens in einer norddeutschen Kleinstadt verbracht, in der es nicht einmal eine weiterführende Schule gab. Und dann – vor drei Jahren – wurde sie zur Dithmarschener Kohlprinzessin gewählt. Sie wusste, dass es die einzige Chance war auszubrechen und dass sie töten würde, um diese Chance zu nutzen.

Sie hat es geschafft. Aus der Kohlprinzessin wurde binnen eines Jahres ein Sternchen auf RTL 2, mit bescheidenem Ruhm und regelmäßigen Auftritten in Großraumdiskotheken zwischen Winsen an der Luhe und Palma de Mallorca. Als ihre Popularität nach wenigen Monaten wieder zu verblassen drohte, wurde Geena schwanger, und durch die Kontakte, die sie geknüpft hatte, schaffte sie es, aus der Geburt ihres unehelichen Sohnes ein mehrwöchiges, tägliches TV-Event zu machen. Danach saß sie wieder in tristen Kaufhäusern und überheizten Shopping-Malls und gab Autogramme, wenn sie nicht gerade mit Stillen beschäftigt war. Gerade als sich ihre zweite Karriere als ebenso berühmte wie verspottete TV-Mutter dem Ende zuneigte, lernte sie Hubert Karolis kennen. Der Unternehmer hatte Geld und suchte Glamour – bei ihr war es umgekehrt. Acht Wochen später heiratete sie Hubert, und wenn sie heute in sich hineinhorcht, stellt sie zu ihrer eigenen Überraschung fest, dass sie ihn sogar liebt. Auch wenn ihr schleierhaft ist, warum.

Geena hat Hubert das gegeben, wonach er sich sehnte: Aufregung in seinem langweiligen Leben und Aufmerksamkeit von Menschen, die er bewundert und die ihn bisher ignoriert haben. Mithilfe seines schier unerschöpflichen Vermögens (alles redlich geerbt) sorgte Geena nicht nur für ein neues Haus und ein neues Image für Hubert – sondern auch für eine komplett neue Ausstattung für sich und ihren Sohn. Sie organisierte Empfänge, Bälle und Gartenfeste, die sehr bald ein ›must‹ für die Hamburger Society wurden. Wenn die Leute Geena trotzdem verachten, kann sie damit leben.

»Und wer ist das?«, fragt Gudrun. Sie zeigt auf einen elegant gekleideten Endzwanziger, der gerade den Garten betritt.

»Das ist Paul Schrader.«

»Und wer ist Paul Schrader?«, flüstert Gu.

»Mein Gott, Gu. Du kennst aber auch wirklich niemanden.«

Eigentlich weiß Geena selber nicht, wer Paul Schrader ist. Tatsache aber ist, dass der smarte Single immer dabei ist, wenn die Schönen und Reichen der Stadt zusammenkommen. Also muss er wohl selber ein Schöner und Reicher sein. Und mehr muss man eigentlich nicht wissen.

Geena geht auf Paul zu und hält ihm in einer bemüht grazilen Bewegung ihre Hand hin, die in einem goldenglitzernden, schulterlangen Handschuh steckt.

»Hallo Paul, wir haben gerade von Ihnen gesprochen«, haucht sie.

»Tatsächlich? Ich hoffe, Sie haben nicht allzu viele meiner Geheimnisse verraten.«

Paul verhält sich formvollendet. Er haucht einen Kuss auf Geenas Hand und spaziert gemeinsam mit ihr in den Garten.

Geena kichert, wie üblich eine Spur zu laut und zu ordinär.

»Meine Freundin Gudrun kann sich partout nicht mehr daran erinnern, wer Sie sind und was Sie machen.«

»Und da haben Sie ihr natürlich erklärt, dass ich gar nichts mache und meine Zeit am liebsten mit schönen Frauen wie Ihnen verbringe«, sagt Paul lächelnd.

»Klar, habe ich. Und dann hat sie gefragt, ob das alles ist, was Sie machen. Oder ob Sie vielleicht noch einen anderen Beruf haben.«

Statt einer Antwort beugt Paul sich zu ihr und flüstert ihr etwas ins Ohr. Geena wird rot und bekommt einen Schluckauf.

Paul unterdrückt ein Lachen.

»Aber tun Sie mir einen Gefallen und sagen es nicht weiter.«

Geena nickt ernsthaft. »Versprochen, Paul.«

Paul hat im Laufe der Zeit genügend Ausreden gesammelt, um mit Situationen wie dieser spielend fertig zu werden. Trotzdem ist er nicht undankbar, als Geenas Aufmerksamkeit plötzlich durch den Lärm am Eingang abgelenkt wird.

»Sehen Sie, Paul. Ich glaube, da trifft gerade Katja Riemann ein. Wenn Sie mich also entschuldigen würden.«

Sie lächelt ihn noch einmal an und rauscht davon.

20.59 Uhr

Im Garten der Villa drängeln sich mindestens zweihundertfünfzig Menschen. Die eine Hälfte von ihnen ist reich und die andere Hälfte berühmt. Oder beides. Und alle wollen sie mit Sushi, Tempura, Fisch-DimSum oder Spießchen süßsauer bedient werden. Die Schlange vor dem Zelt des Asia-Catering-Services ist schier endlos. Lillys Angestellte müssen zeigen, was sie können. Und das ist angesichts der Prominenten, die sie bedienen müssen, nicht gerade einfach.

Einige sind regelrecht unverschämt (»Ey, gib mal von dem rohen Fisch rüba, Schätzchen«) oder sie betonen, dass sie französische Küche eigentlich lieber mögen. Andere haben bereits so viel Champagner genossen, dass sie nur noch kichernd vor dem Tresen stehen und eigentlich gar nichts essen wollen. Ein berühmter Zeitungskritiker plaudert geistreich über die asiatische Küche und merkt nicht, dass ihm niemand zuhört, während ein prominenter TV-Koch Lilly Tipps für die Würzmischungen gibt. Und am Ende will ein etwas näselnder Hamburger Lokalpolitiker auch noch wissen, ob der Fisch auf den Sushi-Rollen geräuchert ist ...

21.20 Uhr

»Guck mal, da ist Peter Page«, sagt Torsten.

»Wer?«, fragt Silvia.

»Na, du weißt schon – der Rock-Star.«

Er zeigt auf einen jungen Mann, der für Silvias Begriffe aussieht wie Heino in jung. Fehlt nur die dunkle Sonnenbrille. Hoffentlich singt er nicht auch genauso.

»Ulrike schwärmt für ihn. Wenn ich ihr von heute Abend erzähle, kann ich mindestens drei Tage lang mit gutem Benehmen rechnen. Ich sollte ihn um ein Autogramm bitten, falls du nichts dagegen hast.«

Silvia lächelt. Sie hat beschlossen, nicht mehr so streng mit Torsten zu sein. Jedenfalls nicht, wenn es um den Umgang mit Promis geht.

»Nur, wenn du mir eins von Jan Fedder besorgst«, sagt sie. Wenn sie sich nicht getäuscht hat, ist der Schauspieler vor wenigen Minuten mit ein paar jungen Frauen im Arm an ihnen vorbeigegangen.

»Dann gleich zwei. Auf den steht Ulli nämlich auch.«

Silvias Augen strahlen. Der Job als Polizistin hat gelegentlich doch ein paar schöne Seiten. Zum Beispiel, wenn man dienstlich auf eine Cocktailparty darf, zu der auch Hape Kerkeling, Ralf Möller oder Marius Müller-Westernhagen eingeladen sind. Torsten sieht es ähnlich. Nur dass er sich über Freddy Quinn, Uwe Seeler und Carlo von Tiedemann freut. Naja, über Geschmack lässt sich halt nicht streiten.

Die Krönung wäre es natürlich, wenn sie einen dieser Promis vor den Augen der anderen Gäste verhaften würden, weil sie ihn als *Rubin* enttarnt hatten. Allerdings ist von dem Meisterdieb bisher nichts zu sehen, und es ist auch noch kein spitzer Schrei eines weiblichen Gastes zu hören gewesen, weil ihm jemand die Diamantkette vom Hals gerissen hat.

21.46 Uhr

»Besorg uns noch von den Mai Tai, Engelchen. Aber mit ordentlich was drin«, sagt Rolf. Er hält sich mit der einen

Hand am Stehtisch fest und reibt sich mit der anderen über sein rot angelaufenes Gesicht.

»Nein«, sagt Mareille schlicht.

»Engelchen, was soll das?«

»Nein«, sagt sie noch einmal. Er sieht sie fragend an und stößt dabei sauer auf.

»Palastrevolte, oder was? Nun mach schon, besorg uns was zu trinken.«

»Du hast genug, Rolf. Mehr als das.«

Er wirft ihr einen ärgerlichen Blick zu. Sie hat kein Recht, so mit ihm zu reden.

»Dann gehe ich halt selber.«

»Wenn du das noch kannst, bitte.«

Rolf lässt den Tisch los und nimmt Kurs auf die Cocktailbar, die die Form einer gigantischen Ananas hat. Er schwankt dabei, als würde Hamburg gerade von einem Erdbeben der Stärke acht erschüttert.

Mareille sieht ihm traurig hinterher. Sie fühlt sich hilflos und wütend und betrogen. Alles auf einmal.

Plötzlich sagt jemand zu ihr:

»Mein Gott, Kindchen. Warum tun Sie sich das nur an? Oder sollte ich sagen: *den*?«

Mareille blickt überrascht zur Seite. Sie hatte die ältere Dame nicht bemerkt, die jetzt neben ihr steht und sie freundlich anlächelt.

21.50 Uhr

Paul greift sich ein Glas von einem der Tabletts, die ihm die zahllosen Kellner dezent entgegenstrecken. Er streunt zwischen den Menschentrauben herum und gibt sich alle Mühe, so auszusehen, als ob er dazugehört. Im Grunde seines Herzens hat er nicht viel übrig für Partys wie diese. Wer könnte es ihm übel nehmen? Schließlich ist er aus rein beruflichen Gründen hier. Auch wenn er es an diesem Abend ausnahmsweise nicht auf Juwelen abgesehen hat. Sondern auf ein entscheidendes Detail, das ihm zur Durchführung seines großen Coups fehlt.

21.53 Uhr

Für die meisten Menschen ist essen ein Genuss. Für Lilly ist es Stress. Das gilt insbesondere, wenn sie Leute satt machen muss, die Kaviar gewöhnlich finden und die ihre täglichen Kopfschmerztabletten mit Champagner herunterspülen. Mit anderen Worten: Für Leute, die im Hamburger Westen wohnen und deren Leben ein einziges Amuse gueule ist.

Lilly rennt zwischen ihrer Zeltküche und dem Lieferwagen hin und her. Sie kümmert sich um den Materialnachschub und sorgt dafür, dass die Stehtische in einem ansehnlichen Zustand bleiben. Ganz nebenbei plaudert sie mit Schauspielern, Bankern und ein paar Vertretern des Hochadels, die gar nicht verstehen können, dass sie sich irgendwann entschuldigt, um weiterzuarbeiten. Sie verteilt ihre Visitenkarten an potenzielle Auftraggeber und plaudert mit Freunden und Bekannten, die ebenfalls auf Geenas Gästeliste stehen. Dabei erfährt sie die neuesten Neuigkeiten über Nadja Abd el Farrags Führerschein, die Fortschritte von Hamburgs neuem Amüsierviertel in der Hafencity, die

Stammgäste beim Turnhallen-Italiener und die Gerüchte um die Neue von Kalle von Bismarck.

Lilly ist also in ihrem Element. Sie genießt es. Ein Abend wie dieser kitzelt sie, und das ist immerhin ein schwacher Trost.

21.55 Uhr

»Weißt du, was DimSum sind? Oder Kroppok? «, fragt Torsten. Er deutet mit seinem Tonfall an, was er von Nahrungsmitteln mit solchen Namen hält.

»Was *was* sind?«, fragt Silvia zurück. Sie klingt ausgesprochen neugierig und aufgeschlossen.

Er zeigt auf die Speisenliste, die an einem der Fahnenmasten hängt.

»Ich besorg uns auf jeden Fall mal was davon. Vielleicht kann man es ja doch essen.«

Torsten stellt sich in die Schlange, die sich vor dem mongolischen Steppenzelt gebildet hat. Die asiatischen Köstlichkeiten, die dort ausgegeben werden, sind offensichtlich heiß begehrt.

»Bring lieber ein paar Sushi mit«, ruft Silvia ihm zu. Sie hat nicht gemerkt, dass Katja Knauer direkt neben ihr steht. Die berühmte Schauspielerin dreht sich um und lächelt sie freundlich an.

»Nehmen Sie die Anago-Maki. Die sind besonders gut.«

»Klar. Ich liebe Anago-Maki«, sagt Silvia strahlend. Sie kommt sich toll vor, weil sie den Mut hat, Katja Knauer zu antworten – und weil sie nicht die geringste Ahnung hat, was *Anago-Dingsbums* eigentlich sind.

Torsten weiß es auch nicht. Er hat trotzdem eine dezidierte Meinung zum Thema Sushi. Er winkt Silvia zu, öffnet den Mund und steckt sich demonstrativ einen Finger hinein. »Mit Sushi kannst du mich jagen. Jeder zivilisierte Mensch brät sein Essen, bevor er es isst. Nur die Japaner nicht. Wenn du mich fragst: Das taugt höchstens als Katzenfutter.«

»Findet Rabe auch«, entgegnet Silvia lachend.

Die Knauer schüttelt amüsiert den Kopf.

»Gehört der Typ zu Ihnen?«

Das ist nur der Mann, den ich liebe.

»Nein. Reine Zufallsbekanntschaft«, sagt Sylvia. »Der Herr war so nett, mir etwas zu essen zu besorgen.«

»Vermutlich steht so einer mehr auf Currywurst«, sagt die Knauer lächelnd.

»Das befürchte ich auch.«

21.57 Uhr

»Kennen Sie Rolf denn? Er hat auch andere Seiten, glauben Sie mir. Er ist sehr liebenswert ... eigentlich.«

Mareille versucht, ihre Stimme leicht und unbeschwert klingen zu lassen. Die ältere Dame quittiert es mit einem verächtlichen Schnaufen.

»Das habe ich auch mal geglaubt. Ich bin gespannt, wie lange du brauchst, um die Wahrheit herauszufinden.«

Mareille kneift die Augen zusammen. Ihr hübsches Gesicht bekommt dadurch etwas katzenhaftes.

»Ehefrau oder Geliebte?«, fragt sie ungerührt.

»Geliebte«, erwidert die Dame lächelnd. »Den Fehler, ihn zu heiraten, habe ich zum Glück nie begangen.«

Es klingt nicht besonders überzeugend.

»Sehen Sie, ich würde ihn gerne begehen. Ich liebe Rolf – auch wenn es mir niemand glaubt.«

Die ältere Dame nickt ihr aufmunternd zu.

»Tu, was du nicht lassen kannst, Schätzchen. Vielleicht ist er inzwischen zu müde, um dich zu betrügen, zu beschimpfen und anschließend sitzen zu lassen.«

»Hauptsache ist doch, dass ich nicht zu müde bin«, erwidert Mareille und lächelt selbstbewusst.

Die Dame stößt ein sechzig-Zigaretten-am-Tag-Lachen aus. Sie sieht Mareille warmherzig an.

»Mit der Einstellung könnte es was werden. Übrigens«, sie hält Mareille ihre mit schwerem Schmuck beladene Hand hin, »ich heiße Dagmar. In den sechziger Jahren war ich mal so hübsch wie du. Rolf hat wirklich unverschämtes Glück.«

23.05 Uhr

Paul sieht unauffällig auf die Uhr. Es ist kurz nach elf und das Gartenfest erreicht gerade seinen Höhepunkt. Für ihn ist es also genau der richtige Zeitpunkt, um aktiv zu werden. Er spaziert unauffällig in den Schatten der großen Bäume, die am Rand des Grundstückes stehen. Vorsichtig sieht er sich um. Niemand folgt ihm, niemand beachtet ihn. Er beschleunigt seine Schritte und erreicht die Grundstücksgrenze, von der aus er die benachbarte Villa sehen kann. Sie liegt dunkel und verlassen im silbernen Mondlicht.

23.06 Uhr

Die Gäste sind allmählich satt. Nur noch wenige Neugierige kommen zum Zelt und lassen sich mit den letzten, übrig gebliebenen Köstlichkeiten verwöhnen. Aber auch diese sporadischen Esser bleiben aus, als Hubert Karolis, der Gastgeber, auf die kleine Bühne steigt und den Top Act des Abends ankündigt. Ein gewaltiger Applaus schwillt an. Lilly trinkt aus ihrer Vittel-Flasche und sieht, wie der Scheinwerfer Gloria Gaynors Paillettenkleid zum Glitzern bringt, als die Sängerin auf der Bühne erscheint.

Es ist höchste Zeit, sich eine kleine Pause zu gönnen. Lilly winkt Takagi zu und deutet an, dass sie ein wenig durchatmen möchte. Der Japaner nickt. Er weiß, dass seine Chefin auf diesen Festen immer ihre Auszeit braucht. Sie kann sich darauf verlassen, dass er die Stellung hält und für das Nötigste sorgt.

Lilly spaziert gemächlich durch den Garten und sucht sich eine ruhige Ecke, in der sie unbeobachtet ist. Sie ist erschöpft. Und der Abend ist noch lange nicht zu Ende.

23.08 Uhr

Mareille findet gerade Gefallen an ihrer neuen Bekanntschaft, als sie von lautem Lärm aus Richtung der Cocktail-Ananas abgelenkt wird.

Sie braucht nur Sekunden, um zu verstehen, was vor sich geht. Die ältere Dame ergreift instinktiv ihre Hand und tätschelt sie. Mareille ist dankbar dafür.

»Ich hab's dir gesagt, Kindchen«, flüstert Dagmar.

»Und ich befürchte, Sie haben Recht gehabt.«

Tränen schießen in Mareilles Augen, während sie mit ansehen muss, was geschieht. Erst pöbelt Rolf lautstark den Barkeeper an, weil der sich offenbar weigert, ihm weitere Getränke zu geben. Dann wird Rolf handgreiflich, verliert aber sofort das Gleichgewicht. Er stürzt zu Boden, wobei er einen Früchtekorb und die riesige Schale mit der Sommerbowle herunterreißt. Ein einziger Scherbenhaufen. Und ein herzzerreißender Anblick – jedenfalls für Mareille. Die anderen Gäste lachen. Rolf liegt benommen am Boden und ist über und über mit bunten Obststücken bekleckert. Dann entdeckt ihn auch noch Viola Siegloch, die Chefreporterin der »People«, die zufällig in der Nähe steht. Sie lacht ebenfalls laut heraus, entsinnt sich aber, warum sie eigentlich hier ist. Mit einer Handbewegung hetzt sie ihren Fotografen auf den mehr oder weniger besinnungslosen Rolf. Der springt um sein Opfer herum wie ein scharf gemachter Schäferhund und lässt sein Blitzlicht wie ein Stroboskop flackern. Rolf hebt mühsam den Kopf.

»Viola, du Miststück!«

Rolfs Stimme versagt den Dienst. Stattdessen hebt er vor Wut schnaubend die Faust, was der Fotograf ebenfalls begeistert in Farbe und Großformat festhält.

Mareille verspürt nur eins: Mitleid. Sie will loslaufen und Rolf retten. Dagmars Hand hält sie mit einer erstaunlichen Kraft zurück.

»Lass es bleiben, Schätzchen. Das ist die wichtigste Lektion für dich: Wenn ein Trinker fällt, lass ihn liegen. Er muss von selbst wieder auf die Beine kommen. Oder gar nicht.«

Mareille schüttelt Dagmars Hand ab.

»Ich weiß, dass Sie Recht haben. Aber Recht haben ist auch nicht alles.«

Sie stürmt los und rammt dem Fotografen der »People« ohne zu zögern das Knie in die Weichteile. Er krümmt sich mit schmerzverzerrtem Gesicht nach vorne. Mit einem gezielten Fauststoß in die Magengegend gibt sie ihm den Rest. Oh ja, wenn es sein muss, kann Mareille ausgesprochen durchsetzungsfähig sein.

»Wollen Sie vielleicht Ihr Bild in der Zeitung sehen? In so einem Zustand?«, zischt sie. Der Fotograf gibt unverständliche Laute von sich. Mareille blitzt die Siegloch drohend an, die daraufhin verschreckt den Rückzug antritt.

»Du bist die Beste«, sagt Rolf mit schwerer Zunge.

»Und du das Letzte«, entgegnet Mareille kühl.

23.11 Uhr

Paul macht sich an seiner Kleidung zu schaffen. Mit ein paar raffiniert angebrachten Klettverschlüssen verwandelt er den Smoking in einen dunklen, eng anliegenden Overall. Er streift Handschuhe und Maske über, denkt dabei allerdings weniger an sein Vorhaben als vielmehr an sein Gespräch mit Jon. Natürlich hat Jon Recht – Frauen kann man nicht einfach in die Tiefkühltruhe legen, um sie Wochen später bei Bedarf wieder aufzutauen. Er wird sich schon etwas mehr Mühe mit Lilly geben müssen, und zwar nicht irgendwann. Sondern so bald wie möglich.

Paul überwindet spielend die Mauer, die die Grundstücke voneinander trennt. Er wartet kurz und lauscht in die Stille. Kein Hund, kein Nachtwächter, kein Grund, um nicht weiterzugehen.

Schnapp sie dir, Tiger – Jon hat leicht reden. Natürlich

findet er Lilly ungeheuer begehrenswert. Sie ist attraktiv, charmant, humorvoll. Ihr Lachen ist betörend, und ihr Blick hypnotisiert ihn. Allein ihr Gespräch bei ihrem Kennenlernen auf dem Boulder und später in der Saftbar – wann ist es ihm das letzte Mal passiert, dass er sich stundenlang mit einer Frau unterhält, ohne dabei an irgendetwas anderes zu denken? Ja, sogar ohne dass ihm ein einziges Mal sein Geheimnis, seine Vorsichtsmaßnahmen, sein ganzes verkorkstes Kriminellendasein in den Sinn gekommen wäre? Sie haben gemeinsam einen ganzen Nachmittag verbracht, haben gelacht, sich Dinge erzählt, und er ist sich sicher, dass sie alle beide dieses unheimliche Gefühl gehabt haben. Dieses Gefühl, dass der andere genau weiß, was man meint, ganz einfach, weil sie auf derselben Frequenz funken. Klar, Lilly ist bestimmt alles andere als unkompliziert. In ihren Augen ist dieses gewisse Flackern zu sehen, diese Glut, die nur Menschen haben, die sich mit allem Möglichen abfinden können, aber nicht mit Alltag, nicht mit Langeweile, nicht mit Gewöhnlichem. Menschen, die ausbrechen müssen. Und die sich niemals einfach mit etwas zufrieden geben. Ist das schlimm? Nein, das ist es nicht. Ganz im Gegenteil. Es ist sogar wunderbar. Es ist genau das, wonach er sich immer gesehnt hat. Aber was ist, wenn er wirklich außer Übung geraten ist? Jon meint schließlich, dass man gewisse Dinge regelmäßig trainieren sollte. Dazu zählen nicht nur asiatische Kampfkünste, Freeclimbing oder das fingerfertige Öffnen von Tresortüren, sondern eben auch: Frauen. Und den Umgang mit ihnen. Oder genauer gesagt: Sex.

Paul hebelt ein Fenster der Villa auf und blickt sich noch einmal um. Vom Nachbargrundstück ist das Gemurmel des

Gartenfestes zu hören. Dezenter Applaus hebt an, dann erklingt die voluminöse Stimme von Gloria Gaynor.

Die Villa, die er jetzt lautlos betritt, gehört Regina von Gurlitt. Die Gräfin ist Hamburgs erfolgreichste PR- und Veranstaltungs-Lady. Eine Frau, die verantwortlich zeichnet für Großevents wie die Goldene Kamera, die Bambi-Verleihung – und eben auch den German Award, der kommende Woche veranstaltet werden soll. Ein Ereignis, bei dem die berühmtesten Juweliere – Cartier, Chopard oder Becker – die Ehrengäste mit ihren Schätzen ausstatten ... und Paul wird ebenfalls dabei sein. Darum muss er sich heute Abend im Archiv von Regina von Gurlitt über die Einzelheiten des Events informieren.

Andererseits, worüber macht er sich eigentlich Sorgen? Lilly hat ihm deutlich gezeigt, dass sie zu allem bereit ist. Dass sie ihn will. Es liegt einzig und allein an ihm, dass es bisher nur bis zu einem Kuss gekommen ist. Und dass sie noch nicht zu den Dingen vorgestoßen sind, über die Jon geredet hat. Die Frage ist eigentlich nur, wie er das nächste Treffen mit ihr arrangieren könnte. Und zwar bevor Jons Prophezeiung in Erfüllung geht, und sie sich nicht einmal mehr an ihn erinnern kann.

Paul geht mit professioneller Ruhe vor. Er zieht eine schmale Stablampe aus der Tasche und lässt den Lichtkegel über die Reihen mit den Regalen gleiten. In der Ecke findet er den mehrfach gesicherten Stahlschrank – Regina von Gurlitts Heiligtum, in dem sie die generalstabsmäßig ausgearbeiteten Pläne für ihre Veranstaltungen aufbewahrt.

Paul holt seine Werkzeuge hervor, mit denen sonst Uhrmacher, Modellbauer oder Goldschmiede arbeiten. Feinste Schraubenzieher, nadeldünne Feilen, Zangen in Millimeterbreite. Er bearbeitet das Schloss mit einer fast liebevollen Aufmerksamkeit. Er dringt in die Zähne und Furchen des Verschlusses vor, ahnt seine Raffinesse, fühlt seinen Widerstand. Er geht mit einer Fingerfertigkeit vor, die auch Pauls frühere Freundinnen zu schätzen wussten. Und genau wie bei ihnen ist Pauls Locken auch im Falle des Stahlschrankes unwiderstehlich. Das Schloss gibt ein ergebenes Klicken von sich und die Tür schwingt auf. Er blickt auf das Herz von Regina von Gurlitts Macht. Ein Herz, das alphabetisch geordnet und feinsäuberlich in Leitz-Ordnern archiviert ist.

23.12 Uhr

»Ich bin gestolpert. Wahrscheinlich hat mir die Siegloch ein Bein gestellt«, sagt Rolf keuchend. Er hat es immerhin geschafft aufzustehen und sich neben Mareille an den Tisch zu stellen.

Mareille empfindet nicht die geringste Spur von Mitleid. Zum Glück. Denn Mitleid wäre das Ende ihrer Liebe gewesen.

»Die Siegloch macht immerhin das, wofür sie hier ist: ihren Job. Was man von dir nicht gerade behaupten kann.«

Rolf sieht sie überrascht an. Hat irgendwer behauptet, junge Frauen seien pflegeleicht? Mareille jedenfalls weiß offenbar genau, was sie will.

»Du wirst schon sehen. Ich kann es noch. Und die Konkurrenz wird sich wieder einmal ärgern, dass sie mich damals gefeuert hat.«

»Dasselbe sagst du vermutlich bald von deinem jetzigen Boss«, erwidert Mareille kühl. »Spätestens, wenn er dich auch gefeuert hat.«

Rolfs Gehirn ist durch die unzähligen Mai Tais kaum noch in der Lage zu einem klaren Gedanken. Er weiß nicht genau, was Mareille sagen will, aber irgendwie scheint sie Recht zu haben.

»Lass uns nicht streiten, Engelchen. Auf den Schreck gerade brauche ich jedenfalls noch etwas zu trinken. Holst du deinem Daddy noch etwas?«

»Du willst noch einen Drink?«

»Sag ich doch.«

Mareille spürt, wie ihr wieder die Tränen in die Augen schießen. Es ist ein schlimmer Abend.

Sie geht los, dreht sich noch einmal um.

»Gib mir noch eine Zigarette, Schatz, ja?«, sagt sie säuselnd.

Rolf will in die Tasche greifen und löst die Hand vom Tisch. Er wankt kurz, reißt erschrocken die Augen auf und fällt dann um wie ein Schornstein nach dem Sprengkommando.

23.24 Uhr

Paul zieht einen der Ordner hervor und legt ihn auf den Schreibtisch. *Das ist es.* Er schiebt mehrere Blätter aus einer Sichthülle. Ein Zeitplan – links in Druckschrift Uhrzeitangaben im Fünfminutenabstand, rechts der sorgfältig ausgefeilte Ablauf des Events. Der Masterplan, das Drehbuch des großen Abends im Hamburger Congress Centrum – seines großen Abends.

Aus der Innentasche seines Jacketts holt Paul eine Kamera hervor, flach wie eine Visitenkarte und nicht größer als eine Streichholzschachtel. Das Blitzlicht ist ein Risiko. Er geht es ein.

Paul wirft einen kurzen Blick auf seine Uhr. Seitdem er die Villa betreten hat, sind zehn Minuten vergangen. Jetzt muss er nur noch alles in den Zustand zurückversetzen, den er vorgefunden hat, und den Rückzug antreten.

Paul will gerade die Papiere zurücklegen, als er ein Geräusch hört. Nicht laut und doch unüberhörbar. Schritte, so wie sie jemand macht, der nicht entdeckt werden will. Sie kommen näher. Paul lässt Lampe und Kamera verschwinden. Jetzt signalisiert ihm sein Instinkt eindeutige Gefahr. Er spürt die Anwesenheit eines anderen Menschen. *Verdammt, ist er entdeckt worden?*

Es ist zu spät, um durch ein Fenster zu entkommen. Flucht ist unmöglich. Das Geräusch ist jetzt ganz nah. Er hört schon das Geräusch einer Nadel, die im Türschloss stochert, dann die Klinke, die hinuntergedrückt wird. *Wohin also?* Paul geht auf Tauchstation unter die Schreibtische.

23.30 Uhr

»Das ist der Vorführeffekt«, sagt Silvia enttäuscht.

»Das ist der Beweis, dass deine Theorie nicht stimmt«, entgegnet Torsten ungerührt.

Silvia sieht ihn schlecht gelaunt an. Es ist zum aus der Haut fahren. Sie ist Polizistin, und darum ist sie für Ruhe und Ordnung zuständig. Aber heute ärgert sie sich darüber, dass alles ruhig und ordentlich abläuft. Sie ist regelrecht sauer, weil einfach nichts passiert. Obwohl – *nichts* ist auch wieder falsch. Da war zum Beispiel ihr wunderbares Gespräch mit Ralf Kern, ihrem Lieblingsschauspieler, und ein prickelnder Flirtkontakt mit Benno Forstmann, den sie ebenfalls bewundert. Und die Tatsache, dass Torsten den Schauspieler angestarrt hat, als würde er ihn am liebsten verprügeln – nur weil er sie mit Handzeichen auf die Tanzfläche entführen wollte. Die Erinnerung an den kurzen Moment zaubert ein Lächeln auf Silvias Lippen.

23.32 Uhr

Schritte. Unterdrücktes Atmen. Der schwache Schein einer Taschenlampe auf dem Fußboden, der Lichtkegel wandert genau in Pauls Richtung. Er kauert unter dem Schreibtisch und spürt kalten Schweiß im Nacken. Gleich wird er entdeckt werden, und er ahnt auch schon, mit wem er es zu tun hat. Sein mysteriöser Nebenbuhler, der ihm seit Monaten das Leben schwer macht, ist wieder einmal zur Stelle. Das Licht stoppt wenige Zentimeter vor seinen Füßen, wandert wieder zurück.

Dann das Rascheln von Papier. Ein triumphierendes Schnalzen mit der Zunge. Ein erleichtertes Ausatmen. Paul sieht ein paar Beine. In engem schwarzen Stoff, genau wie er ihn trägt. Sie treten auf den Schreibtisch zu, unter dem er sitzt.

Wer auch immer der andere ist, er ist ein elender Amateur. Paul denkt fieberhaft nach. Soll er die Entscheidung suchen? Er müsste nur sein Versteck verlassen, den Vorteil des Überraschungseffekts nutzen. Er könnte den anderen zur Strecke bringen. Schon wandern seine Hände vorwärts, nähern sich seinem Gegner. Er will zupacken, als der sich im gleichen Augenblick ein paar Schritte entfernt ... *zu spät.*

Wieder das Rascheln von Papier, das Knistern von Stoff. Die Taschenlampe erlischt. Schritte. Das Geräusch der Tür. Stille. *Der andere ist weg. Er ist wieder allein.*

Paul taucht auf. Er tut, was er sonst nie tut, er zieht sich die Maske vom Kopf. Sein Haar ist schweißnass. Er wischt sich mit dem Handrücken über die Stirn. Sein mysteriöser Rivale – es scheint, als könne er nichts mehr unternehmen, ohne auf ihn zu treffen. Es ist wie verhext. Was hat der andere hier gesucht?

Pauls Blick fällt auf den Schreibtisch. Der Ordner liegt immer noch aufgeschlagen da. Der Zeitplan für den Award ist – verschwunden.

23.33 Uhr

Mareille denkt an Dagmars Worte. *Wenn ein Trinker fällt, lass ihn liegen. Also gut, dann soll es so sein.* Sie überlässt Rolf einfach seinem Schicksal. Auch wenn es ihr schwer fällt. Es ist besser so.

Sie dreht sich um und läuft genau in einen anderen Gast hinein. Er schwankt, droht zu stürzen, erlangt aber im letzten Moment das Gleichgewicht wieder.

»Hey, haben Sie was gegen mich?«, fragt er lächelnd.

Er ist in Mareilles Alter, hat dunkelblonde, lange Haare, Drei-Tage-Bart, Windsurferbräune, ein sympathisches Lächeln.

»Nein. Aber vielleicht haben Sie ja etwas *für* mich. Einen Drink zum Beispiel.«

Er blickt unschlüssig zwischen Mareille und irgendjemandem, der weiter hinten auf ihn zu warten scheint, hin und her. Sie lächelt ihn aufmunternd an.

»Nur als Tauschgeschäft«, sagt er schließlich.

»Und das heißt?«

»Sie kriegen den Drink. Und ich den nächsten Tanz.«

»Gemacht.«

Mareille hakt sich bei ihm unter, und gemeinsam schlendern sie zur Bühne hinüber. Sie spürt Rolfs Blicke im Rücken. Er liegt immer noch auf dem Boden und versucht vergeblich, auf die Füße zu kommen, wie ein Hund auf dem Eis.

00.12 Uhr

»Wollen wir nicht nach Hause gehen?«, fragt Torsten. Seine Laune hat einen Tiefpunkt erreicht. Ein paar Prominente zu treffen ist ja schön und gut. Auf diesem Fest aber kommt er sich vor, als wäre er der einzige Mensch auf der Welt, der *nicht* berühmt ist. Und dann hat Silvia auch noch mit diesen ganzen Schauspielern geflirtet.

Torsten weiß zwar nicht wieso, aber seitdem ist er auf diesen Promiauflauf hier nicht mehr gut zu sprechen. Ganz abgesehen davon, dass er und Silvia – und ungefähr zehn andere Kollegen, die sich unter die Gäste gemischt haben – vollkommen umsonst angerückt sind. Es ist inzwischen nach Mitternacht und von einem Juwelendiebstahl kann keine Rede sein.

Silvia stößt ein unvermutetes Lachen aus und schüttelt den Kopf.

»Was ist denn bitte so lustig?«

»Wir!«, sagt Silvia. »Wir sind so lustig.«

»Und warum, wenn ich fragen darf?«

»Was erwarten wir eigentlich? Dass *Rubin* hier in voller Maskerade auf die Bühne tritt und uns die Zunge herausstreckt? So wie Zorro in dem Film mit Antonio Banderas? Oder dass er auf das Dach der Villa klettert und vor unseren Augen die Schmuckschatulle von Geena Karolis ausräumt?«

Torsten seufzt. Silvia hat natürlich Recht.

»Also hätten wir uns die ganze Aktion sparen können!«

Silvia lächelt ihn angriffslustig an.

»Ich finde, es war trotzdem eine gute Idee, hierher zu kommen.«

»Ach ja? Und warum?«

»Das werde ich dir zeigen.«

Sie hakt sich bei Torsten ein und zieht ihn in Richtung Bühne.

»Hey, was soll das? Glaubst du, *Rubin* steht gerade auf der Tanzfläche und tanzt Samba?«

»*Rubin* vielleicht nicht«, erwidert Silvia lächelnd. »Aber *du*!«

00.15 Uhr

Er ist also hier. Sein geheimnisvoller Konkurrent ist, genau wie er, ein Gast von Geena. Paul ist wieder auf dem Grundstück der Karolis. Er steht im Schatten der Bäume und lauscht auf das bunte Treiben im Garten. Das helle Lachen der Frauen, das Klirren der Gläser, Gesprächsfetzen, in denen es um Autos, Geschäfte, Stars und Sternchen geht. Wer mit wem, wer wie viel, wer mit wem nicht mehr. Dazu die Musik auf der Bühne, die Schritte der Tanzpaare, das derbe Lachen der Männer, wenn einer eine Zote reißt. Und als Hintergrundgeräusch die nie endenden Wellen der nahen Elbe, das Rauschen der Flut, die den Strom emporkriecht.

Paul zieht sein Jackett glatt, zupft an der Fliege, streicht noch einmal über die Hose. Jetzt ist er wieder ganz Gentleman. Zuletzt zieht er den Kamm aus der Tasche und bringt seine Haare in Form. Rubin hat sich in Luft aufgelöst. Paul Schrader ist wieder zurück.

Er schlendert durch die Menschentrauben zwischen den Zelten. Er grüßt Bekannte, bleibt für einen Smalltalk stehen, drückt eine Freundin, folgt lächelnd dem Befehl, unbedingt jemanden kennen zu lernen. Er empfängt Bussis und verteilt sie, er plaudert, lacht, hört zu, flirtet, macht Komplimente.

Aber seine Neugier bleibt wach. Wer ist das Phantom, das ihm wieder einmal in die Quere gekommen ist? Paul sieht sich neugierig zwischen den Prominenten um. Könnte es sein, dass Jens Riewa, der Tagesschausprecher, Abend für Abend die Nachrichten vorträgt und dabei in Wirklichkeit an seinen nächsten Beutezug über den Dächern von Hamburg denkt? Paul verwirft den Gedanken. Der Sprecher steht zu sehr im Licht der Öffentlichkeit. Wie wäre es mit Michael Otto, dem Versandhauschef? Vielleicht ist dem Unternehmer sein Leben zwischen den dicken Katalogen zu langweilig? Und darum macht er in den Nächten Jagd auf die Juwelen anderer Leute? Paul schüttelt den Kopf. Sein Gegner, so viel weiß er, ist klein, fast zierlich. Damit scheiden auch Kai Diekmann und Michael Ammer aus, die ganz in der Nähe stehen. Die würden sich ohnehin durch die Pomadespuren am Tatort verraten. Ebenso Udo Lindenberg, dem der Aufstieg an einer steilen Hausfassade kaum noch zuzutrauen ist.

Paul geht weiter durch die gut gelaunten Menschenmassen. Es ist die übliche Mischung aus hanseatischen Kaufleuten, Medienmanagern, Künstlern, Schiffseignern, Werbeagenturbesitzern, Industriellen und Prominenten. Er entdeckt Vicky Leandros, Nina Ruge und Albert Darboven. Und dahinten steht Ronald Schill, der während seiner Reisen angeblich zum Islam konvertiert ist und jetzt inbrünstige Predigten hält. Nichts Aufregendes also – bis auf ... Paul kneift die Augen zusammen und vergewissert sich, dass er keiner Täuschung unterliegt. Nein, sie ist es tatsächlich, kein Zweifel. Die Frau, die dort an der von Rosensträuchern gesäumten Brüstung steht und auf die Elbe hinausblickt ist: Lilly.

00.16 Uhr

Torsten lässt sich zur Tanzfläche ziehen, stößt dabei aber ein Protestgeheule aus, das eher zu seinem achtjährigen Sohn passen würde. Silvia nimmt es gelassen hin und reagiert dementsprechend – mit mütterlicher Strenge.

»Du tanzt jetzt mit mir. Widerstand ist zwecklos. Sonst gehe ich augenblicklich wieder zu Benno Forstmann rüber. Der sagt bestimmt nicht Nein.«

Torsten murmelt irgendetwas unverständliches. Trotzdem gibt er seinen Widerstand auf.

Silvia freut es. Außerdem scheint das Schicksal gerade wirklich auf ihrer Seite zu stehen. Der Samba klingt nämlich aus und die Band stimmt einen langsamen Blues an. Sie legt Torsten die Arme um den Nacken und zieht ihn dicht an sich heran. Wieder einmal findet sie ihre Theorie bestätigt, dass Männer genau wie diese verflixten Ketchupflaschen von Heinz sind: Mit Schütteln und Hauen erreicht man gar nichts. Aber wenn man ganz vorsichtig an die Sache rangeht, läuft es wie von selbst.

Torsten sagt plötzlich gar nichts mehr. Er schließt seine Kollegin in die Arme und macht die wundersame Feststellung, dass er nicht nur mit einer verdammt attraktiven Frau zusammenarbeitet, sondern dass die außerdem noch hervorragend tanzen kann. Vielleicht sollte er allmählich doch einmal darüber nachdenken, was dieses merkwürdige Kribbeln zu bedeuten hat, das er immer ausgerechnet dann empfindet, wenn sie in seiner Nähe ist.

00.18 Uhr

Paul steuert sein Ziel ohne große Umwege an. Im Vorbeigehen greift er von einem der Tabletts zwei Champagnerkelche – genau das Getränk, das er sich für ein Gespräch mit Lilly vorstellt. *Schnapp sie dir, Tiger.* Jetzt ist es an der Zeit, Jons Ratschlag in die Tat umzusetzen.

Er geht lautlos auf sie zu. Auch in der Liebe gilt es, das Überraschungsmoment auf seiner Seite zu haben.

Lilly aber ist auf der Hut. Als er genau hinter ihr steht, dreht sie sich blitzschnell um, und ihre Gesichtszüge, die gerade noch so angespannt wirkten, verwandeln sich in ein strahlendes Lächeln.

»Paul! Das ist aber eine Überraschung!«

»Allerdings. Ich dachte, ich lade dich auf ein Glas Champagner ein.«

Sie lacht.

»Ist es nicht eher Geena, die uns einlädt?«

»Einverstanden. Trotzdem wollen wir es gemeinsam genießen.«

Sie stehen voreinander, und eine Hochspannungsleitung ist nichts gegen das, was zwischen ihnen knistert.

Paul reicht ihr das Glas und berührt Lillys Hand dabei. Sie zuckt zurück, wenn auch mit verdächtiger Verspätung. *Sei zurückhaltend.* Ninas Worte schießen ihr ermahnend durch den Kopf.

»Ich bin froh, dass der Zufall es gut mit uns meint«, sagt Paul. Er sucht ihren Blick, sie aber schlägt die Augen nieder. *Merkwürdig.* Er rückt ein Stück an sie heran, sie aber weicht im gleichen Abstand zurück. *Unglaublich.* Paul lächelt verwundert. Er hat Lilly anders in Erinnerung. Aggressiver, im besten Sinne des Wortes. Diesmal kommt sie ihm erstaunlich passiv und zurückhaltend vor, wie verwandelt.

»Ich bin auch froh. Wirklich«, haucht Lilly mit leiser Stimme.

Er setzt ein zerknirschtes Gesicht auf.

»Ich möchte mich entschuldigen.«

»Aber wofür denn?«

»Weil ich neulich im Park einfach abgehauen bin.«

»Aber nein. Das war völlig in Ordnung. Wenn ich ehrlich bin«, sagt sie und klimpert ihn mit ihren dunkel getuschten Wimpern an, »ging mir an dem Abend sowieso alles viel zu schnell. Ich bin mehr so der langsame Typ ... du weißt schon. Kein Sex vor der Ehe, Küssen nur mit Voranmeldung, so etwas.«

Ist das jetzt übertrieben? Nina hat gesagt, sie soll ihm die Initiative überlassen. Hoffentlich ergreift er sie jetzt auch!

Paul ist baff. Aber er lässt sich nichts anmerken. Ist es nicht Lilly gewesen, die an dem Abend vorgeschlagen hat, es auf der Stelle und noch im Park miteinander zu treiben? Und jetzt redet sie von Sex vor der Ehe? Und davon, dass sie ein langsamer Typ ist? Einer von ihnen muss Probleme mit dem Gedächtnis haben.

»Ach so, dann ist ja gut«, sagt er leicht stammelnd. »Dann war es ja gar nicht so schlimm, dass ich einfach gegangen bin.«

Als wollte Lilly seine Zweifel bestärken, sagt sie mit schüchterner Stimme:

»Aber nein, Paul. Schließlich wollen wir uns erst ganz allmählich kennen lernen. Ich bin immer sehr vorsichtig, wenn ich einem Mann näher komme. Ich bin nämlich ein wenig schüchtern, weißt du.«

Paul traut seinen Ohren nicht. Steckt irgendwo in den Büschen eine versteckte Kamera? Ist das wirklich dasselbe Mädchen, das ihn neulich mit seiner Leidenschaft völlig überfordert hat? Und für das Sex ungefähr an der Stelle zu kommen schien, an der andere Paare sich zum ersten Mal küssen oder auch nur vom »Sie« aufs »Du« übergehen?

Egal. Die Hauptsache ist, dass sie ihm immer noch gefällt. Sehr sogar. *Schnapp Sie dir, Tiger! Nimm das Heft in die Hand! Greif an!*

»Klar, ich ... wenn es dir zu schnell ging, tut es mir echt Leid. Es ist einfach nur ... Du bist eine sagenhafte Frau, Lilly. Gar nicht so einfach, da als Mann die Kontrolle zu behalten. Ich werde immer so stürmisch, wenn mir jemand gefällt. Ist echt ein Fehler von mir.«

Diesmal ist sie es, die ihn unsicher anblickt – und die die versteckte Kamera sucht. Ist das derselbe Paul, der sich neulich im entscheidenden Moment verdrückt hat? Der in Liebesdingen eher an die Cary-Grant-Zeit als an die Brad-Pitt-Ära erinnert? Der nicht mit ihr ins Bett wollte, obwohl sie alle Ampeln auf Grün und alle Schalter auf »Ready« gestellt hatte? Sie muss sich getäuscht haben. Aber eigentlich ist es auch ganz egal. Sie möchte sich nicht noch einmal von Nina einer Quasi-Vergewaltigung bezichtigen lassen. *Zeig dich von deiner schüchternen Seite. Überfordere ihn nicht.* Die Stimme ihrer Freundin ist ihr noch deutlich im Ohr. Leben ist nun mal nicht einfach. Und Lieben erst recht nicht.

»Lass uns einfach die alten Dinge vergessen, Paul. Alles, was zählt, ist heute Abend.«

Sie sagt es und versucht, wieder schüchtern und zurückhaltend zu klingen. Aber das Leuchten in ihren Augen verrät sie – die wahre Lilly, die eine diebische Freude an der Situation und mächtigen Appetit auf Paul hat.

»Prost, Lilly. Auf unser Wiedersehen.«

Sie stoßen an und sehen sich dabei an. Beiden wird heiß und kalt dabei und beide genießen umso mehr den erfrischenden Moët.

»Du siehst übrigens umwerfend aus in dem Kleid«, sagt er.

Lilly trägt ein knöchellanges, pechschwarzes Kleid – nicht unbedingt Sommermode. Aber sehr verführerisch.

»Das Kompliment gebe ich zurück. Smoking passt zu dir. Bisher kenne ich dich ja nur im Kletterkostüm und in Joggingklamotten.«

»Dabei wäre es ohne Klamotten doch viel schöner«, sagt er. *Mein Gott, jetzt übertreib nicht!* Er würde sich am liebsten auf die Zunge beißen. *Aber warum eigentlich? Schließlich soll er Tiger sein – und Großkatzen packen auch entschlossen zu … oder nicht?*

Lilly jedenfalls lacht lauthals – nicht aus Schüchternheit, eher aus Schadenfreude. Klar, Paul hat den Preis für das dümmste Kompliment des Abends verdient. Er ist wirklich außer Übung, denkt er frustriert.

»Aber eigentlich hast du Recht«, flüstert sie daraufhin – und hält sich erschrocken die Hand vor den Mund. »Ich meine natürlich, du hast Unrecht. Wie kannst du so etwas überhaupt sagen? Ohne Klamotten? Also Paul, du musst deine Triebe wirklich besser in den Griff bekommen! Das ist ja schrecklich. Du denkst ja anscheinend nur an Sex! Wie toll. Ich meine: Wie überaus schockierend.«

Oops! Jetzt ist sie aber wirklich zu weit gegangen mit ihrem Versteckspiel. Wenn sie so weitermacht, verschreckt sie ihn noch. Und er denkt, sie wäre eine frigide alte Schachtel, die Angst vor Männern hat.

Zum Glück scheint ihn die Abfuhr nicht besonders zu beeindrucken – und das will etwas heißen. Er sieht sie auffordernd an.

»Wollen wir uns streiten? Oder lieber tanzen gehen?«, fragt er gelassen.

Lilly nickt erleichtert. Sie reicht ihm die Hand, und er führt sie auf die Tanzfläche vor der Bühne. Die Band spielt Salsa und die Paare drängen sich dicht an dicht.

00.48 Uhr

Tanzen ist das Beste, was Paul und Lilly tun können. Tanzen bedeutet nämlich, dass sie nicht zu reden brauchen. Darum müssen sie sich auch weder anlügen noch sich etwas vorspielen.

Im Gegenteil: Beim Tanzen können sie endlich ehrlich miteinander sein.

Paul hält Lilly an der Hand, er führt sie, lässt sie sich drehen, dreht sich selbst. Er nimmt sie bei der Hüfte, schmiegt sich an sie und lässt sie wieder frei, taucht durch ihre Arme, hält sie gepackt, wie in einem Kampf – und lässt sie sogleich wieder los. Der Rhythmus gehört ihnen, sie gehören der Musik. Sie sind ein perfektes Paar. Er hält sie an beiden Händen und drängt sie in eine Drehung. Lilly lässt es geschehen und findet sich eng umschlungen in seinen Armen wieder. Ihr Widerstand erlahmt. Paul beugt sich vor, will ihre Lippen mit seinen berühren – vergeblich. Im letzten Moment befreit Lilly sich spielerisch aus seinem Griff.

»Lass uns etwas trinken. Ich bin durstig«, sagt sie lächelnd.

»Gute Idee. Und dann suchen wir uns ein stilles Fleckchen nur für uns beide.«

An der Cocktailbar, die aussieht wie eine überdimensionale Ananas, besorgt Paul zwei Cocktails.

Während sie auf ihn wartet, hilft sie einem alten Mann auf die Beine, der über irgendetwas gestolpert ist. Er bedankt sich mit schwerer Zunge und fällt gleich wieder auf den Boden, wo er hilflos wie ein Kleinkind herumkriecht.

»Ist alles in Ordnung mit Ihnen?«, fragt sie ihn.

Der Mann blickt sie von unten an.

»Alleses bessens, dangeschön.«

Lilly empfindet Mitleid. Was soll sie tun? Sie zuckt mit den Schultern. *Dem ist nicht zu helfen.*

»Ein Rum Colada mit Eis und Limettensaft. Voilà«, sagt Paul und reicht ihr einen bunt schillernden Cocktail. Sie stoßen an und schlürfen die süße Flüssigkeit aus langen Strohhalmen.

»Also, was führt dich her? Bist du eine Freundin von Geena?«, erkundigt er sich. Sie spazieren langsam durch den stilleren Teil des Gartens.

»Ich arbeite für sie, jedenfalls heute Abend.«

Sie erzählt ihm von den Vorbereitungen für den Abend, die umfangreiche Logistik, die ein solcher Großeinsatz erfordert.

»Und ich dachte, du bist einfach nur Köchin«, sagt er frech.

Sie stößt ihm den Ellbogen in die Seite – was er dafür nutzt, ihr den Arm um die Hüfte zu legen.

»Also bitte! Ich bin Managerin. Genussmanagerin, wenn du so willst!«

Er nickt beeindruckt.

»Sagen wir, ich bewerbe mich bei deiner Firma. Wo würdest du mich einsetzen?«

Im Bett natürlich, denkt Lilly sofort. Sie dreht sich zur Seite und nimmt einen tiefen Schluck aus dem Glas.

»Als Tellerwäscher! Wenn du brav bist, vielleicht auch als Kellner.«

»Dann wenigstens als Oberkellner«, sagt er und macht ein beleidigtes Gesicht.

»Einverstanden«, antwortet sie versöhnlich. »Was ist mit dir? Was führt dich in diese erlauchte Gesellschaft?«

Oh, ich bin Einbrecher. Ich bin hier, weil ich gerade einen wichtigen Job erledigt habe. Eine Vorbereitung für meinen großen Coup.

Paul lächelt.

»Siehst du den jungen Kerl da vorne?«

»Der, der gerade das Mädchen zum Tanzen auffordert?«

»Was fällt dir auf an ihm?«

Sie beobachtet wie der Junge, er ist vielleicht sechzehn, vor dem Mädchen eine formvollendete Verbeugung macht und sie dann elegant zur Tanzfläche führt.

»Er ist sehr höflich. So etwas sieht man heutzutage selten.«

»Ich hab's ihm beigebracht«, sagt Paul.

»Du hast ihm beigebracht, wie man Mädchen zum Tanzen auffordert?«

»Wie man es *richtig* macht«, korrigiert er. »Ich bin so eine Art Benimmtrainer. Die Menschen legen wieder Wert auf Etikette. Die Eltern von heute möchten, dass ihre Kinder wissen, was sich gehört und was nicht. Bei meinem Vater war es genauso. Er hat mir alles beigebracht, damit ich in guter Gesellschaft nicht auffalle.«

Lilly nickt, ohne dabei zu verraten, was sie wirklich denkt.

»Und hauptberuflich?«

Paul winkt ab.

»Ich vertreibe mir die Zeit, ich fahre herum, ich reise viel, ich sammle schöne Dinge. Und ich unterhalte mich gerne mit schönen Frauen.«

»Ein echter Playboy, also«, sagt sie spöttisch. *Dafür bist du aber ziemlich schüchtern, Paul.*

»Nennen wir es doch Kavalier. Das ist jedenfalls das, was ich meinen jungen Schülern beibringe.«

Sie bleiben stehen und sehen sich an. Beiden ist klar, dass sie sich schon viel zu nahe gekommen sind, um es jetzt einfach bei einer belanglosen Plauderei zu belassen.

Er sieht sie auffordernd an. Sie hält seinem Blick stand. Es ist eine Mischung aus Neugier und Vorsicht, die in ihren Blicken aufeinander prallt. Lilly weicht ein paar Schritte vor ihm zurück. *Mach es ihm nicht zu einfach ...*

Und Paul folgt ihr, ist jetzt ganz dicht bei ihr, seine Lippen nähern sich ihren. *Schnapp Sie dir, Tiger!*

»Hast du übrigens gehört, dass lauter Polizisten hier sind?«, fragt sie lächelnd. »Geena hat's mir erzählt – natürlich unter dem Siegel der Verschwiegenheit. Angeblich wollen sie hier den großen *Rubin* fangen.«

Pauls Lächeln friert ein. Natürlich, er bewahrt immer noch Haltung. Aber auf einmal ist alles anders. Er weicht zurück.

Lillys Antennen sind sensibel genug, um zu spüren, dass irgendetwas in ihm vorgeht. Und das nur, weil sie ihm von ein paar Polizisten erzählt hat? Sie quittiert sein merkwürdiges Verhalten mit einem Lachen.

»Oh, ich glaube nicht, dass du wegen eines Kusses verhaftet würdest«, sagt sie tapfer. *Denn das wolltest du doch gerade, oder, Paul? Du wolltest mich küssen! Vergiss es also nicht!*

Paul taut wieder auf. Dennoch ist er jetzt sachlich. Von Romantik keine Spur mehr. *Polizei in Zivil? Vielleicht ist es besser, den Rückzug anzutreten.*

»Ich habe gar nicht gemerkt, dass es schon so spät ist«, sagt er plötzlich. »Ich muss jetzt leider wirklich los.«

Er sagt es und ist schon ein paar Schritte entfernt. »Es war trotzdem schön, dich wiederzusehen.«

Ich hätte gerne noch viel mehr von dir gesehen, denkt sie verzweifelt.

»Ja. Das fand ich auch. Sehr schön sogar«, sagt sie.

Sie heben beide noch einmal die Hand zum Abschied. Eine Gruppe Partygäste schiebt sich zwischen sie.

»Paul!«

Sein Blick auf sie wird wieder frei.

»Ja?«

Sie winkt ab.

»Ach nichts. Auf bald, ja? Und es wäre schön, wenn du nächstes Mal zur Abwechslung nicht einfach verschwindest.«

»Auf bald. Und: Versprochen – ich werde bleiben.«

Er geht zum Ausgang, vor dem ein paar gelangweilte Chauffeure stehen. *Schnapp Sie dir, Tiger! Aber nicht, wenn ich dafür im Käfig lande*.

Er bleibt kurz stehen. Zwei Gäste haben sich ein Herz gefasst. Sie tragen die erste Cocktailleiche vorsichtig zu einem der Taxis. Paul beneidet den betrunkenen älteren Herrn, der in süßen Träumen weilt. Und der sich bestimmt nicht über eine misslungene Begegnung mit einem Mädchen ärgert.

12. Sonntag

07.00 Uhr

Der zuverlässigste Wecker der Welt ist pechschwarz. Er hat vier Pfoten und weiße Schnurrbarthaare. Pünktlich um sieben Uhr springt er auf Silvias Bett und trampelt sie wach. Und wenn das einmal nicht reicht, bricht er als Verstärkung in ein herzergreifendes Gewimmer aus. Diesmal ist es nicht nötig. Silvia schlägt die Augen auf. Ihr Kopf fühlt sich an, als würde sie einen Motorradhelm tragen. Vom Rest ihres Körpers ganz zu schweigen.

»Vergiss es, Rabe«, sagt sie mit kratziger Stimme.

Sie hält sich die Hand vor die Augen, damit die goldenen Nadelstiche, die durch den Vorhang hereinschießen, sie nicht mit voller Wucht treffen. Es ist ein heller Sommertag dort draußen. *Wie schrecklich*.

Der Kater stellt sein Trampeln ein und sieht Silvia aufmerksam an.

»Ich will schlafen, Tiger. Also verschwinde«, motzt sie.

Rabe maunzt.

»Lass mich in Ruhe, verdammt nochmal«, schreit Silvia plötzlich. »Lasst mich alle in Ruhe!«

Erinnerungsfetzen an die vergangene Nacht kommen ihr ins Bewusstsein. Ihre Augen füllen sich mit Tränen. *Sie will das nicht. Sie will sich nicht erinnern. Sie will überhaupt nichts. Nur schlafen. Ihre Ruhe haben.*

Der Kater springt in einem eleganten Satz vom Bett und stolziert mit hoch aufgerichtetem Schwanz aus dem Zimmer. *Dann halt nicht.*

Silvia sinkt erschöpft in die Kissen zurück. Sie greift nach einem der gebrauchten Papiertaschentücher, die sich neben ihrem Bett häufen. Ein Denkmal der Verzweiflung, mit der die letzte Nacht zu Ende gegangen ist. Sie schnäuzt sich lautstark die Nase. Dann beugt sie sich weit aus dem Bett und wirft die Schlafzimmertür ins Schloss. Es ist die einzige Methode, Rabe davon abzuhalten, sein Glück in einer Viertelstunde noch einmal zu versuchen.

Silvia legt sich wieder hin, zieht die Decke über die Schultern und versinkt in einen düsteren, traumlosen Schlaf.

Als sie zwei Stunden später erneut aufwacht, ist sie halbwegs ausgeschlafen. Ihr Kopf dröhnt allerdings immer noch wie eine Kirchenglocke. Und ihre Zunge fühlt sich an, als wären zentimeterdicke Pilzbeläge darauf gewachsen.

Silvia setzt sich im Bett auf. Selbst diese kleine Anstrengung kostet sie fast ihre ganze Kraft. Klar, sie ist ja selbst dran schuld. Warum musste sie auch nach den zahllosen Cocktails auf Geenas Party am Ende der Nacht noch eine ganze Flasche Rotwein leeren? Und zwar ganz allein hier in ihrer Wohnung. Und mehr oder weniger auf ex!

Andererseits – Männer machen es doch genauso. Eine unglückliche Liebe wird so lange in Alkohol aufgelöst, bis nichts mehr davon übrig ist. Den Schmerz einfach wegsaufen. Aber bei ihr funktioniert es leider nicht. Weil bei ihr überhaupt gar nichts funktioniert. Weder die Liebe noch das Wegsaufen!

Silvia schwingt vorsichtig die Beine über die Bettkante. Nicht sie bewegt sich, sondern die gesamte Welt um sie herum. Sie fühlt sich wie auf einem Boot bei schwerem Seegang. Das kann nicht lange gut gehen.

Und dann muss sie auch noch an *ihn* denken. Ausgerechnet. An *ihn* und daran, wie sie sich vor *ihm* lächerlich gemacht hat. Vor Torsten. Wie alles in Scherben zerbrochen ist, wovon sie im letzten halben Jahr geträumt hat. Und wer ist schuld daran? Genau. Sie selbst!

Dabei war zunächst alles so wunderbar. Vor allem, nachdem Torsten und ihr klar geworden war, dass sie *Rubin* in dieser Nacht nicht verhaften würden. Was lag näher, als Geenas prominent besetztes Gartenfest einfach zu genießen? Gesagt, getan. Torsten und sie stürmten auf die Tanzfläche und tobten sich prächtig bei Twist, Cha-Cha-Cha und bodenständigem Rock aus. Sie pilgerten zwischendurch immer wieder zur Cocktailbar und genossen unzählige von den Drinks, die in einem Lokal ein Vermögen gekostet hätten. Außerdem unterhielten sie sich mit Menschen, die sie sonst nur im Fernsehen zu sehen bekamen – erst mit Jörg Pilawa, dann mit Otto Waalkes und am Ende mit Anne-Sophie Mutter, der Geigerin. Und immer wieder fanden sie den Weg auf die Tanzfläche. Torsten erwies sich sogar als recht passabler Tänzer. Anfangs musste *sie* zwar *ihn* führen – aber nach und nach stellte sich eine Art Gleichberechtigung her. Mal gab sie die Richtung vor, mal er – genauso wie sie es sich immer vorgestellt hat. Am schönsten war der Augenblick, als die Band von einem Schmuseblues wieder auf schnellen Rock 'n' Roll überging – aber Torsten gar nicht daran dachte, sie aus seiner festen Umarmung zu lassen. Während rund um sie herum die Paare wild herumsprangen und wirbelten, hielten sie sich eng umschlungen und drehten ihre langsamen Runden über die Tanzfläche.

Im Morgengrauen fuhr Torsten sie dann nach Hause. Er hielt vor ihrer Wohnung und stellte den Motor ab. Und er sah sie erwartungsvoll an. Sie schloss die Augen, hoffte, dass sich ihre Lippen nach dem anstrengenden Tag nicht allzu spröde anfühlen würden. Und dann hat sie sich langsam zu ihm hinübergebeugt ... aber plötzlich hörte sie das Geräusch der Wagentür. Sie riss die Augen auf – von einem zärtlichen Kuss im Auto konnte keine Rede sein. Torsten war einfach ausgestiegen. *Aber davon hat sie sich nicht einmal abschrecken lassen.* Schließlich ging Torsten gentlemanlike um den Wagen herum. Er öffnete ihre Tür und reichte ihr die Hand. Sie war ausgestiegen. Und dann standen sie sich auf der vom letzten Mondlicht erhellten Straße gegenüber. Er hatte ja so Recht – warum eine teenagerhafte Knutscherei im Auto? Es war doch viel schöner, wenn sie gemeinsam in ihrem Schlafzimmer verschwanden.

»Du hast Recht«, flüsterte sie und sah ihn verliebt an. »Lass uns nach oben gehen.«

Und dann passierte es. Genau in dem Moment. Torsten hat nämlich nicht verliebt zurückgesäuselt und er hat ihr auch nicht gestanden, dass er sich nichts Schöneres vorstellen könnte, als den Rest der Nacht mit ihr zu verbringen. Nein, das alles hat er nicht. Stattdessen starrte er sie verblüfft an. Er schüttelte den Kopf und sagte in einer Tonlage, als hätte er es mit einer Schwachsinnigen zu tun:

»Silvia? Ich glaube, jetzt spinnst du total.«

Das hat gereicht. Sie fiel in Sekundenbruchteilen aus ihrer

Traumwelt und schlug in der harten Wirklichkeit auf – aber selbst da war noch ein Funken Hoffnung in ihr. Mein Gott, ist sie naiv gewesen.

»Es war so schön bisher, Torsten«, hat sie treudoof gesäuselt. »Wäre doch schade, wenn wir uns jetzt einfach so verabschieden. Ich meine, du spürst es doch auch, Torsten, oder?«

»Silvia, ich ... Ich weiß nicht. Ich glaube, ich sollte jetzt besser ...«

Was sie in seinen Augen sah, war – Angst. Und statt diese Angst als das zu akzeptieren, was sie war, hat sie sie sogar noch als Aufforderung verstanden. Sie dachte, dass sie ihm seine Furcht einfach nehmen müsste. Und dass Torsten sich, wie so oft, einfach selber im Weg stünde. Sie hat ihm einen Finger auf die Lippen gelegt und mit sehr leiser, vorsichtiger Stimme gesagt:

»Schschsch. Du musst nichts sagen, Torsten. Gar nichts. Gib mir einfach zu verstehen, dass du es auch weißt. Dass etwas Besonderes zwischen uns ist. Dass wir mehr füreinander sind als einfach nur zwei Kollegen, die sich gut verstehen.«

Aber das Flackern in seinen Augen war einfach nur stärker geworden. Er stand wie erstarrt vor ihr, weil er offenbar nicht wusste, was er machen sollte.

»Silvia, sag so etwas nicht. Ich ... Wir haben beide viel getrunken. Und wenn wir morgen aufwachen, ärgern wir uns doch nur über das, was jetzt geschieht. Du bist eine großartige Frau, aber ich? Was bin ich denn? Ich kann das hier einfach nicht.«

Torstens Gesicht wurde blass, während er sprach. Sie konnte förmlich spüren, wie er dieses unsichtbare Band zwischen ihnen mit aller Macht kappte. Vielleicht aus Angst, vielleicht auch, weil er es einfach nicht wollte. Was macht das schon für einen Unterschied? Sie sahen sich während dieser ganzen Zeit in die Augen, aber schließlich senkte Torsten den Blick. Es war so etwas wie die letzte Verbindung zwischen ihnen, die er löste. Sie konnte sehen, wie verwirrt er war. Er stolperte um seinen Wagen herum und plumpste hinters Steuer. Und sie stand da und fühlte sich wie jemand, dem gerade eine Brechstange über den Kopf geschlagen wird. Alles war verwaschen und undeutlich wie hinter einem Nebelschleier. Klar, das waren ihre Tränen. Und die Tatsache, dass ihr auf einmal eines sehr deutlich wurde: Dass sie sich noch nie in ihrem Leben so einsam gefühlt hatte. Und auch so gedemütigt. Sie hatte sich ihm offenbart – und er? Vielleicht benahm er sich nicht einmal mit Absicht so. Aber das nützte ihr auch nichts!

Bevor er losfuhr, kurbelte Torsten noch einmal das Autofenster herunter.

»Wir sollten die Dinge nicht unnötig kompliziert machen, Silvia. Das bringt doch nichts. Das weißt du so gut wie ich.«

»Klar, du hast bestimmt Recht«, hatte sie gestammelt.

Er ließ den Motor an, winkte ihr noch einmal aus dem Fenster zu und fuhr in die Nacht davon.

Der Rest war kurz und schmerzvoll. Sie ging hoch in die Wohnung und stellte die Rotweinflasche, die Lydia ihr geschenkt hatte und die eigentlich für einen besonderen Anlass gedacht war, auf den Küchentisch. Nach und nach schüttete sie den Wein in sich hinein – es war ja auch ein besonderer Anlass. Ein ganz besonderer sogar. Eine Art Beerdigung nämlich. Sie trug ihre Hoffnung, dass es mit Torsten jemals klappen könnte, zu Grabe. Und zwar ein für alle Mal. Irgendwann hat sie wohl doch den Weg ins Bett gefunden. Aber daran kann sie sich schon nicht mehr erinnern.

13. Montag

21.24 Uhr

»Seid ihr vielleicht taubstumm?«

Der Kellner in der Rossibar sieht die drei Frauen, die an einem Tisch in der Ecke sitzen, ratlos an. Eine Antwort erhält er nicht – von einem krampfartigen Gelächter abgesehen. Stumm oder taub sind die drei also nicht, aber trotzdem stimmt irgendetwas mit ihnen nicht. *Aber das trifft schließlich auf alle Frauen zu.* Der Kellner, er ist ein ungefähr zwanzigjähriger Orlando-Bloom-Typ, zuckt ratlos mit den Schultern.

»Ihr wollt doch bestimmt trotzdem etwas trinken, oder?«

Die drei Frauen nicken stumm.

»Und *was* wollt ihr trinken?«

Schulterzucken, Blicke, Gekicher.

»Machen wir es doch so: Ich halte euch die Karte hin, und ihr zeigt einfach mit dem Finger auf das Getränk, das ich euch bringen kann. Einverstanden?«

Die drei Frauen nicken und tippen dreimal hintereinander mit ihren rotlackierten Fingernägeln auf die Karte: Einmal Caipirinha, einmal Wodka mit O-Saft und einmal Astra aus der Flasche.

»Also schön. Bin gleich wieder zurück«, sagt Orlando Bloom und schiebt sich durch die Menschenmasse in Richtung Theke davon. Er ist noch nicht außer Hörweite, als die drei Frauen wieder in ein ohrenbetäubendes Gekreische ausbrechen. Und außerdem schlagartig ihre Sprache wiederfinden.

»Der arme Junge. Ich glaube, sein Selbstbewusstsein erreicht heute einen historischen Tiefpunkt«, sagt Nina glucksend.

»Er kann ja nicht wissen, dass wir heute einen Just-Girls-Abend haben ...«, bestätigt Suse.

»... und dass wir an solchen Abenden nun mal nicht mit Männern reden. Selbst wenn sie Kellner sind«, fügt Lilly hinzu.

»Und selbst wenn sie wirklich gut aussehen«, stellt Suse fest.

Wieder tauschen die drei Blicke aus und werfen sich vor Lachen in ihren Clubsesseln hin und her.

Orlando Bloom serviert kopfschüttelnd die Getränke.

»Na, ihr drei Hübschen seid ja doch nicht so stumm, wie ich dachte.«

Er grinst sie arrogant an. Suse schnippt mit dem Finger und lenkt so seine Aufmerksamkeit auf sich. Sie kramt aus ihrer Handtasche Stift und Papier hervor und notiert deutlich genug, dass er es auch im Schummerlicht der Bar lesen kann: WIR REDEN HALT NICHT MIT JEDEM.

Orlando zuckt zurück, als hätte ihn ein Schlag getroffen. Nina gibt einen Laut des Bedauerns von sich. Sie lässt sich von Suse Zettel und Stift geben, notiert ihrerseits etwas darauf, faltet den Zettel zusammen und gibt ihn dem Kellner. Der liest die Botschaft, woraufhin sich seine Miene wieder aufhellt.

»Die Drinks gehen natürlich aufs Haus«, sagt er und lässt die drei gut gelaunt allein.

Lilly und Suse erreichen binnen Sekunden ein gesundheitsgefährdendes Ausmaß an Neugier.

»Sag schon, was hast du ihm aufgeschrieben?«

»Raus mit der Sprache«, fügt Lilly drohend hinzu.

Nina schüttelt lächelnd den Kopf. »Tut mir schrecklich Leid, meine Lieben. Aber das geht nur mich und unseren jungen Freund etwas an.«

Die strafenden Blicke ihrer Freundinnen perlen an Nina ab. Es kommt selten vor, aber einige Geheimnisse muss man einfach für sich behalten.

Sie wendet sich an Lilly.

»Außerdem bist du jetzt dran mit Erzählen, Lilly. Du hast uns lange genug auf die Folter gespannt. Wie war das Treffen mit dem sagenumwobenen Paul?« Ninas Blicke werden drohend, als sie hinzufügt: »Und komm nicht auf die Idee, irgendwelche unwichtigen Details auszulassen.«

Lillys gerade noch so gute Laune macht eine Schussfahrt ins Tal der Tränen. Kein Wunder! Seit Samstagnacht hat sie mehr oder weniger kein Auge mehr zugemacht. Weil sie Tag und Nacht daran denken muss: An den Tanz mit Paul, an seine Hand auf ihrem Hintern, an seine Komplimente – und daran, dass sie ihm einen eiskalten Korb gegeben hat. Wenn auch unfreiwillig. *Kein Sex vor der Ehe! Küssen nur mit Voranmeldung!* Welch einen Unsinn hat sie ihm bloß erzählt? Was war in sie gefahren? Sie weiß es nicht. Aber es ist klar, dass der Mann vor ihr die Flucht ergriffen hat! Hätte ja wohl jeder!

»Es gibt nichts zu erzählen«, sagt Lilly. Sie bemüht sich tapfer um eine ruhige Stimme. »Und das verdanke ich einzig und allein dir, liebe Nina.«

Nina bleibt gelassen. »Klingt irgendwie wie ein Vorwurf«, stellt sie lakonisch fest.

»Ist es auch. Ein großer Vorwurf sogar«, gibt Lilly grantig zurück.

Nina ist *not amused*.

»Also los, Schätzchen. Was ist passiert?«

Lilly gibt einen kurzen Bericht von ihrer Begegnung mit Paul. Sie spart sich die Einzelheiten, aber dennoch wird eines klar: Paul ist an dem Abend zu allem bereit gewesen. Und sie selbst ist schuld daran, dass es nicht so weit gekommen ist, einzig und allein deshalb, weil sie sich an Ninas Ratschläge gehalten hat.

Nina ist allerdings alles andere als schuldbewusst. Ein schlechtes Gewissen hat sie erst recht nicht. Im Gegenteil. Ihre Augen wachsen während Lillys Erzählung auf Tennisballgröße an. Schließlich stöhnt sie laut auf.

»Ich glaube es einfach nicht«, faucht sie. »Ich habe dir gesagt, du sollst *zurückhaltend* sein. Das ist ja wohl etwas anderes, als ihm etwas von Sexverzicht zu erzählen und dich zu benehmen wie eine Nonne auf Freigang. Davon habe ich bestimmt nichts gesagt.«

Lilly zuckt mit den Schultern.

»Hättest du mir das nicht vorher erklären können? Ich habe keine Ahnung, wie Zurückhaltung geht. Ich habe das noch nie gemacht. Das müsstest du doch wissen. Es konnte nur schief gehen.«

Nina nickt resigniert. Lilly ist einfach extrem, und zwar in jeder Beziehung. Normalerweise nimmt sie sich, was sie haben will. Und jetzt hatte sie blöderweise von ihr das Gegenteil verlangt. Sie sollte ein einziges Mal verzichten. Oder wenigstens so tun. Musste ja schief gehen.

Suse, die Lilly nicht so gut kennt wie Nina, wagt einen vorsichtigen Vorstoß.

»Übertreibst du nicht ein bisschen? Ich meine, gut, du hast nicht mit ihm geschlafen. Aber ihr hattet einen wunderbaren Abend zusammen. Das ist doch eine ganze Menge.«

Lilly nickt tapfer.

»Das sagst du so einfach. Aber was mache ich, wenn er mich jetzt wirklich für eine alte Jungfer hält? Wenn er denkt, dass er mich nicht interessiert, als Mann? Ihr wisst doch, wie ungeduldig die Typen sind.«

Nina wiegt skeptisch den Kopf.

»Ich frage mich eher, was du von dem Typen eigentlich willst. Nach allem, was du erzählt hast, passt ihr gar nicht zusammen. Du brauchst Rambo. Und der Typ ist Pumuckl.«

Lilly fährt augenblicklich die Krallen aus.

»Von wegen. Paul ist doch nicht Pumuckl! Er ist ganz anders! Vor allem an dem Abend! Ich war ja selbst ganz erstaunt.«

Als Lilly das sagt, ist sie weniger überzeugt als sie klingt. Wer weiß, vielleicht hat Nina ja Recht, und Paul ist wirklich nicht ihr Typ. Sie weiß es nicht. Ein Gefühl sagt ihr aber, dass Paul noch eine ganz andere, verborgene Seite hat – und die scheint ausgesprochen gut zu ihr zu passen.

Nina beobachtet ihre Freundin, während die in ihren Grübeleien versinkt. Schließlich lächelt sie wie eine Ärztin, die nach langer Arbeit endlich eine treffende Diagnose stellen kann.

»Lilly. Ich glaube, dich hat es erwischt. Ganz schwerer Fall.«

»Wovon?«, fragt Lilly mit Zickenstimme.

Nina und Suse wechseln viel sagende Blicke.

»Da musst du schon selber drauf kommen, meine Gute.«

Nina und Suse sehen sich verschwörerisch an. Lilly quittiert es mit einem ätzenden Schnaufen.

»Ihr wollt es mir nicht sagen? Dann kann ich ja auch gehen«, keift sie. Sie starrt ihre Freundinnen ein paar Sekunden böse an – und dann brechen sie gemeinsam in ein erleichtertes Gelächter aus.

21.34 Uhr

»Und – wie war's?«

Mark wirft den kleinen, weißen Ball ins Feld. Zweiundzwanzig kleine Plastikmännchen geraten in hektische Bewegung.

»Klasse«, sagt Paul. Er steht mit Jon auf einer Seite und bedient die Hintermannschaft, Mark und René auf der anderen.

»Du hast sie also flachgelegt?«, fasst Mark nach.

»Sagen wir so: Es war ein wunderbarer Abend.«

Jon, der nicht weniger neugierig ist als die beiden anderen, sieht Paul verärgert an.

»Mein Gott, Paul, jetzt lass dir doch nicht alles aus der Nase ziehen. Hast du sie gepoppt – ja oder nein?«

Paul lässt für eine Sekunde verärgert die Griffe los, ein unverzeihlicher Fehler. René nutzt die Chance: Mittelfeld, Sturm, Schuss aus vorderster Reihe – Tor.

»Eins – null.« Mark schiebt den ersten Punktewürfel laut knallend nach links.

»Nein, habe ich nicht«, sagt Paul.

René und Mark bauen von hinten auf. Mit dem Torwart ins Mittelfeld, über Bande zum Sturm.

»Und was war dann bitteschön *klasse*, wenn gar nichts gelaufen ist?«

Paul wehrt ab, passt zurück zum Torwart – beinahe ein Eigentor.

Jon faucht ihn an:

»Mensch, Paul. Vielleicht hast du bei deiner Lilly keinen reingekriegt. Aber dann muss es hier auch nicht passieren.«

Paul lässt das Feld nicht aus den Augen. Renés Fünferkette liegt waagerecht in der Luft. Eine Chance. Sein Abwehrspieler täuscht an, dann dreht er voll ab. Der Ball rast übers Spielfeld – Tor.

»Eins – eins«, sagt Paul trocken. Er schiebt den Punktewürfel genauso krachend nach links.

Mark ist jetzt angestochen. Seine Abwehr spielt Pingpong mit der Bande, vor, zurück, vor, zurück. Dann Pass in den Sturm. Paul, der den Torwart kontrolliert, wehrt ab.

»War wohl nix.«

»Und wieso bist du nicht zum Schuss gekommen? Bei Lilly?«, fragt Mark.

»Sie wollte nicht. Sie war irgendwie schüchtern.«

Torwartabstoß, aber Jon verdribbelt im Mittelfeld.

»Wie? Sie wollte nicht? Und was heißt hier schüchtern? Ich dachte, diese Lilly ist eine kleine, geile Sau? Hat Jon jedenfalls gesagt.«

Mark gackert.

»Die hat dich doch angeblich schon im Park angesprungen«, fügt René hinzu. Jon hat ihnen alles ausführlich erzählt, und zwar bevor Paul zu ihnen gestoßen ist.

Doppelpass, Schuss, Abpraller, Nachschuss, Tor.

»Zwei – eins«, erklärt Paul feierlich. »Und Jon ist selber eine kleine, geile Sau.«

»Stimmt.«

»Egal. Was war jetzt mit dieser Lilly?«

René wirft die Kugel ein, Mittelfeldgeplänkel, Schuss, daneben.

»War wohl eine Täuschung«, sagt Paul, ohne sich etwas anmerken zu lassen. »Sie ist irgendwie verklemmt, jedenfalls nicht gerade der Vamp, für den ich sie gehalten habe. Aber das ist schon okay. Ich meine, ich mag sie wirklich. Ich muss nicht gleich die volle Nummer haben.«

»Oh, der Herr muss nicht die volle Nummer haben«, äfft Jon nach.

Mark und René grölen wie zwei Fünfzehnjährige, obwohl sie in Wahrheit doppelt so alt sind. Heute ist halt Männerabend, und dann dürfen sie alle wieder wie kleine Jungs sein.

Paul spielt über Bande nach vorne, Jon verlängert mit der Fünferkette, Rückpass, Schuss, Tor.

»Drei – eins. Tut mir Leid für euch«, sagt Paul herablassend.

»Verklemmt?«, fragt Jon ungläubig. »Und das glaubst du? Die wollte es doch nur spannend machen. Die wollte, dass du dich ein bisschen abstrampelst. Dass du dir Mühe gibst. So sind Frauen.«

Paul wiegt den Kopf hin und her. Schnelle Kombination, Schuss, gehalten, Gegenangriff. Mark verwandelt.

»Drei – zwei«, lacht er.

»Meinst du wirklich?«

»Mein Gott, Paul. Wo lebst du?«, fragt Jon kopfschüttelnd. »Natürlich meine ich das. Eine Frau, die es einem

Mann leicht macht, ist entweder über vierzig. Oder sie ist 'ne Professionelle. Alle anderen lassen dich erst mal schwitzen.«

»Lilly ist jedenfalls weder das eine noch das andere. Sie will mich vermutlich einfach besser kennen lernen, bevor es in die Kiste geht. Das ist in Ordnung. Ich will es auch langsam mit ihr angehen. Du weißt schon, warum.«

»Ja, ich weiß«, wiederholt Jon grantig. »Aber wir hatten es anders besprochen.« Er klingt jetzt wirklich sauer – aber wenigstens verwandelt er seine Wut in eine Vier-zu-zwei-Führung.

»Scheiße«, sagt Mark.

Jon lässt nicht locker: »Das ist doch ganz einfach. Lilly dachte nach eurem ersten Date, *du* bist schüchtern. Also hat sie selbst einen Gang zurückgeschaltet, um dich nicht zu überfordern. Aber was machst du? Nichts. Du lässt dich einfach abschrecken.«

»Das nennt man eine Abwärtsspirale«, fügt René hinzu.

Paul setzt ein trotziges Gesicht auf.

»Garantiert nicht. Dafür habe ich viel zu sehr auf Angriff gespielt, und sie hat es gemerkt. Ich war zu allem bereit. Aber es hat sich eben anders ergeben.«

Mark zieht von hinten voll ab, Torwarttor, Anschlusstreffer.

»Damit ist wieder alles offen.«

Einwurf, Traumkombination von Jons Mittelfeld, Pass, angeschnittener Schuss, Tor.

»Fünf – drei.«

»Hört ihn euch an«, sagt Jon kopfschüttelnd. »Es hat sich anders entwickelt? Mein Gott, Paul. Mit der Einstellung wird das nie was! Wir hatten vereinbart, dass du ihr zeigst, was sie dir bedeutet.«

Pauls Adrenalindrüsen nehmen die Arbeit auf. Streit liegt in der Luft.

»Darf ich vielleicht noch selber entscheiden, wie ich bei einer Frau vorgehe?«

»Nein«, erklären Jon, Mark und René einstimmig. »*Du* nicht. Nicht nach zwei Jahren Enthaltsamkeit.«

Paul schießt, der Ball prallt gegen Renés Stürmer, der setzt nach, Tor.

»Da siehst du es. Du solltest auf uns hören. Fünf – vier.«

Paul schüttelt den Kopf.

»Es gab gewisse Umstände, weswegen ich an dem Abend verschwinden musste. Sonst wäre es anders gelaufen. Das verspreche ich euch«, erklärt er trotzig. Er wirft Jon einen viel sagenden Blick zu. Der Zahnarzt ist der Einzige seiner Freunde, der über Pauls wahren Beruf informiert ist. Er kann den anderen daher schlecht erklären, dass er ein Sicherheitsproblem hatte. Weil die Party ganz zufällig von der Polizei überwacht wurde, und es für ihn das Beste war, zu verschwinden.

»Okay, so etwas kommt vor«, sagt Jon versöhnlich. Er nimmt Mark und René den Wind aus den Segeln. Und er kombiniert über links, täuscht an, Schuss, Abwehr, Nachschuss, Tor.

»Sechs – vier.«

»Und was willst du jetzt machen? Du magst sie doch immer noch, diese Lilly, oder?«, fragt Mark. Er wirft eine Münze in den Kicker und zieht neue Bälle.

Einwurf. Paul denkt über Marks Frage nach, reagiert zu spät, Tor.

»Wir kriegen euch«, schreit René.

»Vergiss es.«

»Niemals.«

»Ich denke, es war so eine Art Zeichen, dass nichts gelaufen ist«, sagt Paul. »Ich werde abwarten. Im Moment passt es sowieso nicht so gut. Irgendwann rufe ich sie wieder an. Aber nicht jetzt.«

Diesmal ist Mark unaufmerksam. *Wegen des Schwachsinns, den Paul gerade von sich gibt.* Jon zieht ab, Tor.

»Sieben – fünf.«

»Das war unfair.«

»Stimmt, Paul *ist* unfair. Aber nicht zu uns, sondern zu dieser Lilly. Ich rufe sie irgendwann an – wenn ich so etwas schon höre«, antwortet Jon grinsend.

»Ich will mir einfach Zeit lassen mit ihr«, verteidigt Paul sich. »Du weißt genau, wovon ich rede, Jon. Ich kann das jetzt nicht übers Knie brechen.«

»Von übers Knie brechen war auch nie die Rede. Du sollst sie vögeln, das ist alles«, gibt Jon ungerührt zurück.

Mark gackert wieder, Paul zeigt ihm den Stinkefinger – und lässt dabei seine Abwehr los. René kennt kein Pardon: Schuss, Nachschuss, Tor.

»Sieben – sechs.«

»Wenn du die Kleine nicht innerhalb der nächsten vierundzwanzig Stunden anrufst, spiele ich nicht mehr in einer Mannschaft mit dir«, erklärt Jon mitleidslos. »Ich habe es dir schon einmal erklärt, Paul. Frauen sind ungeduldig. Die denkt jetzt, dass sie dir egal ist. Spätestens nächste Woche hat die einen anderen. Dann kannst du sie endgültig vergessen.«

Paul zuckt mit den Schultern.

»Ich habe ihre Nummer nicht«.

René und Mark stehen mit ausdruckslosen Gesichtern auf

der anderen Seite. Paul schießt mit seinem Abwehrspieler über Bande, Tor.

»Acht – sechs. Ich habe ihre Nummer wirklich nicht«, erklärt er grinsend.

»Das ist nicht witzig«, sagt Mark. Er wirft mit Drall ein, René nimmt mit dem Mittelfeld auf, kombiniert – daneben. Pauls Abwehr passt nach vorne, Jon verlängert, Stürmerschuss, Tor.

»Neun – sechs.«

»Schon mal was von einem Telefonbuch gehört?«, fragt René genervt.

»Ich weiß nicht ...«

»Eben. Aber wir wissen«, sagt Mark. Torwartschuss, René macht den Weg frei, Tor.

»Neun – sieben. Und das war nicht das letzte Wort.«

»Abwarten.«

Jon wittert den nahen Sieg.

»Ich schlage Folgendes vor. Wenn Paul verspricht, diese Lilly anzurufen, halten wir ihn heute Abend frei. Alle Getränke auf unsere Rechnung.«

»Gemacht.«

»Einverstanden.«

Jon, René und Mark sehen Paul erwartungsvoll an.

»Einverstanden, Paul? Dann versprich es!«

»Wieso habe ich euch eigentlich als Freunde?«, fragt Paul kopfschüttelnd.

»Weil du mit uns auf der Siegerstraße bist«, ruft Jon. Er zieht ab, Mark hält. Nachschuss, auf der Linie gehalten, erneuter Nachschuss. Tor – der Siegtreffer für ihn und Paul.

»Zehn – sieben. Und aus«, grinst Jon.

Die beiden klatschen ab. Mark und René gratulieren. Gemeinsam gehen sie zum Tisch rüber und stoßen an. Paul nickt resigniert.

»Also gut. Versprochen. Ich werde sie anrufen!«

Jon nickt zufrieden.

»Na, siehst du. Geht doch!«

14. Dienstag

16.28 Uhr

»Ich lach mich tot, Rolf. Deutschlands Klatschreporter Nummer eins wird sturzbetrunken von einer Party getragen. Was jetzt? Schreibst du über dich selbst einen Artikel?«

Dagmar trägt eine wallende rote Robe von Valentino. Ihr Gesicht schillert in allen Farben der Shiseido-Palette, und ihr Körper ist von einer süßen Chanel-Wolke umgeben. Sie grinst ihn gut gelaunt an. Sie suhlt sich in seinem Schmerz, in seiner Demütigung, in seiner Einsamkeit. *Eine Entschädigung.*

»Leck mich, Daggi.«

»Wenn du es bei mir auch tust.«

Sie sitzen in der abgedunkelten Lobby des Vier Jahreszeiten. Eigentlich sollte er Dagmar dankbar sein. Sie ist der erste Mensch, den er seit drei Tagen zu sehen bekommt. Den Zimmerkellner ausgenommen. Dagmar hat ihn dazu bewegt aufzustehen.

Rolf trinkt einen doppelten Espresso. Die erste nicht alkoholische Flüssigkeit seit zweiundsiebzig Stunden. Sein Körper krampft sich zusammen. Aber er bewahrt Haltung.

»Also, Rolf. Lass es raus. Was ist passiert?«

Dagmar grinst immer noch. Sie empfindet Genugtuung, und sie weiß, dass er es weiß. Zu ihrem eigenen Verdruss empfindet sie aber auch noch so etwas wie Mitleid. Sie kann nichts dagegen tun. *Wie dumm sind wir Frauen nur?*

»Mareille hat mich verlassen. Am Samstag, auf Geenas Party.«

Die Erinnerung an das Mädchen, an ihren jungen Körper, an ihr Lachen, ihre Augen ... Es verursacht ihm Schmerzen, seelische Schmerzen, körperliche Schmerzen. *Das ist doch alles Scheiße!*

»Wundert dich das?«

Rolf schüttelt den Kopf. Er stinkt wie einer der Penner, die in der Nähe des Hotels auf dem Jungfernstieg kampieren.

Daggi winkt dem Kellner. Sie gönnt sich einen Cognac. Der Anblick ist die reinste Folter für Rolf. Sie weiß es. *Da musst du durch, mein Lieber.*

»Nein, wundert mich nicht.«

»Was willst du tun? Um sie kämpfen? In deinem Zustand?«

Er schafft ein Lachen. Es soll überheblich klingen, aber es ist erbärmlich.

»Ihre Sachen sind noch auf dem Zimmer. Keine Ahnung, was ich mit dem Zeug machen soll«, sagt er.

Dagmar lässt den Rauch ihrer Mentholzigarette zwischen ihren pinkfarbenen Lippen entweichen.

»Deine kleine Mareille liebt dich. Falls dich das interessiert.«

Mein Gott, bin ich selbstlos. Womit hat der alte Bock das verdient?

»Was weißt du schon«, krächzt Rolf.

»Sie ist süß. Wir haben bei Geena miteinander geredet.«

Dagmar erzählt ihm, wie Mareille auf den Fotografen losgegangen ist. Wie sie um ihn gekämpft hat. Und wie er sich zum Dank hat volllaufen lassen wie ein Walross, und das vor den Augen von *tout Hamburg*.

Rolfs Hand wandert auf ihren Cognac zu. Sie stellt das Glas außerhalb seiner Reichweite.

»Klar. Und danach ist sie mit so einem männlichen Flittchen abgezogen. Ich war blau, aber nicht blind«, sagt er.

Die Zeitbombe tickt. Er braucht etwas zu trinken, oder etwas Schlimmes passiert.

»Das Flittchen heißt Wayne Buchmann und ist einer der erfolgreichsten deutschen Schauspieler.«

»Auf RTL.«

»Ein Schmuckstück von einem Mann«, sagt sie. Dagmar ist Ende fünfzig. Es hält sie nicht davon ab, sich die Lippen zu lecken, als sie über Wayne spricht.

»Dann soll sie sich doch von ihm bumsen lassen. Interessiert mich nicht«, sagt Rolf.

Alle Kontrollleuchten auf Rot. Etwas zu trinken, oder aus. Sein Herz wummert. Infarkt? Wäre eine Erlösung!

Dagmar winkt ab. Rolf muss notorisch über Sex reden. Die ersten fünfzig Jahres seines Lebens ist er damit gelandet. Jetzt ist es widerlich.

»Ich habe das von Karrenbauer gehört«, sagt sie. Sie lässt keine Wunde aus. Sie stochert genüsslich darin herum.

Rolf nickt. Karrenbauer. Sein Chefredakteur. Der Hotelpage hat ihm das Fax aufs Zimmer gebracht. Wann war das? Heute? Gestern? Vorgestern? Karrenbauer hat ihn gefeuert. Einfach so. Wegen Saufens. Wegen geschäftsschädigenden Verhaltens in der Öffentlichkeit. Der Chefredakteur ist

Mitte dreißig, ganz oben, spuckt auf die Alten herunter. Er würde es genauso machen.

»Hast du dich schon bei Viola bedankt?«, fragt sie.

Er sieht sie fragend an.

»Sag bloß, du hast es nicht gesehen?«, fragt sie, ehrlich erstaunt.

»Scheiße, Daggi. *Was* habe ich nicht gesehen?«

»Warte einen Moment.«

Sie kramt die neue »People« aus ihrer Tasche.

Rolf bleibt regungslos sitzen.

»Sie haben es also gebracht«, flüstert er mit rauer Stimme.

»Allerdings.«

Dagmar schlägt die Society-Seiten auf. *Man soll die Feste feiern, wie sie fallen.* Darunter ein Bild von Rolf, der auf allen vieren durch Geenas Garten kriecht. *Die Gäste verließen Geena Karolis' gelungenes Sommerfest in bester Laune.* Eingeklinkt ein kleines Bild, wie er von zwei anderen Gästen zu einem Taxi getragen wird.

»Scheiße!«

»Und du nimmst es deinem Mädchen übel, dass es ausreißt! Mein Gott, Rolf, sieh gelegentlich in den Spiegel.«

Er spart sich die Gemeinheit, die ihm auf der Zunge liegt. Er hat nicht einmal mehr genug Kraft, um anderen Menschen wehzutun.

»Was soll ich tun?«, fragt er.

»Ruf sie an.«

»Das kann ich nicht.«

»Dann lass es bleiben.«

Dagmar lacht. Er ist ihr dankbar. Wenigstens schont sie ihn nicht.

»Kann ein Endfünfziger eine Zweiundzwanzigjährige lieben?«, fragt er.

»Klar«, sagt sie. Sie meint es ehrlich. »Alles ist möglich.«

Rolf nimmt ihre Hand und führt sie zu seinem Mund.

»Danke, Daggi. Vergess ich dir nicht.«

Sie winkt ab.

»Und putz dir mal die Zähne«, sagt sie.

15. Mittwoch

12.48 Uhr

»Kennst du eigentlich Silvia Burmester, meine Partnerin?«, fragt Torsten.

Kalli, sein Freund und Kollege, verdreht die Augen. *Blöde Frage.* Jeder im Präsidium kennt Silvia, schließlich sieht sie wirklich klasse aus. Jeder weiß auch, dass sie kein Interesse an einer näheren Bekanntschaft mit einem ihrer männlichen Kollegen hat. Mit einer Ausnahme, und die heißt Torsten Nicolai.

»Klar«, sagt Kalli. »Klar kenne ich die.«

»Könntest du dir vorstellen, dass ich in sie verliebt bin?«

Blöde Frage Nummer zwei. Woher soll er das wissen? Kalli spielt den Ball zurück in Torstens Hälfte:

»Sag du es mir – bist du?«

Torsten schlägt mit der Hand auf den Tisch. »Verdammt, Kalli. Würde ich dich fragen, wenn ich es wüsste?«

Kalli starrt seinen Freund mit offenem Mund an. Dass Torsten nicht gerade unkompliziert ist, wenn es um Frauen geht, ist allgemein bekannt. Aber das hier geht zu weit.

»Vielleicht erklärst du mir erst mal, worum es überhaupt geht?«

Torsten nickt seufzend. Er kommt wohl nicht drum herum, Kalli von der Samstagnacht zu erzählen.

Nachdem Silvia ihn überredet hatte zu tanzen, fingen die Probleme erst richtig an. Sie blieben nicht nur für ein oder zwei Tänze auf dem Parkett, wie er es ursprünglich vorgehabt hatte. Sie tanzten die ganze restliche Nacht. Sie drehten eng umschlungen ihre Runden, und irgendwann war er es, der auf einen weiteren Blues bestand. Es war verdammt aufregend! Als er Silvia schließlich nach Hause fuhr, ging im Osten schon die Sonne auf – und da passierte es. Sie fragte ihn, ob er noch mit zu ihr nach oben käme …

Kalli schüttelt ungläubig den Kopf.

»Sag jetzt nicht, dass du es mit Silvia Burmester getrieben hast«, keucht er in einem Tonfall, als hätte Torsten ihm gerade von einem Fußballsieg gegen den Polizeisportverein Glinde oder von einem beeindruckenden Abenteuerurlaub in Arizona berichtet.

Torsten wiegelt ab.

»Quatsch. Habe ich nicht.«

»Und was, bitte schön, hast du dann gemacht, als sie dich gefragt hat?«

»Ich habe Nein gesagt.«

»Klar. Was sonst?«

Jeder weiß, dass Torsten durch die Trennung von seiner Frau einen wegbekommen hat. Aber dass eine Frau wie Silvia ihm einen Fick in Aussicht stellt und Torsten einfach ablehnt, das ist einfach krankhaft!

»Nochmal fürs Protokoll, Torsten. Silvia Burmester, bei der ungefähr fünftausend Polizisten in Hamburg einen Ständer kriegen, wenn sie nur vorbeigeht, hat dich in ihr Bett eingeladen. *Und du hast Nein gesagt?*«

»Genau.«

»Und du meinst nicht, dass du dich lieber krankschreiben lassen solltest? Für eine gründliche Untersuchung beim Psychiater vielleicht?«

»Nein, meine ich nicht.«

»Warum, bitte schön, tust du so etwas?«

»Was?«

»Silvia einen Korb zu geben. Macht Selbstbefriedigung so viel Spaß? Oder warst du vielleicht *nicht in Stimmung*?«

»Doch, schon ...«, sagt Torsten zögernd.

»Aber?«

»Ich glaube einfach nicht, dass sie sich wirklich für mich interessiert. Sie will maximal ein Abenteuer.«

Kalli sieht zu den Kollegen am Nachbartisch hinüber. Eigentlich braucht er jetzt Hilfe. Er hat es offensichtlich mit einem Geistesgestörten zu tun.

»Silvia will nur ein Abenteuer? Wie grauenhaft! Du armer Kerl bist wirklich zu bemitleiden!«

Torsten überhört den ätzenden Spott seines Freundes. Für Kalli sind die Dinge einfach. Der ist jung, ungebunden und zu allem bereit. Bei ihm sehen die Dinge aber nun mal anders aus.

»Ich kann mich auf so etwas nicht einlassen. Schon allein wegen der Kinder.«

»Mein Gott, Torsten. Du klingst wie eine Frau!«

»Bin ich ja auch in gewisser Hinsicht. Schließlich trage ich Verantwortung. Ich verkörpere auch so etwas wie die Mutter von Pierre und Ulrike.«

Kalli sieht ihn grinsend an.

»Nur schade, dass du keine Titten hast. Sonst würde ich mein Glück glatt bei dir probieren.«

»Du weißt schon, was ich meine.«

»Weiß ich. Aber mir war neu, dass einen so etwas davon abhält, eine Frau glücklich zu machen.«

Kalli spricht den Gedanken aus, der Torsten in den zurückliegenden Tagen pausenlos gequält hat. Aber er hat ihn kein Stück weitergebracht.

Kalli beschließt, seinem Freund nicht länger tatenlos zuzusehen. Es ist entschieden an der Zeit, andere Seiten aufzuziehen.

»Schluss mit dem Unsinn, Torsten«, sagt er streng. »Was ist wirklich das Problem?«

Torsten hebt resigniert die Hände.

»Ich habe ihr seit einem halben Jahr erzählt, dass bei mir nichts läuft, bevor ich befördert werde.«

»Kapiere ich nicht. Oder meinst du, du kannst als Oberkommissar besser bumsen als als einfacher Wachtmeister?«

»Quatsch. Es geht nur um die Kohle«, sagt Torsten mit heiserer Stimme. »Ich will mir einfach nie wieder von einer Frau anhören, dass ich nur ein mieser kleiner Bulle bin. Und dass es reines Mitleid wäre, warum sie mich nicht längst verlassen hätte …«

»Wird Silvia kaum sagen, schließlich ist sie selber Polizistin.«

»Und ich will auch nie wieder hören, dass ich einer Frau nicht genug bieten kann.«

»Silvia kennt dich lange genug, um zu wissen, was sie bei dir bekommt. Sie kauft also keine Katze mit Sack.«

Kalli wiehert. Torsten ist sauer.

»Das Problem ist«, sagt er stockend. »dass Silvia einfach die bessere Ermittlerin ist. Sie ist klug, sie ist fleißig, und sie hat Spürsinn. Wahrscheinlich wird sie vor mir aufsteigen –

und dann wird es genauso sein wie früher mit Birgit. Sie wird ...«

»... Torsten. Halt die Klappe!«

Kalli bringt ihn mit einer Handbewegung zum Schweigen. Er hat schon einige Gründe gehört, aus denen Männer sich nicht an Frauen herantrauen. *Aber das hier ist lächerlich.* Kalli steht kopfschüttelnd auf, nimmt sein Kantinentablett und geht zur Geschirrabgabe hinüber. Dann kommt er noch einmal zum Tisch zurück.

»Was übrigens deine Frage von vorhin angeht«, sagt er in möglichst harmlosem Tonfall.

»Welche Frage?«

»Ob du in Silvia verliebt sein könntest ...«

»Ja?«

»Bist du.«

»Wie bitte?«

Kalli ist schon bei der Tür.

»Du hast mich schon verstanden.«

13.58 Uhr

Lilly ist sauer. Auf Suse, auf Nina, und am meisten auf sich selbst.

Der Abend in der Rossibar war ein totaler Reinfall. Sie hat ihren Freundinnen von der Begegnung mit Paul erzählt, obwohl sie die Sache eigentlich für sich behalten wollte. Wäre auch besser gewesen! Schließlich sind Nina und Suse ganz schön gemein zu ihr gewesen. Sie hatten nichts Besseres zu tun, als sich über sie lustig zu machen. Und sich in düsteren Ahnungen zu ergehen.

Anstatt sich um die Vorbereitungen für ihren Großeinsatz am Wochenende zu kümmern – das Vorspeisencatering für die German-Award-Verleihung im Congress Centrum, zu der immerhin tausendzweihundert Gäste kommen sollen –, sitzt sie schon den ganzen Vormittag an ihrem Schreibtisch und hängt ihren Gedanken nach.

Aber jetzt ist Schluss damit! Lilly steht auf und legt ihre Norah-Jones-CD in den Player ein. Die Stimme der jungen Amerikanerin mit den indischen Vorfahren ersetzt normalerweise eine komplette Stunde beim Therapeuten. Die Lieder drücken den ganzen Kummer und die Verlorenheit aus, die eine Frau wegen eines Mannes empfinden kann. Das ist der Grund, warum es einem nach »Don't know why« oder »I've got to see you again« einfach viel besser geht.

Lilly stellt sich vor den kleinen Spiegel, der zwischen den Regalen mit den Abrechnungsordnern an der Wand hängt. Wenn das so weitergeht, werden sich bald die ersten Bergsteiger bei ihr melden, um dieses Gebirge auf ihrer Stirn zu erkunden. Das sind keine Falten mehr, das sind Hautwulste. Vielleicht sollte sie ihre Meinung zum Thema Botox doch noch einmal überdenken.

Lilly seufzt aus tiefstem Herzen – und schon lindert sich ihr angestrengter Gesichtsausdruck etwas.

Das Telefon klingelt. Bisher hat sie den Apparat einfach ignoriert und sich hinterher auf dem Anrufbeantworter angehört, wer etwas von ihr will. Es hat sie mit einer gewissen Befriedigung erfüllt, wie die Leute um einen dringenden Rückruf bitten, weil angeblich alles Mögliche so unglaublich wichtig ist. Da war zum Beispiel Moritz Huizenga, ihr neuer Fischhändler, der ihr einen Sonderposten Doraden anbot. Dann rief Betty Nguyen an, die Mutter des Praktikanten, um zu sagen, dass Tommy mit Fieber im Bett lag. (»Es ging ihm schon nicht gut, als er gegen vier Uhr morgens nach Hause kam und sich erst mal übergeben musste.«) Schließlich meldete sich auch noch Regina von Gurlitt, um Details wegen der Award-Verleihung abzusprechen. Die hat ihr gerade noch gefehlt.

Das Telefon klingelt, und der Anrufbeantworter springt an. Lilly hört Ninas Stimme, die etwas atemlos aufs Band spricht.

»Wo steckst du, Lilly? Zu Hause bist du nicht, dein Handy ist abgeschaltet, und im Büro meldest du dich auch nicht. Bist du etwa sauer?«

»Ja, allerdings.«

Lilly ist in letzter Sekunde zum Apparat gesprungen und hat den Hörer von der Gabel gerissen.

»Dachte ich mir schon«, sagt Nina. »Trotzdem schön, deine Stimme zu hören.«

Sie klingt eher amüsiert als reumütig. Lilly lässt sich in ihren Schreibtischstuhl sinken und sagt gar nichts.

»Was ist los, Süße? Du bist doch nicht wirklich sauer auf uns, oder? Du bist unglücklich. Das ist es.«

»Hmmm«, bestätigt Lilly wortlos.

»Wegen Paul, stimmt's?«

Lilly zuckt mit den Schultern. Das kann Nina zwar am Telefon nicht hören, aber sie kennt ihre Freundin gut genug, um sich ihren Teil zu denken.

»Eigentlich sollten wir uns alle darüber freuen, weißt du das?«, fragt Nina.

Lilly schüttelt wütend den Kopf.

»Ihr freut euch, weil ich mich elend fühle? Tolle Freundinnen seid ihr.«

Nina lässt sich nicht beirren. Wer mit Lilly befreundet ist, braucht ein dickes Fell. Das weiß sie gut genug.

»Hör schon auf mit den Mätzchen, Schätzchen«, sagt sie mit milder Stimme. »Ich kenne dich seit über zehn Jahren, und ich habe oft genug erlebt, dass du dich wegen eines Mannes gelangweilt hast oder genervt warst. Einige wenige Typen haben es sogar geschafft, dich wütend zu machen. Und diesem Paul gelingt es doch glatt, dich *traurig* zu machen. Das will wirklich etwas heißen. Und es ist definitiv ein Grund zur Freude.«

Nina schafft das Wunder. Lillys Mundwinkel heben sich ein paar Millimeter. Eigentlich muss sie sogar lachen, und zwar über sich selber. Aber so weit ist sie noch nicht.

Lillys Augen verengen sich. Ihre Stimme klingt drohend.

»Sag jetzt nicht, dass ich verliebt bin, oder so etwas. Bin ich nämlich nicht.«

»Okay. Du bist nicht verliebt«, sagt Nina glucksend.

In der Leitung entsteht ein langes Schweigen. Nina denkt gar nicht daran, etwas zu sagen. Und Lilly auch nicht. Sie sitzen an ihren jeweiligen Büroschreibtischen und lauschen in das sündhaft teure Telekom-Rauschen.

Lilly ist die Erste, die schließlich ein leises Kichern ausstößt. Nina lässt sich nicht lumpen und steuert ihr rauchiges Lachen bei. Es dauert keine dreißig Sekunden, und die beiden kreischen in den Hörer, als wären sie auf einem Popkonzert.

»Also gut«, sagt Lilly schließlich. »Ich *bin* verliebt. Ich sehe es ein. Und ich kann es offenbar nicht ändern.«

»Das solltest du auch gar nicht.«

»Nicht?«

»Nein, auf keinen Fall.«

»Warum nicht?«

»Weil verliebt sein wunderbar ist. Das Tollste überhaupt.«

»Okay, stimmt schon. So schlimm ist es wirklich nicht. Stellt sich bloß die Frage: Was soll ich jetzt tun?«

Nina ist verblüfft. Lilly hat eigentlich einen messerscharfen Verstand. Wenn sie etwas haben will, gibt es nichts, was sie davon abhält, es auch zu bekommen. Aber anscheinend gilt das nicht für Männer. Sie muss ihr also auf die Sprünge helfen.

»Ruf deinen Paul doch einfach an.«

Lilly macht ein Zitronengesicht.

»Du hast leicht reden.«

Nina bleibt gelassen.

»So schwer ist Telefonieren nicht.«

»Wenn man die Nummer von demjenigen, den man erreichen will, nicht hat, schon«, ruft Lilly aus.

»Mein Gott, Lilly. Wie kann eine so erfolgreiche Geschäftsfrau wie du so dumm und hilflos sein? Du hast Pauls Nummer nicht? Dann ruf halt Geena an. Sie hat euch beide zu ihrem Fest eingeladen, also wird sie euch auch weiterhin beim gegenseitigen Verkuppeln behilflich sein.«

Lilly überlegt kurz, ob Ninas Vorschlag irgendeine verborgene Tücke aufweist. Ihr fällt keine ein. Sie strahlt.

»Hätte ich eigentlich auch selber drauf kommen können.«

»Allerdings.«

Nina schickt Lilly noch einen Gruß und einen Kuss durchs Telefon und meldet sich für einen Langstreckenflug nach Australien ab. Dann legen sie auf.

14.37 Uhr

Silvia sagt nur ein einziges Wort, nachdem am anderen Ende der Hörer abgenommen wird:

»SOS.«

»Was ist los?«, fragt Lydia wie aus der Pistole geschossen.

»Nichts.«

»Okay, das ist schlimm. Immer noch wegen Torsten?«

»Hmh.«

»Es geht dir nicht besser?«

»Schlechter«, sagt Silvia. Seit Sonntagnachmittag hat sie mindestens zehn Stunden mit Silvia telefoniert und noch einmal so lange mit ihr auf dem Sofa gesessen und ihr die Ohren vollgeheult. Jedes Mal hat es gut getan – aber jedes Mal war die Wirkung ihrer Gespräche ungefähr fünf Minuten später verflogen. Silvia ist immer noch am Boden zerstört. Sie braucht Hilfe, und zwar auf der Stelle.

Lydia hat mal wieder vollstes Verständnis.

»Du musst unbedingt unter Leute, Schätzchen. Kannst du Auto fahren? Schaffst du es bis in die Stadt?«

»Glaub schon.«

»Sehr gut. Wir treffen uns in einer halben Stunde im Flowers«, sagt Lydia. Es ist kein Vorschlag. Es ist ein Befehl. Silvia folgt ihm widerstandslos.

Sie hat sich die letzten Tage krankschreiben lassen. War sie ja auch – liebeskrank. Und in dem Zustand kann man unmöglich arbeiten. Und Verbrecher fangen schon gar nicht. Schließlich würde sie jeden Delinquenten – jedenfalls jeden männlichen – am nächsten Laternenmast aufknüpfen.

Aber ab morgen ist Schluss mit ihrer Flucht. Morgen wird sie *ihm* wieder unter die Augen treten. Torsten. Und sie hat nicht die geringste Ahnung, wie sie das anstellen soll, ohne die letzten Reste ihrer Selbstachtung zu verlieren.

Silvia fühlt sich nach Weltuntergang. Seit dem Augenblick, als sie am Sonntagvormittag aufgewacht ist, sucht sie verzweifelt nach einem Sinn in ihrem Leben. Nach ein bisschen Trost. Nach irgendetwas, was sie wieder aufbauen könnte. Vergeblich. Sie fühlt sich leer und ausgehöhlt wie eine Mine, in der einfach nichts mehr zu finden ist – keine Kohle, kein Gold, und Edelsteine schon gar nicht. Sie ist unendlich einsam. Und sie hat auch noch selber Schuld an ihrem Schicksal. Das ist vielleicht das Allerschlimmste.

Silvia verlässt ihre Wohnung ohne in den Spiegel zu sehen. Warum auch? Interessiert sowieso niemanden, wie sie aussieht. Sie steigt in ihren weinroten Fiat Punto und fährt in die Hamburger City. Weil sie ohnehin mit dem glücklichen Teil ihres Lebens abgeschlossen hat, schert sie sich auf der Fahrt weder um rote Ampeln noch um sonstige Verkehrsvorschriften. Die Summe ihrer Bußgelder hätte für die rund acht Kilometer lange Strecke rund vierhundert Euro und zehn Punkte in Flensburg betragen. Jedenfalls wenn sie ein normaler Mensch wäre. Ist sie aber nicht. Sie ist *Polizistin*. Die Kollegen von der Verkehrswacht, die sie anhalten, lächeln ihr freundlich zu, ermutigen sie, es ein wenig langsamer und vorsichtiger anzugehen, und lassen sie unbehelligt weiterfahren. Wenigstens ein kleiner Lichtblick an einem ansonsten trostlosen Tag.

Sie ist jetzt vierunddreißig Jahre alt. Ihre letzte Beziehung liegt schon so lange zurück, dass sie sich kaum daran erinnern kann. Klar, Bewerber gab es und gibt es genug. Aber offenbar ist sie dazu verdammt, sich immer in die falschen Männer zu verlieben. Die, die eben nichts von ihr wollen. Torsten ist das beste Beispiel dafür. Er ist auch nur einer von diesen Typen, die sich maximal eine Freundschaft mit ihr vorstellen können. Wieder einmal also ein Mann, der sie *nett* findet und der sie für einen *duften Kumpel* hält. Aber bestimmt nicht für mehr.

Silvia gelangt zu der Überzeugung, dass sie so etwas wie einen untrüglichen Unglücksinstinkt besitzt. Der lässt sie immer das machen, was absolut nicht gut für sie ist. Und die Folge davon? Genau – sie steht mehr oder weniger in der Einflugschneise zum Rentenalter, hat keine Kinder, keine Familie (von einer Katze abgesehen) und auch sonst niemanden, der sie in einsamen, kalten Stunden trösten würde. Von Sex gar nicht zu reden. Fürs Kinderkriegen ist es auch zu spät – na ja, mehr oder weniger.

Wie sehen ihre Zukunftsaussichten also aus? Beschissen. Sie wird höchstwahrscheinlich als einsame, kratzbürstige, verbiesterte Singletusse enden, deren einzige Befriedigung in ihrer Arbeit und in Hobbys wie Reiten oder Seidenmalen oder Yoga besteht. Wirklich eine tolle Perspektive!

Silvia parkt genau vor dem Flowers im absoluten Halteverbot, betritt das Café und lässt sich wortlos auf den freien Stuhl an Lydias Tisch plumpsen. Die sieht sie an wie einer dieser alten, ausgefuchsten Armeegeneräle, die regelmäßig in Hollywood-Action-Filmen auftauchen – Männer mit gegerbten Gesichtern, die angesichts der sicheren Vernichtung der gesamten Erde trotzdem Ruhe und Nerven bewahren.

»Okay, Silvie«, sagt sie mit ihrer rauen Anwältinnenstimme. »Du trinkst jetzt erst mal einen Schnaps. Dann nimmst du einen Kaffee und drei Stücke Kuchen. Währenddessen überlegen wir gemeinsam, wie wir diesen Typen in die Pfanne hauen. Wie wir ihn so richtig fertig machen. Anschließend gehen wir zu Strenesse und kaufen dir etwas Todschickes zum Anziehen. Sollte das noch nicht reichen, fahren wir abends in den neuen Meridian-Club und gehen in die Sauna und ins Schwimmbad. Wir flirten ein wenig mit den Trainern herum und sehen uns anschließend bei mir etwas schönes im Fernsehen an. Du wirst schon sehen, danach fühlst du dich wie neugeboren.«

Silvia nickt ihrer Freundin dankbar zu. Solche Worte sind Balsam auf ihrer nicht mehr zu rettenden Seele. Sie lehnt ihren Kopf gegen Lydias Schulter und fängt erst einmal hemmungslos an zu heulen.

23.50 Uhr

Wenn Physiker die fünf Grundkräfte des Universums aufzählen, vergessen sie regelmäßig die Liebe. Vielleicht kann man mit ihrer Hilfe nicht erklären, warum Dinge, die man hochwirft, wieder hinunterfallen. Oder warum die Planeten um die Sonne kreisen oder Wasser zu Schneeflocken wird oder elektrischer Strom gelb ist. Tatsache aber ist, dass Männer über all diese Fragen nur nachdenken, um Frauen zu beeindrucken, und dass Frauen ihnen dabei nur zuhören, um den Typen ein gutes Gefühl zu geben. Natürlich stimmt auch das Gegenteil – wie immer, wenn es um Männer und Frauen geht. Paul interessiert sich nicht im Geringsten für Physik, er hatte aber einmal eine Affäre mit einer Frau, die Wissenschaftlerin war und über die Struktur der Materie forschte. Er hat ihr so weit zugehört, dass ihm klar wurde, worum es geht: Um Bindungskräfte, gegenseitige Anziehung und die

Paarung von Atomen zu lebenslangen Molekülen. Es geht um *Naturgesetze*. Und gegen die kann man sich eben nicht auflehnen.

Paul ist an die Elbe hinausgefahren. Er muss einen klaren Kopf bekommen. Obwohl es schon fast Mitternacht ist, ist es warm, sogar schwül. Er geht am Strand von Ovelgönne entlang, an dem auch jetzt noch zahllose Leute sitzen. Sie hocken um die kleinen Lagerfeuer oder Grillroste herum. Sie spielen Gitarre. Einige sitzen einfach nur da und sehen hinüber zu den Kränen und den Containerterminals des riesigen Freihafens.

Drüben auf der Hafenseite wird unermüdlich gearbeitet. Riesige Frachtschiffe schieben sich lautlos die Elbe hinauf, um ihren Weg über die Ozeane anzutreten. Das Wasser des Flusses riecht nach Öl, nach Meer, nach Ferne.

Später kommt ein leichter Wind auf, der die stickige Luft aus der Stadt weht.

Paul ist durcheinander. Er ist aufgewühlt. Er findet keine Ruhe in sich selbst. Kein guter Zustand vor einem großen Coup.

Sein einziger Trost ist die Tatsache, dass der Gedanke, der ihn aus dem Gleichgewicht bringt, einen Namen hat: Lilly.

Klar, er hat den Jungs versprochen, sie anzurufen. Aber soll er sich an dieses Versprechen auch halten? Die Dinge sind komplizierter, als es auf den ersten Blick scheint. Er ist kein normaler Mann, er ist Einbrecher. Und er hat einen Eid abgelegt. Soll er den wegen Lilly brechen? Wenn er sich dafür entscheidet und sein Coup dennoch schief geht, bereitet er ihr vielleicht große Schmerzen. Wenn er aber seinem Eid treu bleibt, verliert er sie vielleicht für immer.

Paul hebt ein paar Kiesel auf und wirft sie in weitem Bogen auf das Wasser hinaus. Er hört das leise Geräusch, als sie in die Elbe plumpsen und gluckernd versinken. Kein Eid dieser Welt kann so wichtig sein, um dafür eine Frau, die man wirklich mag, nicht anzurufen.

Paul fasst einen Entschluss. Er wird es tun. Sobald wie möglich. Versprochen? Hoch und heilig!

Leider wird er durch seine Entscheidung nicht ruhiger, sondern noch aufgewühlter. Er spürt Zorn in sich. Kein Wunder! Es ist einfach unfair. Eigentlich sind es doch die Frauen, die den Männern ständig vorwerfen, alles durcheinander zu bringen. Sie behaupten, dass die Typen so ungeheuer unordentlich sind. Und dass sie jede Küche, jedes Wohnzimmer und jedes Bad angeblich binnen Minuten mit Zeitungsstapeln, alten Socken und Toto-Tippscheinen in ein totales Chaos verwandeln. Aber ist das wirklich so schlimm? Und vor allem: Was ist so ein bisschen Unordnung in einer Wohnung im Vergleich zu dem Chaos, das Frauen in den Köpfen von Männern hervorrufen können? Er ist das beste Beispiel dafür. Und daran ist ausschließlich Lilly schuld!

Paul setzt sich an den Strand und schlägt die Beine unter. Er sitzt da wie ein in tiefe Meditation versunkener Buddha. Es hilft ihm dabei, seine innere Ruhe zu finden. Und die hat er bitter nötig.

Es geht nur noch um wenige Tage. Am Sonnabend ist es so weit. Dann wird er seinen letzten großen Job erledigen. Dann ist Schluss mit der Einbrecherei – und sein Eid ist erfüllt. Er wird reich, frei und bereit sein, um sich wirklich auf Lilly einzulassen. *Genau das muss er ihr sagen*. Und zwar so bald wie möglich.

Paul konzentriert sich auf seinen Atem. Er muss jetzt seine Kraft bündeln. Er muss alles Unwichtige aus seinem Kopf schmeißen. Er darf sich nur noch auf die beiden Aufgaben konzentrieren, die vor ihm liegen. Erstens: Lilly anrufen. Zweitens: Den spektakulärsten Juwelenraub durchführen, den diese Stadt jemals erlebt hat.

16. Donnerstag

11.23 Uhr

»Das ist Luc, mein Freund«, sagt Wayne, als sie gemeinsam mit ihm das Luxusapartment in St. Georg betritt.

Hier hat Mareille seit jenem verhängnisvollen Samstagabend Unterschlupf gefunden. Und zwar bei einem Mann, der ihr Trost spendet und sich rührend um sie kümmert – und das ohne sie anzurühren. Wayne will garantiert nichts von ihr. Normalerweise wäre Mareille durch so etwas enttäuscht. Sie würde an sich und ihren Reizen zweifeln. In diesem Fall aber genießt sie es einfach.

Den Grund für Waynes Zurückhaltung lernt Mareille gerade kennen.

Luc ist, genau wie Wayne, ein Bild von einem Mann. Die beiden küssen sich zur Begrüßung auf den Mund. So ist das Leben: ungerecht. Je toller der Mann, desto kleiner die Wahrscheinlichkeit, dass er auf Frauen steht.

Aber das macht nichts. Weil sie gar keinen tollen Mann will. Sie will Rolf. Sie will ihren Daddy. Sie liebt ihn nun mal. Sie kann nichts dagegen tun.

Aber deswegen kann sie sich trotzdem nicht alles von ihm bieten lassen.

Mareille hat sich in dem kleinen, aber geschmackvoll eingerichteten Schlafzimmer mit Blick auf den Hansaplatz ganz gut eingelebt. Der Raum hat ihr vom ersten Moment an gefallen. Unter dem Fenster steht ein Rattanbett mit Satinbettwäsche, daneben ein Schränkchen im Kolonialstil. Auf dem Nachttisch hat Wayne eine einzelne Rose in einer Kristallvase für sie arrangiert.

»Ich werde später für uns drei kochen. Wir machen es uns richtig gemütlich«, sagt Wayne, als sie nach hinten verschwinden will – schließlich möchte sie dem jungen Glück nicht im Wege stehen. Er wirft ihr einen aufmunternden Blick zu.

Mareille ist gerührt.

»Einspruch. Ihr beiden macht es euch gemütlich. Und ich werde kochen.«

Sie sagt's, aber ihre Verunsicherung ist ihr anzusehen. Kochen ist wirklich nicht ihre starke Seite.

»Klingt wunderbar, aber das musst du nicht. Du weißt doch, in der Küche fühle ich mich am wohlsten.«

Als er sich mit Luc ins Wohnzimmer zurückziehen will, hält sie ihn zurück.

»Wayne …«

»Ja?«

»Kannst du mich in den Arm nehmen?«

»Komm her …«

Wayne breitet seine durchtrainierten Arme aus, und sie schmiegt sich an seinen Körper. Sie schließt die Augen und gönnt sich den Luxus, für ein paar Minuten an gar nichts zu denken.

11.35 Uhr

Geena Karolis sitzt auf der großzügigen Terrasse vor ihrem Haus in Blankenese, schlürft an einer Erdbeermilch und hat schlechte Laune. Sie fühlt sich betrogen.

Natürlich, ihr Gartenfest war ein voller Erfolg. Die Zeitungen haben sich am Montag vor Lob schier überschlagen. *Hamburgs neue Partyqueen*, schrieb die »Morgenpost« auf ihrer bunten Seite. *Hamburgs Schickeria drängelte sich am Samstagabend auf dem Elbhang. Gastgeberin Geena K. (im Sommerkleid von La Perla) begrüßte unter anderem* ... Die »Bild« war mit Komplimenten ebenfalls nicht geizig: *Geena, Geena, noch einmal. Die Kohlprinzessin ließ es am Wochenende krachen. Ihr Mann, Hubert Karolis, zu Bild: »Meine Geena ist umwerfend.«*

Trotzdem ist sie nicht zufrieden. Sie fühlt sich wie jemand, der auf eine versprochene Bescherung wartet und dann doch nichts geschenkt bekommt. Schließlich war da diese andere Sache, die mit *Rubin*.

Die Polizei hat ihr vor dem Fest große Versprechungen gemacht. Dass sie sich nicht wundern dürfe, wenn es während des Festes zu einer spektakulären Verhaftung käme. Und dazu die vielen jungen, gut aussehenden Beamten, die sich unter die Gäste gemischt hatten. Das wäre eine Schlagzeile gewesen: *Geena Karolis – die Partyqueen hilft, den berühmten Juwelendieb* Rubin *zu schnappen.*

Jetzt ist sie eingeschnappt – das ist alles. *Rubin* ist nicht aufgetaucht. Und sie wurde um ihre endgültige Krönung zur VIP-Gastgeberin gebracht.

Geena schlürft den letzten Rest ihrer Erdbeermilch, als ihr Handy klingelt. Sie blickt sich suchend um. Wo ist das verflixte Ding bloß? Vielleicht sind es wieder Leute von der Presse? Sie ist jetzt eine berühmte Frau.

Geena drückt auf die kleine, grüne Anruftaste.

»Hallooo?«, ruft sie viel zu laut in den Hörer.

»Oh, störe ich?«, fragt am anderen Ende eine verunsicherte Frauenstimme.

»Aber nein. Von welcher Zeitung sind Sie denn?«

Es dauert ein paar Sekunden, bis die Antwort kommt.

»Von gar keiner Zeitung. Hier ist Lilly. Sie wissen schon, die Asienküche auf Ihrem Fest.«

Geena strahlt. Lilly ist ihr von Anfang an sympathisch gewesen. Die Frau sieht nicht nur gut aus, die steht auch mit beiden Beinen auf der Erde.

»Lilly. Schöne Überraschung. Ist irgendetwas nicht in Ordnung? Wegen der Rechnung? Mein Mann müsste das Geld längst angewiesen haben.«

»Nein, nein. Es ist alles in Ordnung. Es ist nur ... Ich wollte Sie um einen Gefallen bitten ...«

Das klingt verheißungsvoll. Geenas Laune macht einen großen Sprung nach oben.

»Was ist denn, meine Liebe? Was kann ich für Sie tun?«

Lilly zögert nicht lange. Schließlich geht es um einen Mann. So etwas bewältigt sie stets ohne Probleme.

»Auf Ihrem Fest habe ich mit einem Ihrer Gäste gesprochen. Paul Schrader – wissen Sie, wen ich meine?«

»Paul? Aber natürlich. Ist er nicht süß? Ich finde ihn himmlisch. Toller Mann. Aber so geheimnisvoll.«

»Eben, ich kenne nicht einmal seine Telefonnummer.«

Geena, die immer noch auf der Terrasse steht, horcht auf. Im Haus klingelt jetzt auch noch das Festnetztelefon. Sie schlendert mit dem Handy in der Hand ins Innere der Villa.

»Was ist denn mit Paul? Möchte er Sie engagieren? Plant er etwa eine Party, von der er mir nichts erzählt hat?«

»Nein, ich glaube nicht«, sagt Lilly lächelnd. »Es ist nur ... er hat mir ein paar Rezepte versprochen, die sehr viel versprechend klingen. Kambodschanische Gemüsepfanne, so etwas. Und jetzt weiß ich nicht, wie ich ihn erreichen kann.«

»Ganz kleinen Augenblick, Lilly. Ich muss kurz an den anderen Apparat. Hallo? Wer ist da?«

Geena steht vor der Telefonkommode in der Diele. Wenigstens hat sie vor kurzem einen schnurlosen Apparat gekauft. Sie hält den Hörer ans Ohr und geht wieder hinaus auf die Terrasse.

»Geena? Hier ist Paul. Paul Schrader«, sagt die Stimme am Festnetzapparat. »Vielen Dank für die nette Einladung am Samstag. Toll, was die Zeitungen über Sie schreiben. Sehr beeindruckend.«

»Paul? Na, wenn das keine Überraschung ist«, sagt Geena strahlend. »Ich habe nämlich gerade über Sie gesprochen.«

In der Leitung entsteht eine sonderbare Stille. Geena sieht den Apparat verwundert an. Verflixte Technik!

»Paul? Sind Sie noch dran?«

»Ja, natürlich ...«, erklärt er zögerlich. »Sie haben von mir gesprochen?«

»Allerdings.«

»Ich hoffe, Sie haben nur Gutes über mich gesagt.«

»Und wie! Aber ich konnte meine Gesprächspartnerin nicht zufrieden stellen.«

»Und wer ist das, wenn ich fragen darf?«

»Ich gebe Ihnen einen Tipp«, kichert Geena. Sie hat ein

diebisches Vergnügen an Situationen wie dieser. »Kambodschanische Gemüsepfanne.«

»Ja ... das klingt köstlich«, sagt Paul verwundert.

»Klingelt denn gar nichts bei Ihnen?«

Geena ist enttäuscht. Dann erhellt sich ihr Gesicht wieder. Sie sagt: »Wissen Sie was? Ich spiele jetzt Vermittlungsfräulein. Lassen Sie sich überraschen.«

Mit vergnügtem Gesichtsausdruck hält Geena die beiden Telefone aneinander – und sie beugt ihren Kopf so weit hinunter, dass sie alles mit anhören kann.

»Hallo?«, sagt Paul.

»Hallo?«, sagt auch Lilly.

Stille.

»Lilly?«

»Paul?«

»Das gibt's doch nicht!«

»Du klingst so komisch.«

»Du auch.«

Geena Karolis unterbricht das Gespräch mit ihrer Kieksstimme.

»Ich halte die Telefone aneinander. Wissen Sie, was ich meine?«

Paul und Lilly geht ein Licht auf.

»Wir treffen uns sozusagen zum zweiten Mal bei Geena«, sagt er.

»Der Zufall meint es wirklich gut mit uns.«

»Also los. Was haben Sie sich denn so Wichtiges zu sagen«, ruft Geena neugierig dazwischen. Aber Paul hört schon nicht mehr zu.

»Ich wollte mich bei dir melden«, sagt er. »Die ganze Zeit schon. Ich hatte deine Nummer nicht.«

»Mir ging's genauso«, sagt Lilly. Der Stein, der ihr vom Herzen fällt, wiegt mindestens eine Tonne.

»Darf ich ganz direkt sein?«, fragt Paul.

»Klar. Sollst du sogar.«

Geena macht große Augen.

»Ich will dich treffen«, sagt er.

»Wann?«

Geenas Augen wachsen weiter.

»Sofort«, sagt Paul.

»Bei mir oder bei dir?«

»Ich komme zu dir.«

»Das ist eine großartige Idee, Paul.«

Während Lilly ihm den Weg erklärt, wird Geena klar, dass sie gerade wirklich Vermittlung gespielt hat. Aber nicht nur fürs Telefon.

»Und Paul ...«

»Ja?«

»... beeil dich«, sagt Lilly. »Weil ich nicht noch länger warten möchte.«

»Worauf du dich verlassen kannst.«

Dann sagen beide an ihren Telefonen – und zwar laut genug, dass Geena es deutlich hören kann:

»Danke Geena, für die Hilfe. Wir werden Ihnen das nicht vergessen.«

»Oh, gerne geschehen. Nur eines müssen Sie mir versprechen! Dass Sie mir verraten, wie es weitergeht!«

»Großes Ehrenwort«, kommt es aus beiden Hörern.

Geena hört ein zweifaches Klicken. Auf beiden Leitungen ist aufgelegt worden.

Sie lehnt sich in ihrem Gartenstuhl zurück. Sie schenkt sich aus dem Krug mit der Erdbeermilch nach und trinkt einen Schluck. Hatte sie eben noch schlechte Laune? Unvorstellbar!

11.46 Uhr

Ein Hauptbahnhof, ein Popkonzert, eine Einkaufsstraße am Samstagvormittag – das ist in Sachen Lärm, Hektik und Gedränge nichts im Vergleich zum Einbruchsdezernat der Polizei Hamburg. Abgenervte Streifenbeamte, herumkeifende Schreibkräfte, ein Fahrradkurier mit einer Eilzustellung, fünf gleichzeitig klingelnde Telefone, betrunkene Staatsanwälte, mit Handschellen gefesselte Verdächtige, herrenlose Beutestücke aus der Asservatenkammer, mehrere Kisten mit sichergestellten Handfeuerwaffen, ein Auslieferfahrer von Joey's Pizza-Service, das viel zu laut gestellte Oldie-95-Radio, die teuer gekleideten Kollegen von der OK, Dezernatsleiter Horst Rudolph, der von zu Hause ausgezogen ist und es sich auf seinem Feldbett bequem gemacht hat, die Kollegen, die das nächste Betriebsfest organisieren und schon einmal Karaoke üben. Ein ganz normaler Tag im Polizeirevier. Und mittendrin Torsten und Silvia.

»Wir sind gleich da ... Ja, keine Sorge ... und lasst erst einmal alles so, wie es ist ... ja, in Ordnung. Ja, wir sind schon unterwegs.«

Silvia knallt genervt den Hörer auf. Sie liebt ihre Arbeit. Eigentlich. Und das Durcheinander im Büro hat ja auch Vorteile. Es hält sie garantiert davon ab nachzudenken. Trotzdem kann sie sich über den Anruf nicht gerade freuen. Er setzt dem schrecklichen letzten Wochenende die Krone auf.

Und ausgerechnet jetzt taucht auch noch *er* auf. *Torsten.* Der hat ihr gerade noch gefehlt.

Torsten tänzelt um ihren Schreibtisch herum wie ein Zehnjähriger, der etwas ausgefressen hat. Er räuspert sich, will etwas sagen, überlegt es sich anders, geht weg, kommt wieder, holt einen Stuhl, setzt sich aber nicht. *Was, bitte schön, soll das?*

Silvia ist es egal. *Sie sieht ihn gar nicht.* Jedenfalls tut sie so. Torsten ist Luft für sie. Und zwar ein für alle Mal. Ihr Entschluss steht fest. Sie sind Kollegen füreinander. Nichts sonst!

Sie durchwühlt fluchend das Chaos auf ihrem Schreibtisch. Irgendwo müssen doch ihre *Rubin*-Unterlagen sein. Etwas mehr Ordnung hätte schon Vorteile!

»Verdammt nochmal, wo sind die blöden Papiere ...«

Torsten ist das völlig gleichgültig. Er hat auch einen Entschluss gefasst – und das ist schwer genug gewesen. Jetzt muss er es ihr sagen. Unbedingt. Dass Silvia nicht nur eine Kollegin für ihn ist. Sondern viel mehr. Denn das ist ihm in den Tagen, in denen sie nicht da war, endgültig klar geworden.

»Weißt du ...«, beginnt er zögernd. Torstens Stimme wird mehr oder weniger vom Lärm im Großraumbüro verschluckt – unter anderem, weil er so leise spricht, dass er auch in einem schallisolierten Raum nicht zu hören gewesen wäre. »Ich wollte noch etwas wegen Samstagnacht sagen. Weil ... ich habe echt noch einmal nachgedacht. Und, na ja, weißt du ...«

Silvia rammt ihre Schreibtischschublade zu. Sie wirft Torsten einen angriffslustigen Blick zu.

»Er hat uns verarscht. Dieser verdammte *Rubin* hat uns hereingelegt wie blutige Anfänger.«

»Ich wollte sagen, dass ich ... also, ich habe mit Kalli gesprochen. Und da ist mir klar geworden, dass ...«

»Die Kollegen vom Dreiundzwanzigsten haben gerade angerufen. Die meinen, dass sie heute Morgen einen interessanten Einsatz hatten. Und ich bin derselben Meinung.«

»Was ich am Sonntagmorgen, am Auto, du weißt schon, zu dir gesagt habe. Das war ... also, versteh mich jetzt nicht falsch ...«

»Torsten, hörst du mir überhaupt zu?«, schreit Silvia. Sie springt von ihrem Stuhl auf und greift ihre Jacke, die über einem Stapel Akten liegt. »Die Samstagnacht war ein Erfolg. Wir haben es nur nicht gemerkt.«

Torsten strahlt.

»Das wollte ich doch gerade ...«

»Wieso? Haben sie dich auch angerufen?«

»Wer?«

»Na, die Jungs vom Dreiundzwanzigsten.«

»Silvia, das ist doch völlig egal. Ich wollte dir sagen, dass ich ...«

Sie sieht ihn mit dem Perma-Frost-Blick an, den sie vor dem Spiegel geübt hat. Ein Blick, der exklusiv für Torsten reserviert ist. Absolut vernichtend.

»Ich habe ihnen gesagt, dass wir sofort losfahren.«

»Aber ich wollte doch ...«

»Torsten, nimm deine Jacke, verdammt nochmal. Wir müssen in die Elbchaussee. Einbruch bei Regina von Gurlitt.«

»Bei wem?«

»Bei der Nachbarin von Geena Karolis!«

Das reicht, um Torsten auf den Boden der Tatsachen zu holen. Und um ihn vergessen zu lassen, warum er eigentlich zu Silvia gekommen ist.

»Er hat es also getan.«

Torsten empfindet dasselbe wie Silvia – eine Mischung aus Wut und Befriedigung. Wut, weil sie es nicht mitbekommen haben. Befriedigung, weil sie wenigstens nicht völlig daneben lagen.

Silvia nickt bestätigend.

»Und mein Gefühl sagt mir, dass er diesmal einen entscheidenden Fehler begangen hat.«

»Gibt es Fingerabdrücke?«

»So ähnlich«, sagt sie mit einem wissenden Lächeln. »Also los.«

12.06 Uhr

Lilly sieht verblüfft auf Pauls Auto, das in der Einfahrt vor ihrem Haus steht. Er hat vor nicht einmal fünf Minuten an ihrer Tür geklingelt – aber anstatt zu ihr hinaufzukommen, hat er sie zu sich hinuntergebeten.

»Anscheinend wird man für Benimmlektionen gut bezahlt«, sagt sie. Sie versteht genug von schnellen Autos, um zu wissen, was ein Mercedes SLR ist. V8-Kompressor, sechshundert PS und vierhunderttausend Euro Anschaffungspreis ohne Extras. Es gibt nicht viele Menschen auf dieser Welt, die so ein Auto besitzen.

Er zuckt mit den Schultern.

»Ich bin hier, weil ich dir etwas zeigen möchte«, sagt Paul.

Lilly funkelt ihn neugierig an. Sie will Paul auch etwas zeigen. *Aber dafür brauche ich keinen Wagen, sondern ein Schlafzimmer.*

»Was ist es? Eine Überraschung?«, fragt sie.

»Ein Ort, ein sehr besonderer Ort. Und du bist der erste Mensch, mit dem ich gemeinsam dorthin möchte.«

»Ich soll also mit dir kommen? Obwohl wir uns eigentlich gar nicht kennen?«

»Genau.«

Ihre Blicke treffen sich und raufen wie junge Katzen. Voller Zuneigung und voller Übermut.

»Okay«, sagt sie. »Aber nur, wenn *ich* fahren darf.«

Paul wirft ihr den Schlüssel zu.

»Und wohin soll es gehen?«

Er legt die Karte aufs Autodach und zeigt auf einen Punkt an der Küste.

»Es wird eine Weile dauern, bis wir da sind«, sagt er.

»Nicht unbedingt. Wie gesagt, ich fahre«, antwortet sie lächelnd.

Kurz darauf weiß Paul, was sie meint. Für Lilly ist »fahren« dasselbe wie für andere Leute »fliegen«. Sie tritt das Gaspedal durch und kurvt durch den Stadtverkehr wie eine Weltcup-Skifahrerin durch eine Slalomstrecke. Sie überholt, wo es geht – notfalls auch auf dem Bürgersteig. Sie fährt ungebremst durch Kurven und schneidet andere Fahrer. Vor roten Ampeln lässt sie ungeduldig den Motor aufheulen. Es wird gelb, und sie ist schon weg, als die anderen Autofahrer gerade einmal einkuppeln. Lilly weiß, was »rechts vor links« bedeutet. Aber es interessiert sie nicht. Genauso wenig wie Fußgänger. Die sollen sehen, dass sie wegkommen. Sonst haben sie selber Schuld.

Paul macht es Spaß ihr zuzusehen.

Auf der Autobahn sorgt Lilly dafür, dass die Tachonadel nicht unter zweihundert sinkt. Meistens fährt sie links. Von

Drängeln hält sie nichts. Wenn einer im Weg ist, überholt sie eben rechts. Oder auf dem Seitenstreifen. Sie öffnet das Seitenfenster und lässt sich den kühlen, sommerlichen Fahrtwind ins Gesicht wehen.

»Schönes Auto«, sagt sie lächelnd. »Aber ein bisschen träge im Anzug.«

»Ein Wagen, der dir gefällt, hat vermutlich in der Mitte eine Düse und auf beiden Seiten Flügel«, entgegnet er lächelnd.

»Keine schlechte Idee.«

»Zumal er einen Schleudersitz hätte, für alle Fälle.«

»Den brauche ich nicht«, entgegnet sie. »Ich bin genau da, wo ich sein möchte.«

Es ist nur eine Fahrt mit dem Auto. Aber es ist auch ein Wettkampf. Paul hat es schon nach wenigen Minuten gemerkt. Lilly will ihn herausfordern. Er hat angenommen – warum auch nicht!

Jetzt gilt es herauszufinden, wer von ihnen zuerst Nerven zeigt. Wer wird als Erster aufgeben? Wer wird den anderen in die Schranken weisen? Hinter Elmshorn beschleunigt sie auf über zweihundertfünfzig Stundenkilometer. Er mag ihre Kaltblütigkeit. Aber er sieht auch eine kleine Schweißperle, die glitzernd über ihren schlanken Nacken kullert. Sie hat sich verraten. Bei Schafstedt drückt sie den Wagen auf zweihundertachtzig. Wenigstens hat der Verkehr abgenommen. Sie fahren jetzt zu dritt. Paul, Lilly und der lauernde Tod, der bei einem Unfall unausweichlich wäre. Sie wissen es beide.

Paul lehnt sich entspannt im Sitz zurück.

»Du bezahlst das Ticket, wenn wir geblitzt werden«, sagt er.

»Behaupte einfach, du kennst die Frau am Steuer nicht.«

»Es wäre nicht einmal gelogen.«

Der ganze Kampf, den sie ausfechten, konzentriert sich in diese Sekunde. Lilly lacht, und auf einmal ist sie bereit zu verlieren. Sie will es sogar. Paul ist der erste Mann, von dem sie besiegt werden möchte.

Sie tritt viel zu hart auf die Bremse. Der Wagen schlingert für einen kurzen Moment, dann sorgt die Elektronik dafür, dass sie ruhig auf dem Seitenstreifen zum Stehen kommen.

»Lass uns eine Pause machen«, sagt sie lächelnd.

Er will etwas sagen, aber Lilly legt ihm einen Finger auf die Lippen. Sie löst ihren Gurt, beugt sich zu ihm hinüber und küsst ihn mit derselben rückhaltlosen Leidenschaft, mit der sie gerade gefahren ist. Mit der sie überhaupt alles macht. Sie ist bereit zu sterben für diesen Kuss.

12.10 Uhr

Torsten sitzt neben Silvia im Wagen und denkt an alles Mögliche – nur nicht daran, dass er als Polizist für die öffentliche Sicherheit und Ordnung zuständig ist. Vielleicht stehen sie kurz davor, den entscheidenden Hinweis auf *Rubin* zu erhalten. Es ist ihm egal. Überhaupt *Rubin* – was schert ihn so ein dahergelaufener Dieb? Alles, was Torsten interessiert, ist Silvia. *Aber die redet ja nicht mehr mit ihm.*

Sonst haben sie auf diesen Dienstfahrten immer über alles Mögliche geplaudert. Über Männer und Frauen. Über Sex. Über ihre Träume. Über ihre Zukunft. Es waren schöne, intensive Gespräche, bei denen er immer einen angenehmen Kitzel verspürt hat. Natürlich haben sie dabei nie über sich selbst gesprochen. Und doch war diese Möglichkeit unterschwellig vorhanden ...

Damit ist jetzt offensichtlich Schluss. Alles, was Silvia während der Fahrt sagt, *ist rein beruflich*. Und da es dazu im Moment nichts zu sagen gibt, reden sie überhaupt nicht miteinander. Sie sitzen im Wagen, fahren zu ihrem Einsatz und schweigen. *Und es scheint Silvia nicht einmal etwas auszumachen.*

12.43 Uhr

»Hier komme ich her, wenn ich mich finden muss«, sagt Paul.

Lilly berührt ihn am Arm.

»Aber das musst du nicht mehr. Jetzt habe ja *ich* dich gefunden. Ich habe nicht vor, dich wieder zu verlieren.«

Sie zieht ihn an sich und küsst ihn. Alles ist wunderbar. Paul, die Landschaft, das Wetter, dieser Augenblick. Die Welt schwebt schwerelos durch den Sommertag.

»Aber was genau willst du mir eigentlich zeigen?«, fragt sie lächelnd.

In der Richtung, in die Paul zeigt, ist nichts als eine grüne Wand mit weißen Flecken – ein Deich und grasende Schafe darauf.

»Die schönste Landschaft der Welt. Warte es ab.«

»Du weißt doch, dass ich ungeduldig bin.«

»Dann musst du rennen.«

Er nimmt sie an der Hand. Sie stürmen den Deich hinauf. Die Tiere sehen sie an und blöken.

»Beschwert euch ruhig. Dann kommt ihr in den Kochtopf«, ruft Lilly ihnen zu. Die Herde stiebt auseinander.

»Mann, sind die belämmert.«

Paul lacht.

»Das Praktische an ihnen ist: Die sind schon vorgewürzt«, erklärt er. Jetzt sieht Lilly selbst belämmert aus. Sie versteht kein Wort.

Paul lüftet das Geheimnis der holsteinischen Salzlämmer. Die Tiere leben am Meer und nehmen auf den Wiesen am Ufer Minerale zu sich. Ihr Fleisch gilt als besonders zart und wohlschmeckend.

»Eigentlich tun sie mir Leid, so als Gulasch zu enden«, sagt Lilly. »Vielleicht sollte man sie lieber ausstopfen. Dann könnten wir wenigstens weiter mit ihnen schmusen.«

»Das ist viel menschlicher«, stimmt er ihr zu.

»Schafiger«, korrigiert sie.

Paul nimmt's hin. Es ist kein Tag zum Recht haben. Nicht mal zum Streiten. Obwohl es so viel Spaß macht.

Dann stehen sie auf der Deichspitze.

»Jetzt verstehe ich dich«, sagt Lilly. Vor ihr liegt die Weite des Nordens, das Grün der Wiesen, das Blau des Meeres. Darüber ein unendlich hoher Himmel, in dem es sich die Wolken bequem machen. Sie breitet die Arme aus und stellt sich vor, mit den Möwen davonzuschweben.

Paul spürt, dass sie es versteht, dieses Land, diesen Himmel, den Wind. Manche Dinge brauchen keine Worte. Der Deich von Westerhever gehört dazu.

Er legt seine Arme um sie und zieht sie an sich.

Sie sehen weit hinaus aufs Meer. Die Sonne macht sich schon bereit, um am Horizont baden zu gehen. Davor steht der Leuchtturm, rot und weiß geringelt wie ein paar Kniestrümpfe.

Lilly rennt den Deich hinunter in die Wiesen hinein. Den Schafen ist's egal. Hier erntet sie Pfiffe von den Austernfischern und den Regenpfeifern. Kleine, drollige Vögel, die sie aus runden Augen anstarren.

»Im Herbst kommen auch die Gänse her, riesige schnatternde Schwärme. Sie sammeln sich auf den Wiesen vor ihrem Weg in den Süden.«

»Und wir? Was machen wir?«, fragt Lilly. »Fahren wir auch in den Süden?«

Sie fühlt sich groß und erwachsen und klein und kindisch. Alles gleichzeitig. Und alles wegen Paul. Verliebt sein ist toll, denkt sie. Vielleicht ist sie es noch nie gewesen?

Paul sieht ihr zu und findet das Land schöner als jemals zuvor. Und sie genauso.

»Erzähl mir, was es für dich bedeutet«, sagt sie.

Er kommt hierher, um Abstand zu gewinnen, sagt er. Um die Gedanken vom Wind fortwehen zu lassen. Um im Klang der Wellen neue Ideen zu bekommen. Um in der Weite der Landschaft zu spüren, was wichtig ist und was unwichtig. Um durch den Wind neue Kraft zu atmen. Um das Salz auf der Haut zu spüren.

»Dann bist du auch gut gewürzt«, stellt sie zufrieden fest.

»Probier es.«

»Roh oder ausgekocht als Schlitzohr?«

Sie sieht ihn prüfend an.

»Ehrlich wie diese Landschaft«, sagt er.

Paul entdeckt in jeder Minute neues an Lilly. Die Traurigkeit, die sie in manchen Momenten unsichtbar umgibt. Ihre grenzenlose Fröhlichkeit. Ihre Kraft. Ihre Schwäche.

Sie lacht und lehnt sich an ihn. Lilly hat aufgehört zu

kämpfen. Es liegt an ihm und daran, dass sie zusammen sind. Es liegt auch am Zauber dieses Ortes.

»Kein Stress. Keine Termine«, sagt er.

»Kein anderer Mann«, ruft sie laut und übermütig aufs Meer hinaus.

Gemeinsam lassen sie sich in den sandigen Boden fallen.

»Was ist das mit uns, Paul?«, fragt sie ihn.

»Ein Abenteuer.«

Sie boxt ihn in die Seite.

»Nur ein Abenteuer?«

»Klar, was denn sonst?«

Sie könnte auf der Stelle heulen. Dann erst sieht sie das Blitzen in seinen Augen.

»Du hast mich reingelegt!«

»Und es hat zum ersten Mal geklappt.«

»Dann noch einmal von vorne«, sagt sie mit neuem Mut. »Was ist das mit uns?«

»Immer noch ein Abenteuer«, sagt er. »Aber eines, das niemals zu Ende sein soll.«

Sie tätschelt ihm den Kopf, so wie sie es vorhin bei einem der Lämmer gemacht hat.

»So ist es brav«, sagt sie. »Und jetzt, wo wir das geklärt haben ... jetzt fahren wir irgendwohin, wo wir alleine sind. Ich habe nämlich keine Lust mehr, mich mit dir zu unterhalten.«

Diesmal ist er es, der das Blitzen in ihren Augen zu spät bemerkt.

»Worauf hast du denn Lust?«, fragt er.

»Auf Lust.«

»Das trifft sich«, sagt er. »Ich weiß auch schon, wo wir sie bekommen. Beziehungsweise loswerden.«

»Und zwar die ganze Nacht«, ergänzt sie selbstbewusst.

Er erzählt ihr von dem kleinen Hotel in Friedrichstadt mit den gemütlichen Zimmern, mit Bauernbetten und Fischernetzen an der Decke, in denen Krebse und Langusten aus Plastik kleben.

»Das ist wunderbar«, sagt sie. Sie steht auf und zieht ihn auf die Beine. »Und jetzt los. Sonst muss ich dich schon hier verputzen.«

13.01 Uhr

Das großzügige, schmiedeeiserne Tor zur Gurlitt-Villa steht offen. Silvia setzt den Blinker und nutzt eine enge Lücke im entgegenkommenden Verkehr, um auf die Auffahrt zu biegen. Sie heimst sich das ärgerliche Gehupe eines Jaguars ein.

»Mensch, Silvia, pass doch auf. Oder willst du den Abend im Krankenhaus verbringen?«, zischt Torsten genervt.

»Es geht dich überhaupt nichts an, wo oder wie ich meine Abende verbringe, Herr Kollege«, keift sie zurück.

»Wie du willst. Aber dann bring wenigstens nur dein eigenes Leben in Gefahr.«

»Mach ich auch! Dich interessiert das ja sowieso nicht!«

Torsten sieht sie mit offenem Mund an.

»Du bist total unfair«, sagt er.

Sie tritt mit aller Kraft auf die Bremse. Der Wagen schlittert über den Kies vor der Villa. Sie dreht den Kopf zur Seite und starrt ihn an.

»Das musst *du* gerade sagen!«

Der uniformierte Kollege, der vor der Tür steht, grinst.

»Na, Kollegin, das mit dem Bremsen üben wir aber nochmal.«

Silvia steigt aus und überlegt kurz, ob sie dem Uniformierten deutlich machen soll, dass sie amtierende Vizemeisterin im Polizeisportverein ist. Und zwar in der Judo-Sparte.

»Und wir üben nochmal die Begrüßung einer Vorgesetzten«, sagt sie beißend. Der Beamte steht stramm. *Das genügt fürs Erste.*

»Tut mir Leid, Frau Kommissarin. Soll nicht wieder vorkommen.«

Silvia und Torsten sehen sich an, und zum ersten Mal ist wieder ihr stummes Verstehen zu spüren.

»Wie weit seid ihr?«, fragt Torsten.

Der Uniformierte zuckt mit den Schultern.

»Wenn ihr mich fragt, ist das hier 'ne Seifenblase. Da hat einer was im Büro verschlampt, und jetzt brauchen sie einen Schuldigen.« Sie betreten gemeinsam das Haus und gehen durch einen dunkel getäfelten Korridor.

»Warum habt ihr uns dann gerufen?«, fragt Torsten gallig zurück. Fehlt noch, dass sie den Weg umsonst gemacht haben.

»Weil die Dame des Hauses darauf bestanden hat. Es sei von höchstem Interesse. Prominente Mitbürger in Gefahr, großer Skandal, Kapitalverbrechen. So geht das seit heute Morgen. Außerdem droht sie mit der Presse. Hört's euch selber an.«

Durch eine mondäne Eichentür, an der die Kollegen von der Spurensicherung schon ihre Pülverchen angebracht haben, betreten sie eine Reihe moderner Büroräume.

»Sie sind Regina von Gurlitt?«, fragt Torsten.

Die PR-Gräfin wirft ihm einen mitleidigen Blick zu.

»Und Sie sind der Spezialist von der Kriminalpolizei, der mir versprochen worden ist? Na, großartig.«

Sie hält ihm eine schlanke, sonnenbankgebräunte Hand mit reichlich Goldverzierung hin.

Regina von Gurlitt trägt ein graues, eng geschnittenes Business-Kostüm. Sie lächelt eigentlich sogar freundlich, denkt Silvia. Sie findet die Frau auf Anhieb sympathisch.

»Warum sind Sie sich so sicher, dass etwas gestohlen worden ist?«

Die Gräfin verzieht das Gesicht.

»Weil es nicht anders sein kann.«

Die von Gurlitt macht von ihrem angeborenen Recht, Menschen schlecht zu behandeln, großzügigen Gebrauch. Silvia lässt sich nicht beeindrucken. Adelig oder nicht – bei Verbrechen kennt sie sich besser aus.

»Vielleicht haben Sie ja sogar schon einen Verdacht?«, erkundigt sie sich.

»Nein, habe ich nicht. Wie sollte ich auch? Ich pflege keinen Umgang mit Menschen, die in ander Leuts Häuser einbrechen.«

»Was genau ist eigentlich gestohlen worden, Frau von Gurlitt?«, fragt Torsten. Silvia sieht sich in der Zeit den Aktenschrank an, der ganz offensichtlich äußerst kunstvoll geöffnet worden ist. *Sieht nicht nach einer Seifenblase aus.*

»Das komplette Protokoll.«

»Also eine Akte?«

»Das wäre übertrieben. Eigentlich sind es nur ein paar Blätter mit Notizen.«

Torsten würde sich über einen Kaffee freuen. Aber da ihm keiner angeboten wird, gibt es nichts, was seine schlechte Laune im Zaun hält.

»Sie meinen, dass Sie die Polizei gerufen haben, weil Sie ein paar Blätter Papier nicht finden können?«

»Ja«, entgegnet die Gräfin gelassen. Sie hält seinem Blick ohne weiteres stand. »Allerdings können wir sie nicht finden, weil sie gestohlen worden sind.«

»Und? Ist das so schlimm?«, fragt Torsten. Er sollte nach Hause fahren und sich für mindestens vier Wochen krankschreiben lassen. Vielleicht wäre Silvia danach auch wieder etwas aufgeschlossener.

»Gehen wir in den Salon, und ich erkläre es Ihnen«, sagt die Gräfin und macht eine einladende Handbewegung in Richtung der angrenzenden Räume. »Am Samstag war im Nachbarhaus eine Feier, auf der ich eingeladen war. Als ich zurückkam, war ein Fenster offen. Da anscheinend nichts fehlte, habe ich mir keine Gedanken gemacht. Heute will ich an den Papieren arbeiten und muss zu meinem großen Erschrecken feststellen, dass sie verschwunden sind. Sie können sich nicht vorstellen, was das bedeutet. Und was für eine Gefahr dadurch entstanden ist. Möchten Sie übrigens eine Tasse Kaffee?«

Torsten ist peinlich berührt. Doch nicht so verkehrt, die Gräfin.

»Nein danke, Frau von Gurlitt«, sagt Silvia. »Erzählen Sie uns lieber, worum es genau geht.«

Torsten stöhnt dezent. Die beiden Frauen schreiten vor ihm durch den Korridor. Er ist vollkommen überflüssig.

13.15 Uhr

Rolf steht in seinem Zimmer im Vier Jahreszeiten. Er starrt das Bild in der »People« an. *Das Zeugnis seines Niedergangs, der Beweis seines Scheiterns.* Und das in einer Auflage von fast einer Million Exemplaren. In Hochglanz und in Farbe. Natürlich hat Karrenbauer ihn gefeuert. Er hat keine Wahl gehabt. Er selbst hätte es genauso gemacht.

Dann, plötzlich, zuckt Rolf zusammen. Er atmet heftig. Er greift sich an die Brust. Er stößt einen unterdrückten Schrei aus. Er lässt sich erschöpft aufs Bett sinken und schließt die Augen.

Nein, kein Herzinfarkt. Rolf klopft sich auf die Brust, um zu fühlen, wo das Etui mit den Zigarillos steckt.

»Verfluchte Scheiße!«, murmelt er. »Das kann doch nicht wahr sein.«

Was ihn von den Beinen holt, ist kein Schmerz, keine Krankheit, kein Leiden. Es ist eine plötzliche, vollkommen unerwartete Entdeckung. Und zwar eine ausgesprochen bedeutsame. Auch wenn er sich seiner Sache noch nicht ganz sicher ist.

Rolf greift zum Telefon und lässt sich mit dem Room Service verbinden. Ein paar Minuten später klopft der Page an die Tür. Rolf lässt ihn herein. Der Junge hält ein Tablett mit einer Lupe darauf in der Hand. Rolf kramt in seinen Taschen, zieht einen Zehneuroschein hervor, drückt ihn dem überraschten Jungen in die Hand. *Darauf kommt's jetzt auch nicht mehr an.*

»Und jetzt raus«, raunzt er.

Der Page galoppiert davon. Rolf lässt sich an dem Sekretär nieder, der zwischen Fernseher und Kofferbord steht.

Er unterzieht das Foto in der Zeitschrift einer gewissenhaften Untersuchung. Er selbst ist darauf sehen, gut und eindeutig zu identifizieren. Er ist mehr oder weniger ohnmächtig, und er wird gerade von zwei Menschen aus Geena Karolis'

Garten getragen, die er nicht kennt. *Aber das ist nicht das Entscheidende.* Rolfs Aufmerksamkeit gehört dem oberen Teil des Bildes. Es zeigt einen jungen Mann, der undeutlich im Hintergrund zu sehen ist. Er ist um die dreißig, trägt Smoking, verlässt offenbar auch gerade die Party. *Er kennt diesen Mann. Er kennt dieses Gesicht. Er kennt diesen Ausdruck.*

Rolf spürt, wie eine vertraute Hitze in seinem Gesicht brennt. Eine untrügliche Sicherheit sagt ihm, dass er auf etwas gestoßen ist. Auf etwas Wichtiges. In ihm werden die Instinkte wach, die ihn vor vielen Jahren zu einem berühmten und gefragten Reporter gemacht haben. *Aber wer ist das? Und woher kennt er ihn?*

Rolf starrt zur Bar hinüber. Ein guter Schluck würde sein Gedächtnis bestimmt auffrischen.

13.58 Uhr

Eine halbe Stunde später wissen Torsten und Silvia, dass ihre Anwesenheit in der Villa keineswegs übertrieben ist.

So viel steht fest: In der Nacht zum Sonntag wurde in der Villa eingebrochen – und zwar genau zu der Zeit, zu der sie sich alle miteinander keine hundert Meter entfernt bei Geena Karolis amüsierten. Gestohlen wurden vertrauliche Dokumente für eine Galaveranstaltung am Wochenende. Nicht irgendeine Gala – sondern die German-Award-Verleihung im Hamburger Congress Centrum. Eine Veranstaltung, zu der Prominente aus der ganzen Welt anreisen. Und Regina von Gurlitt ist für die Organisation des aufwendigen Bühnenprogramms zuständig.

»Bleibt eine große Frage«, sagt Silvia, nachdem die PR-

Gräfin ihren Bericht beendet hat. »Worauf könnte es *Rubin* auf der Gala abgesehen haben?«

Die Gräfin wird bleich.

»*Rubin*? Sie meinen den Juwelendieb? Sie meinen, *er* war hier?«

Torsten freut sich über die Begriffsstutzigkeit der Unternehmerin.

»Genau den meinen wir. Oder glauben Sie, wir wären hergekommen, wenn irgendein Handtaschendieb bei Ihnen eingestiegen wäre?«

Regina von Gurlitt sieht Torsten nicht einmal an. Sie spricht nur noch mit Silvia.

»Ich verstehe nicht.«

Silvias Gesichtsausdruck wird ernst.

»Wir sind seit Monaten hinter ihm her, und seitdem warten wir darauf, dass *Rubin* einen Fehler begeht. Diesmal könnte es so weit sein …«

»Aber warum? Und wieso sollte ein Juwelendieb Unterlagen stehlen?«

»Eine Vorbereitungstat. Der eigentliche Coup folgt erst am Wochenende. Und zwar auf der Award-Verleihung.«

»Aber das ist ja furchtbar«, entfährt es der Gräfin. Sie legt die Hände an die Wangen und reißt ihre gelifteten Augen auf.

Torsten und Silvia wechseln einen kurzen Blick. Ausnahmsweise sind sie einer Meinung. Gar nichts ist furchtbar. Im Gegenteil. Es ist großartig. Es ist *die* Chance. Endlich!

»Können Sie sich vorstellen, worauf *Rubin* es abgesehen hat?«, fragt Silvia.

Die Gräfin denkt nach. Dann stößt sie einen dezenten, wohlerzogenen Schrei aus.

»Mein Gott, die Modenschau!«

Torsten lacht.

»Keine Sorge, Gnädigste. Kleider interessieren *Rubin* nicht.«

»Kleider ist das falsche Wort für das, um was es dort geht«, sagt sie mit ätzender Geringschätzung zu Torsten.

Die Gräfin steht auf und nimmt einen großformatigen Umschlag vom Schreibtisch, aus dem sie ein paar Fotos zieht. Sie reicht sie Torsten und Silvia – und diesmal sind die beiden es, die spitze Schreie ausstoßen.

Dann sehen sie sich an. Silvia, wieder einigermaßen gefasst, gelingt sogar ein Lächeln.

»Einen schöneren Köder könnten wir uns gar nicht wünschen ...«

»Köder?«, fragt die entsetzte Gräfin. »Geht es Ihnen noch gut? Wissen Sie eigentlich, über welche Werte wir hier sprechen?«

»Allerdings, und genau darum darf es nicht schief gehen.«

»Wann genau beginnt die Award-Verleihung eigentlich?«, will Torsten wissen.

»Am Samstagabend, pünktlich um zwanzig Uhr. Aber damit eines klar ist: Was immer Sie vorhaben und was immer Sie mit Köder meinen – es kommt überhaupt nicht in Frage ...«

Torsten überhört sie einfach. Er sieht auf seine Uhr.

»Samstag, zwanzig Uhr. Das heißt, wir haben noch etwas mehr als achtundvierzig Stunden.«

Silvia sieht ihn mit entschlossenem Gesichtsausdruck an.

»An die Arbeit!«

17. Freitag

10.27 Uhr

Zum Frühstück gibt es Brötchen und Marmelade, gekochte Eier und Katenschinken. Das Friesengeschirr ist liebevoll auf einer karierten Tischdecke zusammengestellt. Paul und Lilly sind die einzigen Gäste. Viel mehr würden auch gar nicht in den winzigen Frühstücksraum des Hotels passen. Es riecht nach Seife, nach Toastbrot und nach alten Zigarren. *Nach einer Welt, die es gar nicht mehr gibt.*

Lilly trägt die Haare offen. Sie ist müde und trotzdem wunderschön. *Sex ist einfach die beste Kosmetik*, denkt sie zufrieden.

»Du hast mir nicht gesagt, dass du nichts frühstückst«, sagt sie frech. Sie zieht den Teller mit dem Aufschnitt zu sich herüber, klaut Pauls Frühstücksei und stellt den Brotkorb außer Reichweite.

»Und wenn das nicht reicht, mache ich mit dir weiter.«

Paul trägt es mit Fassung.

»Eins mit Käse, eins mit Wurst. Und du bist die erste Frau, die mir das Frühstücksei schält«, sagt er zufrieden und klaut es sich zurück. Sie lacht. Er schlürft laut von seinem Kaffee und gibt ihr Anweisungen zum Schmieren.

»Bild dir das bloß nicht ein«, sagt sie empört und gibt ihm seinen Teil des Essens zurück.

Die alte Wirtin, die aussieht wie eine der geduckten, knorrigen Kiefern am Strand, kommt herein und fragt, ob sie noch etwas für die Herrschaften tun könne. Paul und Lilly sehen sich an.

»Wir sind wunschlos glücklich.«

»Frag sie, wie lange wir das Zimmer behalten können. Du bist mein Nachtisch. Und den nehme ich lieber in den Federn«, flüstert sie dann.

Er nickt und sieht auf.

»Sagen Sie, Frau Wirtin. Meine Freundin möchte noch mal ins Bett mit mir. Bis wie viel Uhr dürfen wir …«

Lilly wird rot wie die Erdbeermarmelade. Paul lacht sich tot. Er zeigt zur Tür, und als Lilly sich umdreht, sieht sie, dass die Wirtin längst wieder in der Küche verschwunden ist.

»Du gemeiner Lügner!«

Er zuckt mit den Schultern.

»Ich habe nie etwas anderes behauptet.«

Er sieht sie an und denkt an die zurückliegenden Stunden. Die Nacht war wunderbar. Wie Ebbe und Flut. Mal stürmisch und mal zärtlich. Er suchte Muscheln an ihrem Strand. Und sie badete in seinen Wellen. An Schlaf war nicht zu denken. Und wenn, dann zusammen.

Aber mit dem ersten Licht des Tages kamen die Fragen. Und weil sie die nicht stellen wollten, lagen sie schweigsam nebeneinander. Zufrieden und ängstlich. *Nicht bewegen, weil sonst alles kaputtgehen könnte.* Sie sind schließlich alt genug, um zu wissen, dass nicht alles einfach ist. Erst recht nicht zwischen einem Mann und einer Frau. Sie haben beide ihre

Geheimnisse, die sie mit sich tragen wie unsichtbares Gepäck. Irgendwann müssen sie darüber reden. Aber noch nicht ... So war die Nacht zu Ende gegangen.

Paul und Lilly haben gute Laune. Eine Gnadenfrist, die sie sich selbst gewähren. Sie frühstücken und reden über dies und das. Lilly ist so fröhlich wie lange nicht. Paul aber kämpft schon gegen die Schwere, die ihn nach unten zieht. Auf den Boden der Tatsachen.

Lilly merkt es, und sofort fährt sie die Krallen aus. Sie weiß zu gut, dass das Leben unfair ist. Dass es beißt – und zwar immer dann, wenn man am wenigsten damit rechnet. Sie ist so oft enttäuscht worden, dass es sie nicht wirklich überraschen kann. Je mehr ihr ein Mann gefällt, desto größer ist der Schmerz, den er ihr bereitet. So ist es doch immer. Wie hat sie nur glauben können, dass es mit Paul anders wäre?

Er schiebt den Teller von sich weg. Trinkt noch einmal von seinem Kaffee. Er sagt mit fast beiläufiger Stimme:

»Hör zu, Lilly. Es ist sehr schön mit dir. Aber gerade darum möchte ich dir nichts Falsches versprechen. Ich kann es nicht. Und ich darf es auch nicht.«

Sie hat damit gerechnet. Sie war vorbereitet. Und trotzdem erwischen seine Worte sie mit voller Wucht. Es ist ein Erdbeben der Stärke acht auf ihrer Enttäuschungsskala. Alle Träume stürzen ein, alle Sehnsüchte werden erschüttert. Es war ein dummer Fehler, sich überhaupt auf Paul einzulassen. Sie hätte es wie immer machen sollen. Ihn nicht weiter wichtig nehmen, keine Ansprüche stellen, nicht an morgen denken. Aber jetzt ist es zu spät.

»Natürlich. Das macht nichts«, sagt sie ungerührt. Sie ist eine perfekte Schauspielerin. »Ich bin froh, wenn du weg bist.«

Paul hat sich längst entschieden, alles auf eine Karte zu setzen. Ihre Worte treffen ihn. Aber so leicht will er nicht aufgeben.

»Du verstehst mich nicht ... aber ich kann es dir auch nicht erklären.«

»Ja, natürlich, Paul. Du musst gar nichts sagen. Ist nicht nötig.«

»Bitte, Lilly, vertrau mir.«

»Dann bleib bei mir.«

»Ich weiß nicht, ob ich das kann.«

Sie lacht auf.

»Mir sind Typen lieber, die den Mut haben, die Wahrheit zu sagen. Ich war nur eine Nacht für dich, okay, damit kann ich leben. Aber hör auf mit dem Theater.«

Paul senkt den Kopf. Ja, es war ein Fehler. Er hätte es nicht tun dürfen. Er hätte seinen Schwur nicht brechen dürfen. Jetzt schmerzt es nur umso mehr.

»Es tut mir Leid, Lilly.«

Sie spürt, dass er es ernst meint. Der Schmerz trifft sie mit einer solchen Wucht, dass es eigentlich gar nicht wehtut. Sie muss sogar lachen. Paul will anscheinend ihre schlimmsten Albträume zur Wirklichkeit machen. Erst sorgt er dafür, dass sie sich in ihn verliebt. Und dass sie die wunderbarste Nacht ihres Lebens mit ihm verbringt. Und dann hat er am nächsten Morgen nichts Besseres zu tun, als ihr zu sagen, dass das alles nichts zu bedeuten hat. Und dass er sie verlässt.

Lilly hat sich immer auf sich selbst verlassen. Sie hat für sich selbst gesorgt. Und bevor ihr jemand wehtut, fügt sie lieber dem anderen Schmerzen zu. Das soll jetzt nicht anders sein.

Sie wirft ihre Serviette auf den Tisch. Sie steht auf. Sie geht um den Tisch und ohrfeigt Paul mit aller Kraft, die sie hat. Dann stürmt sie aus dem Hotel. Wortlos. Es gibt nichts mehr zu sagen.

10.48 Uhr

Natürlich ist Liebe nur eine Erfindung. Ein namenloser Reporter hat sie vermutlich in einer hitzigen Stunde vor Redaktionsschluss in die Welt gesetzt – als Lückenfüller fürs Sommerloch. Seitdem hat sich diese wahnwitzige Idee, dass zwei Menschen mehr füreinander sein könnten als paarungsbereite Artgenossen, um die ganze Welt verbreitet. Egal ob Kriege ausbrechen oder Frieden geschlossen wird, ob die Aktien nach oben stürmen oder ins Bodenlose fallen, egal ob Weihnachten ist oder Hochsommer – Herzschmerz und geheime Küsse haben immer Konjunktur. Wer wüsste das besser als er?

Rolf steckt sich eine Zigarette an. Er inhaliert tief und hustet seine düsteren Gedanken fort. Er hat Zeit genug, um gemütlich an der Alster entlangzuspazieren und den Ausflugsbooten mit den winkenden Touristen hinterherzusehen.

Er hat zu viel erlebt, um sich Illusionen zu machen. Ob Uschis Scheidung oder Sabines Ehedrama, ob Rainers Vielweiberei oder Dieters Eskapaden. Es gibt keine Finten und Manöver im ewigen Kampf zwischen Mann und Frau, die er nicht erlebt und beschrieben hat. Worum es letztendlich geht? Um Eitelkeit.

Aber was nützt ihm dieses Wissen? Nichts! Er läuft durch

Hamburg und leidet Qualen, weil er von einer Zweiundzwanzigjährigen verlassen worden ist! Er ist arbeitslos, er ist Alkoholiker, und er ist pleite. Das ist die traurige Bilanz seines achtundfünfzigjährigen Lebens. Er macht sich zum Affen, und er weiß es.

Rolf lehnt sich ans Geländer am Ufer und sieht den Schwänen dabei zu, wie sie die Enten fertig machen. Die Möwen stoßen lachend von oben herab und erbeuten die Brotstücke, die eine gutgläubige Rentnerin ins Wasser wirft. Wie bei den Menschen: Die Hochflieger und die Lautschreier sahnen ab.

Während Rolf so in den Himmel starrt, spürt er auf einmal ein vertrautes Kribbeln in der Nase. Er bleibt völlig bewegungslos stehen und schließt die Augen. Es ist so weit, irgendetwas in ihm regt sich. Irgendetwas steigt aus den Tiefen seines Unterbewusstseins auf und macht sich bemerkbar. Rolf wirft die Zigarette ins Wasser. Er atmet tief ein und aus, eine Technik, die er schon vor vielen Jahren entwickelt hat. Die eigenen Gedanken möglichst ausschalten und die Bilder kommen lassen, die Erinnerungen, die Assoziationen ... Und dann, ganz plötzlich, weiß er es wieder. Er sieht es völlig klar vor sich. Es muss vor zehn oder fünfzehn Jahren gewesen sein. Ein Gerichtssaal mit holzgetäfelten Wänden, ein vorsitzender Richter in schwarzer Robe, Gerichtsdiener in grünen Uniformen ... Es war kein großes Verfahren, eine Routinesache, aber er war hingegangen auf der Suche nach den kleinen, nach den menschlichen Geschichten. Die sind nirgendwo so reichlich zu finden wie vor Gericht. Auch an jenem Tag hat er eine gefunden. Auf der Anklagebank saß ein kleiner Einbrecher, der seine gerechte Strafe erhielt. Ein unscheinbarer Mann, ein Gauner alter Schule, der noch mit

Maske vor dem Gesicht und Schweißbrenner zu Werke ging und zunehmend an der modernen Safe-Technik verzweifelte. Aber das spielt keine Rolle. Wichtiger ist der Zuschauerraum. In Gedanken geht Rolf die Reihen der Schaulustigen ab, die sich an jenem Tag im Gerichtssaal eingefunden hatten. Ein paar Jurastudenten, ein paar gelangweilte Rentner, ein paar Hausfrauen. Ganz vorne saß die Familie des Angeklagten. Rolf sieht sie genau vor sich – die Ehefrau, die bittere Tränen weinte. Sie starrte den Richter an, hatte noch die Hoffnung auf ein mildes Urteil. Direkt neben ihr ein Junge, vielleicht sechzehn, siebzehn Jahre alt. Da war dieser seltsame Ausdruck auf dem Gesicht des Jungen, eine Mischung aus Wut, Trauer und äußerster Entschlossenheit. Rolf wusste damals natürlich nicht, was dieser Junge vorhatte – aber es war klar, dass etwas in ihm vorging. So, als würde er innerlich Rache schwören. Dann sauste der Hammer des Richters nieder. Im Namen des Volkes ... und der Angeklagte musste für so lange Jahre hinter Gitter, dass er seine Entlassung wohl kaum noch erleben würde. Die Ehefrau brach in noch lauteres Weinen aus, ein gebrochener Mensch. Der Junge aber verfolgte den Urteilsspruch mit unbewegtem Gesicht, so als könnte ihm seine Umgebung nichts anhaben. Und doch spiegelte sich eine unheimliche Entschlossenheit auf seinen Zügen.

Rolf ist sich sicher. Es ist das gleiche Gesicht. Es ist der gleiche Junge. Er ist es, den er jetzt, fünfzehn Jahre später, auf einem Schnappschuss in einer Zeitschrift wiedererkannt hat. Und natürlich, es wäre ihm niemals aufgefallen, wenn er nicht gerade auf der Jagd nach *Rubin* wäre. Es passt. *Das ist es.* Er ist sich ganz sicher.

Rolf pfeift einen hohen Ton durch die gespitzten Lippen –

derjenige, dem er Anerkennung zollt, ist ganz allein er selbst. Die alte Spürnase wittert Morgenluft. Er weiß, dass er auf der richtigen Fährte ist. Sein Instinkt sagt es ihm. Er muss nur noch die richtigen Leute anrufen, ein paar Informationen einholen und am Ende seine Fallen auslegen. Dann wird er im richtigen Augenblick an der richtigen Stelle sein. Er wird die Chance nutzen. Schließlich ist sie die Einzige, die er noch hat, um wieder an Geld zu kommen. Und an Mareille.

11.05 Uhr

Hat Paul gesagt, dass dieses Land ehrlich ist? Lilly steht auf dem Deich und schüttelt den Kopf. Es ist genauso verlogen wie er! Der Beweis dafür liegt unmittelbar zu ihren Füßen. Da, wo gestern noch das Meer glitzerte, ist nichts als brauner Matsch. Sand und Schlick bis zum Horizont. Es ist ein hässliches Land. Und es ist unfair, sie kann sich nicht einmal vor Wut in die Fluten stürzen. Aber eigentlich will sie das auch gar nicht – sie will einfach wieder atmen können, will ihre Wut loswerden, ihre Trauer.

Lilly rennt einfach los. Ohne nachzudenken. Es ist ihre einzige Chance, sie muss ihre Trauer rauslassen, abarbeiten, ausleben. Sie rennt ins Nichts hinein, dem Horizont entgegen, so schnell sie kann. Sie reißt sich die Schuhe von den Füßen. Das Watt greift mit seinen warmen, weichen Händen nach ihr. Sie schneidet sich die Zehen an einer Schwertmuschel auf. Es ist ihr egal. Sie rennt und denkt an nichts. Sie fühlt nichts. Irgendwo dort draußen muss das Wasser ja sein. Sie wird es finden. Es wird sie abkühlen.

Erst als sie völlig erschöpft ist, bleibt sie stehen. Sie dreht sich um. Das Ufer ist jetzt weit entfernt. Hinter dem Deich sieht sie die Dächer der Häuser. Sie hält sich die Seiten und atmet gierig die salzige Luft ein.

Jetzt endlich ist sie weit genug von allem entfernt. Niemand kann sie hier draußen hören. Und das ist gut so. *Jetzt kann sie es tun.* Auch ohne Wasser.

Lilly schreit. Sie schreit ihre Wut heraus. Sie lässt ihrer ganzen Enttäuschung und ihrer Erbitterung freien Lauf. Sie schickt sie mit der Kraft ihrer Stimme in den weiten Himmel hoch und auf das endlose Meer hinaus.

Lilly schreit immer weiter, bis ihre Kräfte nachlassen, bis sie auf die Knie sinkt. Bis sie sich einfach fallen lässt ins warme, glibberige Watt, das langsam in der aufsteigenden Flut versinkt. Sie muss das Meer gar nicht suchen. Sie muss ihm nicht hinterherlaufen. Das Meer kommt zu ihr.

»Lilly!«

Paul schreit auch. Aber er schreit nicht aus Wut, sondern aus Verzweiflung. Er kann sie sehen. Sie liegt im Wasser, das schon knöcheltief ist und immer schneller steigt. Er weiß nicht, ob sie ohnmächtig ist oder ob sie einfach nur in den Himmel starrt.

Paul rennt, so schnell er kann. Die Priele sind schon voller Wasser. Die Flut rückt vor, und sie nimmt sich, was sich nicht schnell genug vor ihr in Sicherheit bringt.

»Lilly! Steh auf!«

Paul stolpert und fällt der Länge nach hin. Als er aufsteht, sieht er aus wie ein Junge, der im Matsch gespielt hat. In einem Priel wirft er sich der Länge nach ins Wasser, schwimmt ein paar Züge, steht wieder auf und rennt weiter.

»Bitte, Lilly. Hör mir zu ... Ich will dir alles erklären. Ich habe keine Wahl. Bitte, versteh es doch. Ich brauche doch nur ein wenig Zeit.«

Sie hebt jetzt den Kopf. Sie sieht ihm zu, wie er wieder stolpert und erneut wie ein Schneemann aus Matsch aussieht. Sie lacht. Sie kniet sich hin und sieht zu, wie er weiterrennt.

»Ja, Paul«, ruft sie. »Hier bin ich.«

Er ist jetzt fast bei ihr. Und er ist jetzt fast so weit, es zu tun – ihr einfach alles zu sagen, sich zu erkennen zu geben, um Verständnis zu bitten.

Dann ist er bei ihr, sie sieht ihn an, als könnte sie alle seine Gedanken lesen.

»Du musst nichts sagen, Paul. Du musst nichts erklären. Es ist okay. Es war halt ein Traum, ein schöner Traum. Und jetzt sind wir wieder wach.«

»Es tut mir Leid, Lilly. Es tut mir unendlich Leid.«

Er sinkt vor ihr auf die Knie. Er nimmt sie atemlos in die Arme. Die Flut steigt weiter.

Lilly denkt an die Minuten, die sie hier gelegen hat. Minuten, in denen das Wasser an ihr emporkroch, in denen sie bereit war, sich einfach davonspülen zu lassen. Sie hat so deutlich wie nie zuvor gespürt, dass es ganz allein an ihr liegt. Dass sie entscheiden kann, was mit ihr geschieht. Sie hat nicht die geringste Ahnung, was mit Paul los ist. Worin sein Geheimnis besteht. Aber was macht das schon? Jeder hat seine dunklen Seiten, auch sie. Und sie mag ihn viel zu gerne, um ihn zu etwas zu treiben, was er nicht freiwillig tun will.

Vor Pauls innerem Auge zieht sein ganzes Leben vorüber. Die Kindheit auf dem Schrottplatz, die enge Wohnung, die nächtlichen Beutezüge seines Vaters, der Gerichtsprozess, sein Schwur, seine Einsamkeit. Und ausgerechnet jetzt, so kurz vor der Erfüllung seiner Pflicht, muss er seine schwerste Prüfung erleben.

Paul beginnt zu reden, obwohl er es nicht will. Er spricht leise, eindringlich, fast als spräche er zu sich selbst.

»Gib mir zwei Tage. Lilly. Zwei Tage, an denen du nicht an mich denken darfst, nicht an das, was wir erlebt haben. Danach bin ich entweder verschwunden oder ich kehre zu dir zurück, und dann wird es für immer sein.«

Lilly kann ein Lachen nicht unterdrücken.

»Warum müsst ihr Männer eigentlich immer gleich übertreiben? Und alles so kompliziert machen?«

Paul lässt sie los. Er sieht sie an, und er freut sich über das Lächeln auf ihren Lippen. Trotzdem ist er wütend.

»Also, Moment mal – das tun wir nur, weil ... Ihr Frauen seid keinen Deut besser, glaub mir! Ihr seid noch viel komplizierter als wir!«

Lilly weiß, dass er Recht hat. Aber das löst ihr Problem nicht.

»Und warum sollte ich es tun? Warum sollte ich auf dich warten? Und das auch noch mit der Aussicht, dass du vielleicht nie zurückkehrst?«

Er sieht sie an, er nimmt innerlich Anlauf, er sagt es – und es tut nicht einmal weh.

»Weil ich dich liebe, Lilly.«

»Echt?«

»Echt! Aber ich befürchte, die Nordsee nicht. Im Gegenteil: Die kann uns nicht leiden.«

»Glaube ich nicht«, sagt Lilly lachend. »Die will nur spielen.«

»Lass es uns nicht ausprobieren. Ich kann dich nämlich nicht retten, wenn ich selber untergehe.«

Sie springt auf die Beine.

»Kein Problem. *Ich rette dich.*«

Sie zieht ihn ebenfalls hoch. Wieder rennen sie. Diesmal gemeinsam. Diesmal in Richtung Ufer.

»Sag das nochmal, was du gerade gesagt hast – das mit den drei Worten«, sagt sie.

Er rennt und wiederholt es.

»Lauter«, fordert sie.

»Ich liebe dich.«

Und sie: »Noch lauter!«

18. Samstag

08.15 Uhr

»Pierre! Ulrike! Frühstück ist fertig!«, ruft Torsten zum ungefähr fünfunddreißigsten Mal an diesem Morgen. Diesmal reagieren die beiden wenigstens mit einem unfreundlichen Grummeln. Torsten kennt kein Pardon – das Frühstück mit den Kindern ist heilig. Ein Minimum an Gemeinsamkeit ist auch in einer Rumpffamilie unerlässlich.

»Ihr habt die Wahl, wer nicht frühstückt, kriegt auch kein Abendessen!«

»Versprochen?«, fragen die beiden hoffnungsvoll.

»Das schließt heimliche Besuche bei McDonald's mit ein!«

Ein paar Minuten später wanken Pierre und Ulrike ungekämmt und schlecht gelaunt in die Küche.

08.18 Uhr

Lilly macht ihr Stretchingprogramm an den Alsterwiesen. Aus irgendeinem unerklärlichen Grund hat sich auf der Grünfläche in der Mitte des Parks wieder ein riesengroßer See gebildet. Die Stadt kann machen, was sie will, die Überflutung ist einfach nicht zu stoppen. Lilly stört es nicht. Wasser ist immer noch besser als das Meer aus Hundehaufen, das sonst den Rasen bedeckt.

Sie macht ein paar Ausfallschritte, um die Waden zu dehnen, dann ein paar Rumpfdreher. Schließlich trabt sie los. Es ist einfach die beste Art, einen Tag zu beginnen.

08.20 Uhr

Nicht schlafen zu können ist nichts, was Rolf beunruhigt. Er hält es sogar für eine angenehme Eigenschaft des Alters. Er kann all die Dinge nachholen, die er in jungen Jahren versäumt hat. Lesen zum Beispiel. Er hat in den vergangenen Stunden Dostojewskis »Der Idiot« ausgelesen. Der Titel hatte ihn angesprochen, als er ihn in der kleinen Bibliothek des Hotels entdeckte. Die Ausbeute an Erkenntnissen für sein eigenes Leben war allerdings enttäuschend.

Rolf wirft einen Blick auf den Reisewecker, der neben ihm auf dem Nachttisch steht und vor sich hin tickt. Es ist höchste Zeit aufzustehen. Schließlich ist heute D-Day. Was ist als Auftakt besser geeignet als ein ordentlicher Schluck?

08.24 Uhr

Paul, der sonst gerne bis in den späten Vormittag schläft, hat sich für diesen Tag vorgenommen, zeitig aufzustehen. Er setzt sich auf die Kante seines Futonbettes und kratzt sich das unrasierte Kinn. Die Morgenstunden sind einfach nichts für ihn. Er ist ein Nachtmensch.

In seinen Gedanken zieht die Erinnerung an den gestrigen Abend herauf. Er ist mit Jon im »Anna« gewesen, einem Restaurant mit toskanischem Flair in der Hamburger Innenstadt. Es war eine Art Abschiedsessen, für alle Fälle. Schließlich kann keiner von ihnen wissen, wie der heutige Tag ausgehen wird.

Während des Essens weihte er Jon in groben Zügen in seinen Plan ein, unter anderem auch in das, was er mit seinem mysteriösen Konkurrenten vorhat. Denn dass der am Abend auftauchen wird, davon ist Paul fest überzeugt. Zunächst aber hat er Jon einen gehörigen Schrecken eingejagt.

»Vermutlich wird in den nächsten Tagen in den Zeitungen stehen, dass *Rubin* verhaftet worden ist.«

Jon zuckte zusammen – aber er konnte ihn schnell beruhigen, indem er ihm von seiner nächtlichen Begegnung in der Villa von Regina von Gurlitt berichtete. Das ist sein unschätzbarer Vorteil: Er weiß, was sein Nebenbuhler vorhat. Der aber tappt im Dunkeln, was Pauls Pläne angeht.

Jon kniff die Augen zusammen.

»Moment mal«, hakte er nach. »Willst du damit sagen, dass dein mysteriöser Rivale morgen Abend auch auftauchen wird?«

»Davon gehe ich aus ... und das ist gut so. Die Polizei will *Rubin* verhaften? Bitte schön, sie werden ihn kriegen.«

Jon sah ihn verständnislos an.

»Du willst dich stellen?«

»Quatsch. Ich werde *ihn* stellen. Meinen Konkurrenten.«

Nach und nach ging Jon ein Licht auf.

»Das heißt, du lieferst ihn morgen Abend ans Messer. Und alle Welt wird denken, dass er *Rubin* ist.«

»Das ist mein Plan. Und ich erzähle dir davon, damit du dir keine Sorgen machst, wenn du hörst, dass *Rubin* hinter Schloss und Riegel sitzt.«

»Nicht gerade die feine englische Art, oder? Zumal der andere für Dinge büßen wird, die er nie begangen hat.«

Er hatte abgewinkt.

»Die Polizei wird früher oder später herausfinden, dass es eine Verwechslung ist.

»Trotzdem.«

Er hatte Jon erklärt, dass es auch in seinem Handwerk so etwas wie eine Zunftordnung gibt. Und wer gegen die verstößt, darf nicht auf das Mitgefühl seiner Kollegen hoffen.

»Dieses Phantom gehört nicht zur Familie, Jon. Er hält sich nicht an die Spielregeln. Er ist ein Anarchist, der mir seit Monaten ins Handwerk pfuscht. Der hat kein Mitleid verdient.«

Jon hatte es mit einem Schulterzucken aufgenommen. Die Gesetze der Unterwelt waren ihm rätselhaft.

»Hauptsache, du kommst heil aus der Sache heraus, Paul.«

»Das werde ich. Verlass dich drauf.«

08.30 Uhr

»Kannst du dir vorstellen, mit mir alt zu werden, Rabe? Ich kann es«, sagt Silvia. Sie krault den Kater, der es sich auf ihrer Decke bequem gemacht hat. Das Tier beantwortet ihre Frage mit einem wohligen Schnurren. Es klingt wie »Ja«.

Höchste Zeit aufzustehen. Aber das ist einfacher gesagt als getan. Silvia fühlt sich, als hätte sie unsichtbare Bleigewichte an Armen und Beinen. Heute ist der Tag, an dem sie *Rubin* schnappen werden. Sie ist sich völlig sicher. Schließlich sind sie ihm noch nie so nah gewesen wie jetzt. Es müsste schon mit dem Teufel zugehen, wenn ihnen der Meisterdieb auch diesmal nicht ins Netz ginge.

Trotzdem will in ihr keinerlei Freude aufkommen, keine Jagdstimmung. Nicht einmal ein Anflug dieses Kribbelns, das sie normalerweise erfüllt, wenn sie kurz vor der Auflösung eines großen Falles steht. Im Gegenteil. Am liebsten würde sie sich die Decke über den Kopf ziehen und erst einmal heulen.

Wundert es sie? Nicht wirklich. Horst Rudolph hat gestern ihrer Versetzung zu den Kollegen vom Dritten Dezernat, Graffitti-Schmierereien und Mord, zugestimmt. Unter einer Voraussetzung – dass sie vorher *Rubin* dingfest macht. Die Verhaftung wäre also ihr größter beruflicher Erfolg. Und gleichzeitig wäre sie der endgültige Abschied von Torsten.

08.45 Uhr

Paul duscht ungefähr eine halbe Stunde lang. Er zieht sich an und besorgt in der Bäckerei um die Ecke frische Brötchen.

Beim Frühstück studiert er die aktuellen Tageszeitungen. Die Schlagzeilen kennen nur ein Thema – die Award-Verleihung am Abend. »Bild« bringt es wie immer knapp und knackig auf den Punkt: *Award-Alarm im CCH.* In einem kleinen Kasten neben dem *Mädchen des Tages* ist ein stilisiertes Phantom abgebildet – daneben die Überschrift: *Holt* Rubin *sich heute seinen Glitzerpreis?* Das »Hamburger Abendblatt« setzt ganz auf den Standort: *Hamburg sagt danke – Stars geben*

100 Millionen Euro für Übernachten und Shoppen aus. In einem Info-Kasten wird den Gästen der Gala geraten, eine Diebstahlversicherung abzuschließen – wegen *Rubin.* Die »Morgenpost« versucht es politisch: *Schröder – wieso kriegt der Kanzler keinen Award?* Das Blatt bringt sogar Sympathien für Paul auf und druckt einen Beitrag unter der Überschrift *Rubin Hood.*

08.51 Uhr

Lilly liebt die Morgen an der Alster. Die üblichen Horden an Spaziergängern fehlen. Sie ist alleine mit ein paar anderen Läufern und Läuferinnen. Es ist die perfekte Einstimmung auf einen langen und sicherlich ungeheuer anstrengenden Tag.

Außerdem kann sie noch einmal über ihren Ausflug mit Paul nachdenken. Und an ihren Abschied in Hamburg, als Paul sagte: »Du hörst entweder am Sonntag von mir oder nie wieder ...«

»Warum, Paul? Was bedeutet das alles?«

»Stell mir bitte keine Fragen.«

Ein schlechter Film, hat sie gedacht. Ein blöder Film. *Stell mir bitte keine Fragen.* Nein, das hat sie wirklich nicht. Schon um sich selbst zu schützen. Sie wollte nichts fragen, sie wollte nichts mehr von ihm wissen. Sie hat sich selbst gezwungen, keine Erwartungen zu haben, keine Hoffnung. Vielleicht kommt er wirklich zu ihr zurück. Aber was ist, wenn nicht? Sie sind ohne Abschiedskuss auseinander gegangen.

»Lilly, bitte! Vertrau mir.«

Das waren seine letzten Worte. Sie hat sich nicht einmal mehr zu ihm umgedreht.

Lilly beschleunigt ihr Lauftempo – so sehr, dass sie zu schwitzen beginnt und außer Atem gerät. Sie rennt, sie läuft, sie sprintet so schnell sie kann, so schnell, dass ihr Herz zu wummern beginnt, so schnell, dass ihre Beine schmerzen, so schnell, dass ihr der Schweiß über die Stirn rinnt und in ihren Augen brennt. So kann sie sich wenigstens einreden, dass sie nur darum weint, und nicht wegen der Gedanken an Paul, nicht wegen ihrer Hoffnung, dass es dieses eine Mal klappen könnte.

08.55 Uhr

Am Tisch herrscht eine merkwürdige Stille. Kein Gerangel um die Brötchen, kein Streit um das Nutellaglas oder die Packung mit den Fruit Loops. Die Kinder haben an diesem Morgen sogar darauf verzichtet, das Radio anzustellen. Ulrike lackiert sich nicht die Fußnägel am Tisch, und Pierre quält seine Schwester nicht mit den üblichen Erzählungen über Maden, Würmer und andere Parasiten.

Torsten ignoriert die ungewöhnliche Ruhe und versucht, sich auf die Zeitung zu konzentrieren. Das Blatt schreibt ausführlich über *Rubin* und über die Gefahr, dass er bei der Award-Verleihung auftaucht. Klar, diese PR-Gräfin hat natürlich nicht dichtgehalten. Ein paar gezielte Gerüchte über *Rubin* steigern den Thrill für ihre prominenten Gäste ins unermessliche ...

»Sag mal, Dad«, unterbricht Pierre ihn mit seiner Piepsstimme. »Was ist eigentlich mit Tante Silvia?«

»Ich heiße *Papa*, und nicht *Dad*«, entgegnet Torsten barsch. »Und dass ihr eine Tante namens Silvia habt, wusste ich auch noch nicht.«

Er ist misstrauisch. Die Kinder beeindruckt es nicht im Geringsten.

»Du weißt genau, wen wir meinen«, hakt Ulrike nach. Sie ist alt genug, um ihn zu durchschauen.

»Nein, weiß ich nicht. Gib mal den Schinken rüber.«

»Du magst Silvia doch, oder?«

»Ich wüsste nicht, was euch das angeht.«

»Siehst du, er mag sie«, sagt Ulrike zu Pierre.

»Ich kenne jemanden, der aufpassen sollte, dass er kein Ausgangsverbot bekommt.«

»Und ich kenne jemanden, der seit einer Woche rumläuft wie der Nils aus der 8 b«, entgegnet Ulrike trotzig.

»Ach ja?«

»Nils hat von dem Mädchen, in das er verliebt war, eine Abfuhr bekommen. Und danach sah er genauso aus wie du im Moment.«

Torsten wäre beinahe die Kaffeetasse aus der Hand gefallen. *Sind wir wirklich so weit, dass sich ein Vater vor seinen minderjährigen Kindern für sein Liebesleben rechtfertigen muss?*

»Pierre, ab auf dein Zimmer. Ich muss mit deiner Schwester mal ein ernstes Wort reden.«

»Das geht nicht, Dad. Weil: Wir müssen *mit dir* ein ernstes Wort reden.«

Torsten starrt seine Kinder an und weiß nicht, was er sagen soll. Es hat es ganz offensichtlich mit einer Verschwörung zu tun.

»Sei nicht böse, Dad«, sagt Ulrike vorsichtig. »Es ist nur, weil ... du bist echt unerträglich im Moment. Und da dachten wir ...«

Ihre Stimme versiegt, aber Pierre nimmt den Stab auf.

»Wir wissen ja, dass das mit Mama und dir nicht so toll war.«

»Da habt ihr allerdings Recht!«

»Na ja, aber die Sache mit Silvia, die verstehen wir nicht. Weil ... du sitzt hier abends und starrst diese Fotos an, auf denen sie drauf ist. Und da dachten wir, dass du ...«

Torsten würde am liebsten im Erdboden versinken.

»Wir haben jedenfalls nichts dagegen«, sagt Ulrike, »wenn Silvia unsere neue Mami wird. Nur für den Fall, dass du aus Rücksicht auf uns nichts mit ihr anfängst. Also Pierre und ich finden sie echt okay.«

»Kann es sein, dass ihr euch in Dinge einmischt, die euch nichts angehen?«

»Nein, kann nicht sein«, antwortet ein zweistimmiger Kinderchor.

Torsten muss unwillkürlich lachen.

»Ihr seid im Krankenhaus vertauscht worden. Jede Wette. Ihr könnt einfach nicht von mir abstammen. So benimmt sich niemand, der meine Gene in sich hat.«

»Du sollst halt wissen, dass wir dir nicht dazwischenfunken«, sagt Ulrike. »Und wenn ihr mal sturmfreie Bude haben wollt, du und Silvia, dann gehen wir rüber zu Mühlmanns.«

»Wisst ihr, ihr beiden, das ist nicht so einfach, wie ihr euch das vorstellt. Ihr habt schon Recht. Ich mag die Silvia. Aber leider mag sie mich nicht. Ich kann es ihr nicht mal übel nehmen. Euer Papa hat sich ziemlich blöd benommen.«

»Klar, machst du ja öfter«, sagt Pierre.

»Dein Problem ist, dass du einfach zu schüchtern bist, Dad«, fügt Ulrike hinzu.

»Wie bitte? Also jetzt geht's aber wirklich zu weit.«

Ulrike lässt sich nicht beeindrucken.

»Du musst ihr endlich sagen, dass du sie lieb hast. So etwas will jedes Mädchen hören. Auch wenn es schon groß ist.«

Es ist zu spät. Die Tränen kullern aus Torstens Augen und tropfen über seine Wangen. Er weiß einfach nicht, was er sagen soll. Er würde am liebsten aus dem Zimmer rennen.

Pierre und Ulrike stehen auf. Sie kommen um den Tisch und schmiegen sich an ihn.

»Zuerst muss ich jemand anderem sagen, wie lieb ich ihn habe«, sagt Torsten mit kratziger Stimme.

»Wem?«

»Na euch beiden!«

Die Kinder schmatzen ihm dicke Küsse auf die Wange.

»Du musst es aber auch Silvia sagen. Versprochen?«

Die beiden starren ihn erwartungsvoll an.

»Also gut. Ich verspreche es«, sagt er feierlich.

09.00 Uhr

Wayne klopft vorsichtig an und betritt das Schlafzimmer.

»Hey, Mädchen – aufstehen. Der Tag ist viel zu schön, um im Bett rumzugammeln.«

Der Schauspieler hält ein sorgsam gedecktes Frühstückstablett in der Hand. Inklusive gekochtem Ei und einer kleinen Porzellanvase, in der ein Strauß Gänseblümchen steckt. *Ach, ihr Schwulen dieser Welt. Bringt euren Hetero-Kollegen endlich Manieren bei.*

Mareille reckt sich und strahlt ihren Gastgeber an.

»Du bist ein Schatz, Wayne«, sagt sie.

»Freu dich nicht zu früh. Nichts in diesem Leben ist umsonst.«

Sie sieht ihn misstrauisch an. Dann geht ihr ein Licht auf.

»Du bist bi, stimmt's? Kein Problem, du kannst mich haben, Wayne, wenn du das meinst«, sagt Mareille kichernd. »Nimm meinen Körper, und tu, was du willst.«

»Im Ernst?«

Er setzt sich ans Bett und streicht ihr über das Haar.

»Ich bin leider nicht bi. Und ich hätte nie gedacht, dass ich es jemals bereuen würde, eine hundertprozentige Tunte zu sein. Aber so ist es. Ich lehne dein Angebot also dankend ab. Einen eingefleischten Vegetarier kann nicht einmal ein saftiges Steak verlocken.«

Er schlägt ihr lachend auf ihren prächtigen Hintern.

Mareille weiß das Kompliment zu schätzen. Sie setzt sich auf und schlürft von dem aromatisch duftenden Kaffee.

»Also? Was ist es?«, fragt sie.

09.03 Uhr

Silvia schließt noch einmal die Augen. Warum hört sie nicht endlich auf, sich mit diesen schwermütigen Gedanken zu quälen? Lydia meint, es sei eine Art Krankheit. Und sie ist doch jetzt endlich kuriert. Sie hat Torsten aus ihrem Körper herausgeheult. Es ist höchste Zeit, sich nach etwas neuem umzusehen.

Silvia schlägt mit Schwung die Decke zurück und springt aus dem Bett. Es ist besser so. *Lieber hoffnungslos einsam als hoffnungslos verliebt.* Außerdem ist sie Polizistin. *Rubin* zu schnappen ist nicht ihr Privatvergnügen. Es ist ihre Pflicht.

09.04 Uhr

Rolf geht zur Minibar hinüber. Sein Blick schweift über die rund zehn verschiedenen Mineralwasserflaschen, die zur Auswahl bereitstehen. Und zwar genau dort, wo vorher Bourbon, Cointreau und Cassis standen. Der Zimmerkellner hat gute Arbeit geleistet.

Er entscheidet sich für Fidschi-Water. Die vier Euro, die das geschmacklose Wasser pro Flasche kostet, müssen schließlich für irgendetwas gut sein. Ganz New York trinkt nichts anderes mehr. Höchste Zeit, dass Hamburg auch damit anfängt.

Rolf leert die Flasche in einem Zug. Dann stellt er sich neben das Bett und macht eine Kniebeuge. Gut, es ist eigentlich nur eine halbe. Das ist doch auch schon etwas! An Frühsport genügt es ihm jedenfalls. Er ist kein junger Hecht mehr. Sondern ein alter Wal. Er streift den Pyjama ab und geht ins Badezimmer.

09.05 Uhr

»Meine Alibifrau hat gerade abgesagt«, erklärt Wayne mit einem empörten Kopfschütteln. Er ist ziemlich sauer. »Ein Typ hat ihr ein Wochenende in Italien versprochen, und das findet sie verlockender, als mit mir zur Award-Verleihung zu gehen ...«

»Geh doch mit Luc«, sagt Mareille. Sie meint es ehrlich.

Wayne verdreht die Augen.

»Das sagst du so einfach. Aber ich bekomme gerne diese Säcke mit den Liebesbriefen von meinen weiblichen Fans.

Meinst du, das setze ich aufs Spiel, nur um mit meinem Freund auf einer Gala gesehen zu werden?«

Mareille versteht, was er meint.

»Ich soll also ...?«

»... meine Anstandsdame sein. Genau. Weil die Welt nun mal nichts angeht, mit wem ich ins Bett gehe. Darum nehme ich dich mit, und die Leute können weiterhin denken, was sie wollen.«

Mareille überlegt für ein paar Sekunden. Das Angebot klingt verlockend. Aber noch ist der Preis zu niedrig.

»Ich hab nichts Passendes zum Anziehen«, sagt sie maulend.

Wayne winkt lachend ab.

»Wir haben noch einen ganzen Tag, um dir etwas zu besorgen. Und natürlich geht die Rechnung aufs Haus!«

Mareille ist begeistert.

»Komm her.«

Er beugt sich zu ihr herunter, und sie drückt ihm einen Kuss auf die Wange.

»Weißt du eigentlich, wie toll das ist – ich gehe mit Wayne Buchmann zur Award-Verleihung. Sei nicht sauer, aber ich bleibe doch noch im Bett und beneide mich ein Weilchen selber.«

09.10 Uhr

Paul liest die Zeitungen mit einer gewissen Melancholie. Sie machen ihm deutlich, welcher Einschnitt vor ihm liegt. Er wird nicht nur mit seiner bisherigen Karriere abschließen. Er wird sein gesamtes bisheriges Leben aufgeben ... und das ist gut so. Denn es bedeutet, dass er nie wieder etwas über sich in der Zeitung lesen wird. Jedenfalls nicht unter seinem Künstlernamen *Rubin*.

Er steht auf und geht ans Fenster. Sein Blick schweift über die gegenüberliegenden Häuserfassaden, über die kleinen Geschäfte am Trottoir, die Fahrradfahrer, die Menschen, die drüben im Petit Café sitzen und Kaffee trinken. Hamburg ist die schönste Stadt der Welt. Und wenn heute alles gut geht, gewinnt er auch noch die schönste Frau der Welt.

19.27 Uhr

Zehn Fernsehkameras, hundert Journalisten und tausende Fans säumen den roten Teppich vor dem Congress Centrum. Hamburg spielt Hollywood. Ausnahmsweise ist das nicht übertrieben. Der Aufmarsch der Stars und Superstars ist überwältigend: Fritz Wepper und Liza Minelli, Hartmut Engler und Bono, Jürgen Fliege und David Bowie. Jedes Land, was es zu bieten hat. Die Blitzlichter der Kameras hageln auf die Giganten des Showbiz herab. Die Fans kreischen. Einige werden ohnmächtig. Kevin Costner schüttelt freundlich Hände. Paul McCartney spreizt die Finger zum Victory Zeichen. Patrick Lindner, der zuckersüß in die Kameras lächelt, wird von der Security weitergedrängt. Alle sind aus dem Häuschen.

19.28 Uhr

Silvia steht im provisorischen Polizeihauptquartier im Keller des CCH, einem Raum, der eigentlich als Abstellkammer für

Putzgeräte genutzt wird. Die Luft riecht nach Alkalireinigern, Apfelessig und Mottenkugeln. Es beruhigt die aufgeregten Kollegen, weil es sie an die Flure im Präsidium erinnert.

Silvia klopft mit einem Stock auf das Clipboard, auf dem sie eine detailgetreue Skizze des Congress Centrums angefertigt hat.

»Liebe Kollegen. In wenigen Minuten ist es so weit. Wir werden da rausgehen, und wir werden eine lange und schwierige Fahndung zu einem erfolgreichen Ende bringen. Ich möchte, dass wir uns heute ebenfalls einen Award verdienen. Und zwar den für die beste Polizeiarbeit.«

»Ach! So etwas gibt es?«, fragt einer der Beamten verblüfft. Silvia lässt sich nicht aus dem Konzept bringen.

»Wir werden *Rubin* verhaften. Heute Abend.«

Ihre Rede klingt ernst und gewissenhaft. Dabei kostet es sie einige Kraft, nicht in lautes Lachen auszubrechen. Sie hat nicht jeden Tag das Vergnügen, ihre Kollegen in Smokings und Abendkleidern zu sehen. Die meisten von ihnen haben offensichtlich wenig Erfahrung mit solcher Garderobe – Silvia entdeckt Krawatten zum Smokinghemd, Turnschuhe zum Max-Mara-Kleid und einen Dienstrevolver, der im Kummerbund steckt. Nun gut, sie hat ja noch ein paar Minuten, um solche Details in Ordnung zu bringen.

19.32 Uhr

Die einzige Kamera, die zur Liveübertragung auf dem roten Teppich zugelassen ist, gehört dem Chef-Reporter von RTL, Max Kästner.

Er fragt die Stars nach ihren neuen Filmen und die Sternchen nach ihren neuen Liebhabern. Er treibt Späßchen mit Dieter Wedel, gratuliert Charlize Theron zur zweiten Oscar-Nominierung und dem ZDF-Intendanten zum ersten Zuschauer unter fünfzig.

19.35 Uhr

Lilly rennt durch die Großküche in den Katakomben des Congress Centrums und schreit vor Wut. Das darf einfach nicht wahr sein! In gut drei Stunden muss das Vorspeisenbüfett fertig sein, und von Tommy Nguyen, ihrem Praktikanten, ist wieder einmal nichts zu sehen. Der junge Vietnamese hat fest versprochen, spätestens um sechs mit dem Kühlwagen hier zu sein. Lilly rauft sich die Haare und brüllt in ihr Handy. An diesem Abend versteht sie keinen Spaß. Dafür ist ihr Zeitplan zu knapp bemessen.

Wieder einmal ist es Jun Takagi, der sich als wandelndes Nervenbalsam entpuppt. Der alte Japaner legt Lilly beruhigend eine Hand auf die Schulter.

»Nicht regen auf, Lilly-San. Ein großer Auftrag soll erledigt werden mit kleiner Anstrengung, wie wir ...«

»... in Japan sagen.«

Lilly lächelt ihren alten Freund an.

»Ach, Jun. Sie haben leicht reden. Ich bin schrecklich nervös.«

Er nickt verständnisvoll.

»Nicht wegen Vorspeisen, stimmt, Lilly-San?«

Der Japaner sieht sie durchdringend an. Lilly wird für einen kurzen Moment mulmig zumute. Wieder einmal hat sie das Gefühl, dass Takagi ihre geheimsten Gedanken kennt.

19.41 Uhr

Als Paul den roten Teppich vor dem Congress Centrum betritt, hat er das Gefühl, sich in eine Figur in einem lebensgroßen Schachspiel zu verwandeln. Ist er Bauer oder Springer, König oder Läufer? Er weiß es nicht. Aber ihm ist klar, dass er an diesem Abend einen Turm bezwingen und eine Dame gewinnen möchte. Er weiß aber auch, dass er mit hohem Risiko spielt. Es kann schief gehen – eine Vorstellung, bei der er sich ziemlich matt fühlt.

In diesem Moment kommt der grinsende Fernsehreporter von RTL auf ihn zu.

»Sind Sie *Rubin*, der Juwelendieb?«

Der TV-Mann hält ihm ein gelbes Mikrophon vors Gesicht. Pauls Lächeln gefriert für einen Moment. Dann versteht er und lächelt ebenfalls.

»Natürlich bin ich es. Juwelen sind meine Leidenschaft. Was ist schon der Award im Vergleich zu ein paar kostbaren Edelsteinen?«

Max Kästner spielt mit.

»Und worauf haben Sie es abgesehen? Das Collier von Iris Berben? Oder die Kette der Keaton?«

Als Paul antworten will, entdeckt der Reporter Benno Fürmann – und ist schon verschwunden. Paul betritt erleichtert das Innere des Congress Centrums.

19.55 Uhr

Silvia nimmt ihren Posten hinter der Bühnendekoration ein. Der große Saal füllt sich nach und nach mit den Prominenten. Noch will sich niemand in die Stuhlreihen quetschen. Die Gäste stehen in Gruppen zusammen und sprechen über die Oscar-Chancen deutscher Kinofilme, den Versuch, Heike Makatsch zu klonen, und die Frage, wann das Büfett eröffnet wird. Für den German Award interessiert sich naturgemäß niemand.

Silvia spricht unauffällig in das Mikro, das sie unter ihrer schildkrötenförmigen Strassbrosche festgemacht hat.

»Torsten, bist du da?«

»Höre dich klar und deutlich.«

»Von wegen«, entfährt es ihr.

»Was?«

»Vergiss es. Wie sieht es draußen aus?«

»Die Hälfte ist jetzt drin. Bisher ist alles ruhig.«

»Gut so. Schon irgendeinen Verdacht?«

»Lach nicht, aber ich tippe auf Jackie Chan. Er bringt alle Voraussetzungen mit, um tollkühn über die Dächer zu klettern und Juwelen mitgehen zu lassen.«

»Over«, sagt Silvia. Sie schaltet schnell ab, damit Torsten ihr Gelächter nicht hört. Andererseits, vielleicht hat er ja Recht?

19.56 Uhr

»Hallo, Rolf. Ich dachte, Karrenbauer hat dich abgeschossen.«

»Wie du siehst lebe ich noch, liebste Viola. Obwohl du dir große Mühe gegeben hast, daran etwas zu ändern.«

Die »People«-Reporterin, sie ist Mitte dreißig und schon jetzt gezeichnet von einem Leben voller professioneller

Indiskretionen, stellt sich neben ihn in die Schlange vor dem Pressetisch. Sie sieht ihn ohne eine Spur von Reue oder Bedauern an.

»Ach, Rolf. Bist du etwa beleidigt wegen der Fotos?«

Sie trifft ihn ins Mark, aber er gönnt ihr nicht die Genugtuung, seinen Schmerz zu zeigen.

»Warte es ab, Viola. Du wirst mich bald in besserem Licht darstellen müssen.«

Er grinst sie selbstbewusst an. Tatsächlich entdeckt er so etwas wie Misstrauen in Violas Blick. Sie hat sich allerdings schnell wieder in der Gewalt.

»Die Kinder wird's freuen, mal etwas nettes über ihren Vater zu lesen.«

Rolf spürt den Impuls, sie zu ohrfeigen. Ihre gemeinsamen Kinder, von denen kaum jemand etwas weiß, sind ein wunder Punkt in seinem Leben. Und in ihrem noch viel mehr. Damals war sie Anfang zwanzig, knackig und fest entschlossen, nach oben zu kommen. Eine typische, karrierebewusste Nachwuchsjournalistin. Er hatte gute Drähte in die Chefredaktionen und genug sexuelle Energie für eine Drittgeliebte – sie waren damals ein perfektes Team. Na ja, denkt Rolf, das ist lange her. Inzwischen weigern sich die Kinder, mit ihm zu reden. Viola hat sie derart gegen ihn aufgestachelt, dass sie ihm nicht einmal mehr zum Geburtstag gratulieren.

Bevor er etwas sagen kann, winkt sie einen der Kellner mit einem Getränketablett heran.

»Lass uns die alten Sachen begraben und anstoßen, Rolf.«

Ihr diabolisches Lächeln jagt ihm einen Schauder über den Rücken.

»Einverstanden. Ich nehme ein Wasser.«

»Ach, Rolf. Sei nicht albern.«

Er spart sich eine Antwort, lässt sie stehen und begibt sich in die Nähe der Herrentoilette. Nur für den Fall, dass er sich vor lauter Mineralwasser übergeben muss. Anscheinend geht es Jan Josef Liefers genauso ...

19.57 Uhr

»Was halten Sie von der *Rubin*-Geschichte«, fragt der TV-Richter in die Runde. Die Promis, die gemeinsam vor der Saaltür stehen, stellen verschiedene Mutmaßungen an, während einer der Schauspieler ein keckes Lachen ausstößt.

»Du steckst dahinter. Das habe ich mir doch gleich gedacht.« Der Richter stößt dem nicht mehr ganz jungen Kollegen einen Finger in die Brust.

Der hebt abwehrend die Hände. »Unschuldig, Euer Ehren. Das ist kein Spiel. Dieser *Rubin* will heute Nacht wirklich absahnen. Ich habe zuverlässige Informationen.«

Eleonore Vogel stößt ein wohliges Stöhnen aus und legt theatralisch die Hände ans Gesicht.

»Furchtbar, stellen Sie sich das nur vor. Die Hände dieses Räubers an meinem Hals, wenn er mir die Perlen entreißen will.«

Eine junge Kollegin, die neben ihr steht, winkt ab. »Vielleicht verfängt sich der Schmuck in Ihren Falten, Gnädigste. Das wäre doch Glück, oder?«

Die Diva hört es nicht, sie ist viel zu sehr damit beschäftigt, mit der Kamera von SAT 1 zu flirten.

»Hol mir mal was zu trinken«, sagt der Schauspieler zu

seiner Freundin, einem brünetten Exmodel, das sein Leben angeblich auf solide Bahnen gelenkt hat. Sie nickt artig und trabt davon.

»Und jetzt nichts wie rein da. Ich will früh nach Hause«, sagt der Schauspieler. Er nimmt Eleonore am Arm und zieht sie rüde mit sich in den großen Saal, wo in diesem Moment die Moderatorin des Abends, Jolanda Nussbaum, auf die Bühne tritt und mit einem stürmischen Applaus begrüßt wird.

19.58 Uhr

»Paul! Hier drüben!«

Geena Karolis winkt ihm aufgeregt zu. *Zu viel Aufmerksamkeit*, denkt Paul, als sich ihm mehrere Köpfe zuwenden. Immerhin sind keine Polizisten dabei, wie er zu seiner Beruhigung feststellt. Die Beamten sind trotz ihrer Zivilkleidung zwischen den Prominenten ohne weiteres zu erkennen. Jedenfalls für ihn.

Er begrüßt Geena mit Küsschen.

»Kommen Sie, Paul. Verraten Sie mir, was aus ihrem Date mit Lilly geworden ist! Sie haben es versprochen.«

Er erzählt ihr von ihrem gemeinsamen Ausflug an die Nordsee, ohne allzu sehr ins Detail zu gehen. Geena etwas anzuvertrauen ist in etwa so diskret wie eine Erklärung vor laufenden Fernsehkameras.

»Aber das ist ja wunderbar, Paul. Darf ich es weitererzählen? Darf ich sagen, dass ich den eingefleischtesten Junggesellen der Stadt verkuppelt habe?«

»Behalten Sie es noch ein paar Tage für sich, Geena. Tun

Sie mir den Gefallen. Dann dürfen Sie es erzählen, wem Sie wollen.«

Sie jauchzt freudig, und Paul weiß, dass die Neuigkeiten in wenigen Stunden die Runde machen werden.

»Diese Sache mit *Rubin* – unheimlich, nicht wahr?«, sagt Geena und geht in einen verschwörerischen Flüsterton über. Paul sieht auf das Brillantcollier, das Geenas Hals schmückt.

»Machen Sie sich keine Sorgen, Geena. Ich bin mir sicher, dass *Rubin* nur Menschen bestiehlt, denen ihr Schmuck nicht so gut steht wie Ihnen.«

Sie lächelt geschmeichelt.

»Kommen Sie, Paul. Wir wollen reingehen. Es fängt bestimmt gleich an.«

19.59 Uhr

Während die meisten weiblichen Gäste den ganzen Tag überlegt haben, welches Kleid sie anziehen sollen, hat Robby Schulz, der Mittelstürmer, darüber nachgedacht, welche Frau er mitbringt. Eine unverschämte Schlagzeile am nächsten Morgen wäre ihm in jedem Fall gewiss gewesen – ganz egal, ob er mit Bea oder mit Moni gekommen wäre. Also hat er sich spontan entschlossen, den Journalisten eins auszuwischen – er ist einfach allein hier.

Jetzt steht er mit einigen Fußball-Kollegen sowie Reinhold Beckmann, Wayne Buchmann und dessen neuer Freundin in einer Runde. Und es ist entschieden Zeit für eine Offenbarung. Er lächelt den jungen Schauspieler an.

»Ich verrate Ihnen ein Geheimnis, Wayne.«

»Ich liebe Geheimnisse. Besonders wenn ich sie weitererzählen darf.«

»Ich sehe Ihre Daily Soap seit Jahren. Ich bin ein großer Fan von Ihnen.«

Wayne, der allgemein als hart gesottener Typ gilt, wird rot.

»Das ist ... umwerfend. Ich meine, mir geht es bei Ihnen genauso, Robby. Ich bin eigentlich kein Fußballfan. Aber bei Ihnen ist es etwas anderes ... Allein wenn ich Ihre Oberschenkel sehe, während Sie auf das Tor zustürmen, wird mir ganz schwindelig. Das ist so ... beeindruckend.«

Robby spürt, wie ihm ein angenehmer Schauer über den Rücken läuft. Er ist diese Art von Komplimenten gewohnt. Jedenfalls von Frauen. Und jetzt kommt dieser unverschämt gut aussehende Schauspieler daher und sagt dasselbe. Und er fühlt sich stolz und ... begehrt. Es ist geradezu verwirrend.

20.03 Uhr

Paul hat eine strategisch günstige Position am Eingang zum großen Saal eingenommen. Bisher deutet nichts darauf hin, dass die vielen Gerüchte, die über ihn – also über *Rubin* – im Umlauf sind, etwas am geplanten Ablauf der Veranstaltung geändert haben. Über die Lautsprecher im Foyer werden die Gäste gebeten, ihre Plätze einzunehmen. Das gibt Paul die Möglichkeit, seinen Blick unauffällig über die Gesichter der Stars und Sternchen gleiten zu lassen. Vielleicht gelingt es ihm ja doch, einen Hinweis auf seinen geheimnisvollen Nebenbuhler zu erhaschen. Denn dass der bereits hier unter den Gästen ist, davon ist er fest überzeugt.

Aber selbst wenn er bis zuletzt ahnungslos bleibt – es macht nichts. Alles, was er tun muss, ist, sich in jemanden hineinzuversetzen, der sich in ihn hineinversetzt. Er ahnt daher recht genau, wann sein Konkurrent diesmal zuschlagen wird.

20.07 Uhr

Lilly ist außer sich. Shyam Bhansali, der indische Hilfskoch, hat das *Nori* nicht über dem Gasherd, sondern im Tandoori geröstet. Jetzt verströmt das Seegras, das eigentlich für die Sushi-Rollen gedacht war, ein intensives Hühnchenaroma. Mit anderen Worten: Es ist unbrauchbar.

»Wo ist Takagi?«, schreit Lilly quer durch den Teil der Küche, der ihr und ihrem Team zugewiesen ist.

Der Japaner taucht wie aus dem Nichts auf.

»Machen sich keine Sorgen, Lilly-San. Wir alles schaffen auch so. Ich werde machen Nigiri-Sushi. Die auch gehen ohne Nori.«

Lilly fällt ein Stein vom Herzen. Seufzend lässt sie sich auf einen Hocker fallen, der in einer Ecke zwischen zwei Großkühlschränken steht. Der Abend bestätigt sie in ihrer Meinung, dass bei der nächsten Wahl zum Bundeskanzler ein Koch das Rennen machen sollte. Wer es schafft, eine Großküche zu managen, für den ist ein ganzes Land auch kein Problem. Und ein Koch würde sicherlich auch die bessere Reformsuppe kochen. Nur so zu heißen, genügt allerdings nicht.

20.17 Uhr

Torsten findet Silvia auf ihrem Beobachtungsposten hinter der Bühne. Er schleicht sich bis auf wenige Meter an sie heran, dann flüstert er in das Mikrophon, das er unsichtbar am Kragen seines Smokingjacketts befestigt hat:

»Hallo, Silvia. Dreh dich doch mal um.«

Silvia zuckt zusammen und wirbelt um die eigene Achse.

»Sehr witzig, Torsten.«

»Ich wollte dir nur sagen, dass du wirklich umwerfend aussiehst in dem Kleid.«

Ein kurzes Lächeln huscht über ihr Gesicht.

»Du meinst, meine Tarnung ist gelungen?«

»Nein. Ich meine, dass dir so etwas toll steht. Und dass ich dich gerne öfter im Abendkleid sehen würde.«

Sie wendet sich von ihm ab. Er kann also nicht sehen, wie sie sich auf die Lippen beißt. Dann sagt sie:

»Dürfte schwierig werden. Wenn ich erst mal im Dritten Dezernat bin, werden wir wohl kaum noch gemeinsame Abendtermine haben.«

Torstens Gesichtszüge fallen schlagartig in sich zusammen. Eine Lawine aus Unglauben, Entsetzen und Wut rollt durch seinen Körper und reißt alles mit sich, was er an guten Vorsätzen aufgebaut hat.

»Du hast dich versetzen lassen?«, fragt er ungläubig.

»Du hast mich ja auch versetzt«, erwidert Silvia kühl.

20.22 Uhr

Sie sieht hinreißend aus. Ein neues Kleid, das er nicht kennt. Dazu ihre schlanke, jugendliche Figur. Ihre Haare sind zu einer eindrucksvollen Frisur aufgetürmt, und an ihrem anmutigen Hals glitzert ein platinfarbenes Halsband. Mareille verkörpert Rolfs Ideal von einer Frau. Nur eine Kleinigkeit stört ihn an ihr – nämlich Wayne Buchmanns Hand auf ihrem Hintern.

Rolf steht im Foyer und beobachtet, wie Buchmann und Mareille Arm in Arm in den großen Saal gehen. Die beiden werden verfolgt vom Klicken der Kameras und von den Fragen der Journalisten. Natürlich – das ist die *Top-Story* des Abends. Wayne Buchmann hat eine neue Freundin.

20.23 Uhr

Silvia hat sich den Moment, in dem sie Torsten von ihrer Versetzung erzählt, anders vorgestellt. Irgendwie toller. Und befriedigender. Eine Rache. Eine Genugtuung. Ein Triumph! Aber da hat sie sich leider getäuscht! Torstens ehrliche, hilflose Erschütterung überrascht sie. In ihr ist nicht die Spur von Freude oder Erleichterung. Im Gegenteil. Sie spürt, dass der Orkan, der das letzte halbe Jahr in ihr getobt hat, noch keineswegs vorbei ist – der Orkan, an dem nur er schuld ist.

Jetzt hat sie auch noch so etwas wie ein schlechtes Gewissen. Und das nur, weil sie den Mann endgültig verlässt, der ohnehin nichts von ihr will!

»Ich wollte es dir eigentlich schon früher sagen«, sagt sie leise.

»Ich …«, Torsten sucht nach Worten. Und dann sagt er etwas, was Silvia noch viel mehr überrascht.

»Es tut mir Leid, Silvia. Wirklich. Alles, was ich gesagt habe, tut mir Leid, und alles, was ich getan habe. Ich habe es wohl nicht besser verdient.«

Die beiden sehen sich an, und für einen Augenblick ist *Rubin*, die Gala, alles um sie herum, vollkommen vergessen.

20.26 Uhr

Was soll er tun? Losstürmen und Wayne Buchmann zum Duell auffordern? Mareille aus seinem Arm reißen und sie vor den Augen der Weltpresse entführen? Er hätte gegen den durchtrainierten Schauspieler keine Chance. Es würde aber auch gar nichts bringen. Nichts als neue peinliche Fotos von ihm in den Gazetten.

Rolf schüttelt den Kopf. Und er lächelt dabei. Schließlich hat er sich schon längst für eine viel bessere Methode entschieden. Er – und er allein – wird sehr bald den berühmtesten Einbrecher Deutschlands zur Strecke bringen. Er wird *Rubin* der Polizei übergeben. Und zwar noch heute Nacht. Und damit wird er beweisen, dass er genau das ist, was Wayne in seinen TV-Rollen nur vorgibt, zu sein – ein Held. *Das* wird Mareille überzeugen. Und es wird sie hoffentlich zurück an seine Seite bringen.

20.27 Uhr

Paul verfolgt aus dem Foyer, wie die letzten Gäste den Saal betreten. Wobei die Zahl der Oscar-, Goldene Kamera- und Bambi-Preisträger steigt, je später es wird. Das Gesetz der Branche: Je größer der Star, desto größer die Verspätung, mit der er zu einer Preisverleihung eintrifft. Einige halten sich für berühmt genug, um gar nicht zu kommen ...

20.28 Uhr

»Und du bist dir sicher, dass er uns sieht?«, fragt Wayne flüsternd.

»Ganz sicher.«

Er lässt seine Hand noch ein Stückchen tiefer rutschen. Sie ist zwar nur eine Frau. Aber ihr Hintern fühlt sich trotzdem nicht schlecht an. Ganz abgesehen davon, dass nicht nur *ihr* Verehrer ihnen dabei zusieht und eifersüchtig wird. Sondern auch Robby Schulz. Es wird den Mittelstürmer vielleicht noch ein wenig mehr durcheinander bringen ... und ihm im besten Falle klarmachen, dass sich das Dilemma, zwischen zwei Frauen wählen zu müssen, am besten dadurch lösen lässt, dass man sich für einen Mann entscheidet. *Oh Gott, was für eine Vorstellung – eine Nacht mit Robby Schulz.*

20.29 Uhr

Als die livrierten Saaldiener die Türen schließen, ist das für Paul das Signal, sich zurückzuziehen. Er wirft einen Blick auf die Uhr. Sein Zeitplan ist knapp, aber präzise.

Im Foyer sind jetzt nur noch ein paar Journalisten und die üblichen Security-Leute. Unauffällig mustert Paul die Wartenden. *Sicher ist sicher*. Für einen kurzen Moment begegnet sein Blick dem eines älteren Herren, vermutlich auch ein Journalist, der an eine Säule gelehnt dasteht und so aussieht, als wenn er einen Drink nötig hätte.

20.30 Uhr

Jolanda Nussbaum tritt auf die Bühne im großen Saal. Erneut hebt tobender Applaus an. Sie verbeugt sich und schenkt dem Publikum ein strahlendes Lächeln. Oliver Heissner, ihr Komoderator, wirkt neben ihr wie ein grinsender Gartenzwerg. Die Planer von RTL haben drauf bestanden. Schließlich möchte man auch die Zielgruppe der 13- bis 17-Jährigen bedienen ...

Die Nussbaum verbeugt sich noch ein paar Mal. Dann dämpft sie die Begeisterung des Publikums mit einer Handbewegung. Allmählich wird es ruhig in den Reihen der Gäste, und die knisternde Spannung der bevorstehenden Award-Verleihung setzt ein.

»Ladies and Gentlemen, meine Damen und Herren. Liebe Zuschauer an den Bildschirmen zu Hause und in der ganzen Welt. Ich begrüße Sie ganz herzlich in Hamburg zur Verleihung des dreiundzwanzigsten German Award ...«

In diesem Moment stürmen die »Premature Shitheads« die Bühne. Die fünf Sänger, keiner von ihnen ist älter als sechzehn, sind das Ergebnis der neuesten RTL-Castingshow. Begeisterter Applaus setzt ein, und die Gruppe beginnt im Playback ihren aktuellen Nummer-Eins-Hit »I don't know what's going on, but Baby lift me up« zu trällern.

20.48 Uhr

Kein Alkohol ist auch keine Lösung. Rolf hat keine Ahnung, wem dieser Satz zu verdanken ist, aber er zeugt zweifellos von einer tiefen Weisheit. Er steht im Foyer an eine Säule gelehnt und beobachtet, wie die Schweißflecken unter seinen Achseln sich in Richtung Knopfleiste ausdehnen. Immer noch streifen die livrierten Kellner mit ihren Tabletts durch die Gegend, während im Saal die Stimmung lauter und ausgelassener wird. Trotzdem – Rolf bleibt standhaft. Er geht hinüber zum Getränkecounter und ordert einen Orangensaft.

Rolf schlendert zu einer der Sitzgruppen an der Glasfront und lässt sich stöhnend nieder. Sein entzugsgeschädigtes Gehirn produziert eine wirre Abfolge von Bildern – Waynes Hand in Großaufnahme auf Mareilles Hintern. Karrenbauers Fax, die Fotos in der »People«, das Gesicht des Jungen im Gerichtssaal, die ananasförmige Cocktailbar auf Geena Karolis Gartenfest …

Rolf zündet sich einen Zigarillo an und inhaliert tief. Der Tabak beruhigt ihn. *Ich habe dich gesehen,* Rubin. *Du wirst mir nicht entkommen, vorausgesetzt, dieses verdammte Mineralwasser bringt mich nicht um.* Rolf lehnt sich zurück und schließt für einen Moment die Augen.

21.05 Uhr

Hinter der Bühne herrscht ein unglaublicher Trubel. Silvia ist beeindruckt von der technischen Perfektion, mit der die Veranstaltung hinter den Kulissen gemanagt wird. Schauspieler, Security-Personal, Maskenbildner, Bekleider, Beleuchter, Tontechniker, Caterer, Personal Assistants, Pet-Watcher rennen an ihr vorbei und brüllen dabei in ihre Headsets, haken Listen ab, tragen elektronisches Equipment herum oder tätscheln nervösen Superstars und deren Haustieren die Pfoten. *Und jeder Einzelne von ihnen kann in Wahrheit* Rubin *sein.*

Silvia sieht sich suchend um und entdeckt schließlich die Tür zu Viktoria Bruhns' Garderobe. Noch eine Stunde bis zum Auftritt des Supermodels. Eine Stunde, in der alles Mögliche passieren kann.

21.46 Uhr

Torsten hat innerhalb weniger Minuten fünf Gläser Champagner in sich hineingekippt. Vielleicht waren es auch sechs. Oder sieben. Genützt hat es trotzdem nichts. Der Alkohol hat den Aufruhr, der in seinem Kopf und in seinem ganzen Körper herrscht, nicht beruhigt. Ganz im Gegenteil, es kommt ihm vor, als hätte die feinperlige Flüssigkeit alles noch viel schlimmer gemacht. Alles dreht sich um ihn, und alles dreht sich in ihm. Und das Einzige, woran er denken kann, ist das, was Silvia ihm vorhin gesagt hat. Sie hat sich also tatsächlich entschlossen, ihn zu *verlassen*. Und das erfährt er ausgerechnet an dem Abend, an dem er ihr alles sagen wollte, an dem er sie bitten wollte ...

Torsten schüttelt den Kopf. Er kann es einfach nicht fassen.

21.52 Uhr

Die Plätze sind nicht schlecht, denkt Mareille zufrieden. Sechste Reihe. Zwischen Yvonne Catterfeld und Moritz Bleibtreu. Außerdem sitzen sie ziemlich nah am Mittelgang. Das kann nur bedeuten, dass Wayne gute Chancen hat, nach vorne gerufen zu werden. Sie gönnt es ihm. Wayne ist ein toller Mann. Dass er für die Frauen dieser Welt unerreichbar ist, weiß hier ja niemand außer ihr.

22.05 Uhr

Rolf bleibt in sicherer Deckung. Der Zufall ist auf seiner Seite. Oder soll er sagen: Das Glück? Gut versteckt hinter einer Säule verfolgt er den jungen Mann mit Blicken. Dessen lässiger Gang, mit dem er die Halle durchschreitet, hat etwas Aufreizendes – jedenfalls wenn man weiß, dass es sich bei ihm um Hamburgs meistgesuchten Verbrecher handelt – und daran kann es gar keinen Zweifel geben. Rolfs Gedanken kehren immer wieder in den Gerichtssaal von damals zurück. Der entschlossene Gesichtsausdruck des Jungen, als der Richter das Urteil verkündet. Als er mit ansehen muss, wie sein Vater direkt aus dem Gerichtssaal abgeführt wird und für viele Jahre im Gefängnis verschwindet. Und dann, Jahre später, läuft derselbe Junge, zum Mann herangewachsen und elegant gekleidet, durch das Hamburger Congress Centrum. Er sieht gut aus, hat ein kantiges Gesicht, helle Augen, verströmt Seriosität – aber ganz zufällig ist er *Rubin*, der Juwelendieb. Rolf weiß es. Er kann es nur noch nicht beweisen. Er darf ihn daher keine Sekunde aus den Augen lassen. Das Problem dabei – Mareille darf er noch viel weniger aus den Augen lassen. Was tun? Rolf spürt ein saures Brennen in der Kehle. Natürlich, früher hätte er in so einer Situation erst einmal einen Drink genommen. Als Entscheidungshilfe. Damit ist jetzt Schluss. Er muss nüchtern mit den Dingen klarkommen.

22.17 Uhr

»... kommen wir zu einer ganz besonderes Auszeichnung für ein großartiges Lebenswerk. Freuen Sie sich mit mir auf ...«

Jolanda Nussbaum setzt ihr warmes, aber nicht übertriebenes Lächeln auf. Sie macht eine einladende Geste zum Bühnenaufgang. Im Saal entsteht eine atemlose Stille.

Tausend Augenpaare und ein Lichtspot suchen neugierig die Zuschauerreihen ab – wer ist der Glückliche, der für sein Lebenswerk geehrt wird?

»And the winner is ...«

22.24 Uhr

Torsten stellt sich neben Silvia vor die Tür der Bruhns-Garderobe. Sie quittiert es mit einem strafenden Blick.

»Sehr unauffällig, wenn wir hier gleich zu zweit …«

Statt zu antworten, stößt Torsten lautstark auf. Sie sieht ihn noch strafender an, er zuckt entschuldigend mit den Schultern.

»Der verdammte Champagner!«

»Klingt nach Schnaps im Dienst.«

»Seit wann so biestig?«, faucht er zurück.

Sie verdreht die Augen.

»Das war ein Witz, Torsten.«

Er hat wieder das Gefühl, alles falsch zu machen, was man überhaupt nur falsch machen kann.

»Warum statten wir das blöde Ding eigentlich nicht mit einem Peilsender aus? Wenn *Rubin* es wirklich schafft und es klaut, dann wären wir sofort an ihm dran.«

Silvia sieht ihn höhnisch an.

»Glaube ich dir sofort, dass du Viktoria Bruhns gerne *verkabeln* würdest.«

»Ich meine es ernst.«

»Schlimm genug.«

»Also?«

»*Rubin* ist ein absoluter Profi. Wir vermeiden alles, was ihn von seinem Vorhaben abhalten könnte. Auch irgendwelche Tricks mit Peilsendern.«

22.28 Uhr

Wayne beugt sich zu Mareille hinüber und flüstert ihr etwas ins Ohr. Er ist sich vollkommen bewusst, dass es für die Kameras so aussieht, als würde er sie zärtlich küssen. *Es ist Teil des Spiels.*

»Warum gehst du nicht einfach zu deinem Rolf und stellst ihn zur Rede? Wäre doch viel einfacher als dieses endlose Spielchen.«

Mareille sieht ihn überrascht an. Wayne spürt, wie sehr sie unter der ganzen Sache leidet.

»Warum sollte ich? *Er* hat unsere Beziehung auf dem Gewissen.«

22.29 Uhr

Paul geht durch die Glastür in den Hotelbereich hinüber. Er wartet gelassen und unauffällig vor den Fahrstühlen. Ein Security-Mann, der neben den Bedienungselementen steht, durchbohrt ihn mit Blicken. Paul presst den Knopf für den achten Stock. Der Security-Mann atmet erleichtert aus – die Hochsicherheitszone, die exklusiv für die Stars reserviert ist, beginnt erst ab dem fünfzehnten Stock. Ab da ist für Normalsterbliche absolutes Sperrgebiet. Aber achter Stock, das ist harmlos …

22.31 Uhr

Jolanda Nussbaum kündigt den heiß begehrten Award im Bereich Hochkultur an. Im Saal wird es ruhig. Anne-Sophie Mutter, Alfred Brendel und Thomas Quasthoff, der immerhin bereits einen Grammy sein Eigen nennt, dürfen sich Hoffnungen machen. Die Spannung ist kaum zu ertragen. Gebannte Stille im Saal.

22.36 Uhr

»Und Action!«

Silvia flüstert den Befehl ins Mikrophon. Das Startsignal für die heiße Phase.

Viktoria Bruhns, das Supermodel, verlässt ihre Garderobe und rückt mit den anderen Mädchen unmittelbar hinter die Bühne vor.

22.41 Uhr

»Du bist zu hart zu ihm, Mareille. Härter als es für dich gut ist«, sagt Wayne vorsichtig.

Am liebsten würde sie anfangen zu heulen. Angesichts der Fernsehkameras, die auf sie gerichtet sind, ringt sie sich zu einem Lächeln durch.

»Ich kann ihm nicht helfen. Das ist mir in den letzten Tagen klar geworden.«

»Und warum quälst du ihn?«

»Tu ich das denn?«, fragt sie. Waynes Frage trifft sie mehr, als sie zugeben will.

»Er ist zwar ein wenig älter als du ...«

»Sechsunddreißig Jahre«, sagt sie lächelnd.

»... aber vielleicht bist trotzdem du die Erfahrenere von euch beiden. Was erwartest du also von ihm?«

»Eine Entschuldigung? Ich weiß es selber nicht.«

»Vielleicht einen Antrag?«, fragt Wayne.

Mareilles Züge hellen sich auf.

»Das ginge auch.«

22.42 Uhr

Paul verschließt die Tür zu seinem Hotelzimmer, das er bereits vor Tagen angemietet hat. Natürlich unter falschem Namen. Er schaltet den Fernseher ein und sucht per Fernbedienung RTL – der Sender zeigt live die Szenerie, die er soeben verlassen hat. Daniel Brühl betritt gerade die Bühne und nimmt den Award für die meisten Awards für denselben Film entgegen. Paul macht sich an seiner Kleidung zu schaffen. Er zieht sich Handschuhe und Maske über, dann öffnet er das Fenster.

22.47 Uhr

»Freuen Sie sich mit mir auf einen der vielen Höhepunkte des Abends«, verkündet die Nussbaum feierlich. »Ladies and Gentlemen, meine Damen und Herren. Ich darf um Applaus bitten für unsere Schönen der Nacht.«

Der Vorhang am linken Bühnenaufgang hebt sich, und durch die Reihen der Zuschauer geht ein atemloses »Oh« und »Ah« – was das Publikum jetzt zu sehen bekommt, übersteigt die Phantasie der meisten im Saal – der Männer und der Frauen.

Auf die Bühne tritt eine ganze Reihe in knappe Dessous gehüllter Models, gefolgt von Viktoria Bruhns im – Ah! Oh! – sagenumwobenen Centennium-Bra. Der knappe Zweiteiler glitzert in tausend Farben, gebrochen durch hunderte von Brillanten, Rubine und Smaragde, die in den Stoff eingenäht sind. Gekrönt wird die Pracht durch einen hochkarätigen Singulär, der am Bustier festgemacht ist und vor dem begehrtesten Bauchnabel der Welt baumelt. Keine Frage, denkt Silvia, die die Szene aus den Kulissen beobachtet. *Rubin* hat die richtige Wahl getroffen – der Centennium-Bra ist wirklich atemberaubend.

22.49 Uhr

Torsten fühlt sich immer noch wie auf einer Achterbahnfahrt. Es liegt nicht am Champagner. *Es liegt an Silvia.* Und daran, dass er einfach nicht weiß, was er machen soll. *Die Bruhns und dieser verdammte Bra – das kann ihm gestohlen bleiben.*

22.51 Uhr

Paul hängt ziemlich in den Seilen. Im zehnten Stock, dann im elften. Sein Aufstieg an der Fassade des Hotels ist langsam, aber unaufhaltsam. So ist das Leben als Einbrecher nun einmal. Wenn der direkte Weg nicht zum Ziel führt, muss er halt *außenrum* gehen. Er hebt die Hand, streckt sich, sucht sich einen sicheren Griff an dem Drahtseil und zieht sich wieder ein Stück höher.

22.53 Uhr

»Und wenn wir uns täuschen?«, flüstert Torsten in das winzige Mikrophon in seinem Jackettkragen.

Er beobachtet das Geschehen auf der Bühne und nickt verkrampft. Viktoria Bruhns geht elegant wie eine junge Giraffe über den provisorischen Catwalk. Im Hagel der Blitzlichter schimmert der edelsteinbesetzte Zweiteiler in sanften Rot- und Blautönen.

»Wie kommst du darauf?«, hört er Silvias Antwort in seinem Knopf im Ohr.

Er merkt an ihrem Tonfall, dass sie bereits denselben Gedanken hatte.

»Wir sind dieser Regina von Gurlitt auf den Leim gegangen. Denk nur an die ganzen Zeitungsartikel. Das Ganze ist bestimmt ein PR-Gag.«

»Möglich«, antwortet Silvia. »Vielleicht aber auch nicht. Noch einmal lasse ich mich von *Rubin* nicht hereinlegen!«

22.55 Uhr

In der Küche werden die letzten Handgriffe erledigt. Die Show ist so gut wie vorüber. In wenigen Minuten wird das Büfett von Hunderten ausgehungerter Stars und Sternchen gestürmt.

»Tut mir Leid«, sagt Takagi. Er schlägt bedauernd die Augen nieder. »Aber Frau von Gurlitt sagt, dass wir müssen auch die Sonderwünsche erfüllen.«

Lilly bemüht sich um ein ärgerliches Gesicht.

»Eine ganze Sushi-Platte? Exklusiv? Aufs Zimmer?«

»Sie solche Mädchen kennen, Lilly-San. Ich schon haben angefangen mit Zubereitung. Tommy wird übernehmen die Auslieferung.«

Lilly winkt ab.

»Lassen Sie mal, Takagi. Das mache ich selber.«

»Ganz wie Sie wünschen, Boss.«

23.04 Uhr

Zwölfter Stock, dreizehnter Stock. Wenn der Job schief geht, denkt Paul, kann er immer noch beim Zirkus anfangen.

23.07 Uhr

Lauter Applaus kündigt das Ende der Modenschau an. Die Models und die Designerin betreten die Bühne, fassen sich an den Händen und verbeugen sich.

»Okay«, flüstert Silvia in ihr Mikrophon. »Macht euch bereit für die letzte Phase. Wenn er es macht, dann jetzt.«

Sie rennt hinter die Bühne, wo Torsten schon auf sie wartet. Gemeinsam hängen sie sich an die Bruhns dran, die sofort den Rückzug in ihr Hotelzimmer antritt.

23.08 Uhr

Achtzehnter Stock, und Paul ist in Schweiß gebadet. Wenigstens wird er durch eine herrliche Aussicht auf die nächtliche Stadt belohnt – die Häuser schimmern in tausend silbernen Lichtern, die Himmelsleuchten der Diskotheken kreisen an den Wolken, und rund um die Alster sieht er die Scheinwerfer der Vergnügungsdampfer aufblitzen.

Paul zieht sich immer weiter nach oben. Noch ein paar Stockwerke ...

23.09 Uhr

Rolf steht immer noch unschlüssig in der Halle, als der Tross mit Viktoria Bruhns inklusive Manager, Security-Personal und Assistenten durchs Foyer stürmt und ungeduldig vor den Fahrstühlen, die zum Hoteltower hoch führen, stehen bleibt. Rolf starrt das Model an. *Nicht schlecht. Aber kein Vergleich zu Mareille.* Sie trägt ein Cape, unter dem ihre nackten Beine hervorlugen. Als sie die Aufzugkabine betritt, sieht Rolf für einen kurzen Moment den diamantbesetzten Bra aufleuchten, und mit einer für ihn ungewohnten Geistesgegenwärtigkeit erkennt er, was das bedeutet. *Mein Gott, nüchtern sein hat doch Vorteile.*

23.10 Uhr

»Es wäre Wahnsinn für *Rubin*, jetzt zuzuschlagen«, murmelt Torsten.

»Vielleicht ist er wahnsinnig?«

»Das bin ich auch, Silvia. Ich bin wahnsinnig ver ...«

»... schneller! Wir müssen dran bleiben«, ruft sie aufgeregt.

Das Model und ihre Begleiter sind schon fast im Fahrstuhl verschwunden.

»Hey! Moment! Warten Sie!«

Im letzten Moment springen Torsten und Silvia in die Kabine. Die Metalltüren schließen sich mit einem surrenden Geräusch. Torsten schließt die Augen. Das hier ist wirklich zu viel für ihn! Es ist nicht auszuhalten. Er, Torsten Nicolai, vierunddreißigjähriger Polizeioberkommissar aus Hamburg, steht eingeklemmt zwischen Silvia Burmester und Viktoria Bruhns in einer Fahrstuhlkabine!

23.11 Uhr

»Wohin will dein Schätzchen denn so eilig?«, fragt Wayne.

Sie strömen mit der Masse des Publikums ins Foyer. Er zeigt quer durch die Halle zu Rolf, der hektisch auf die Aufzüge zustürmt.

»Keine Ahnung.«

»Vielleicht geht's ihm nicht gut?«

Mareille sieht ihren Begleiter erschrocken an.

»Meinst du?«

»Jedenfalls scheint er keinen Wert auf den Pausenauftritt von ›Wir sind Helden‹ zu legen.«

Mareille denkt nur wenige Sekunden nach.

»Wayne, ich befürchte, du musst erst einmal ohne deine Alibifrau auskommen.«

Sie drückt dem Schauspieler einen Kuss auf die Wange und stürmt ebenfalls zu den Lifts. Sie sieht im letzten Moment, wie sich hinter Rolf, der einem Sicherheitsbeamten gerade seinen Presseausweis und ein paar Geldscheine unter die Nase hält, die Fahrstuhltüren schließen – und wie der Finger des Uniformierten auf den Knopf mit der zwanzig drückt.

23.23 Uhr

Viktoria Bruhns seufzt. Endlich Feierabend! Das Supermodel betritt das Hotelzimmer, schließt die Tür hinter sich und lässt das Cape zu Boden gleiten. Alles in dem Raum ist so, wie sie es gewünscht hat. Das Licht ist abgedunkelt, über die unsichtbaren Lautsprecher ertönt leise Entspannungsmusik. Und auf dem Tisch steht ihre Sushi-Variation, um die sie gebeten hat. Irgendein Idiot hat nur das Fenster aufgelassen.

23.24 Uhr

»Geschafft«, sagt Silvia.

Sie beobachtet, wie das Model in ihrem Zimmer verschwindet und hinter sich die Tür schließt. Und damit ist sie endgültig in Sicherheit. Es scheint, als hätten sie und Torsten sich tatsächlich getäuscht. Oder als hätte *Rubin* in letzter Sekunde auf seinen Plan verzichtet.

»Leider liegt das Anstrengendste noch vor mir«, sagt Torsten keuchend.

»Wieso?«

»Na ja, ich habe mir noch etwas vorgenommen für heute Abend.«

»Jetzt entspann dich erst mal. Das Schlimmste ist doch vorbei.«

»Eben nicht.«

Silvia bedenkt ihn mit einem spöttischen Seitenblick.

»Wovon redest du eigentlich?«, fragt sie und gibt sich große Mühe, nicht allzu neugierig zu klingen.

23.26 Uhr

Mareille drückt hektisch auf die Fahrstuhlknöpfe an der Marmorsäule. Sie sieht bald ein, dass es Ewigkeiten dauern wird, bis der nächste Lift wieder unten und damit fahrbereit ist. Sie sieht sich suchend um und entdeckt die Tür, auf der auf einem kleinen grünen Notfallschild eine stilisierte Treppe abgebildet ist. Sie trippelt hinüber – denn mehr als das erlaubt ihr fessellanges Kleid nicht (Wayne hat dafür gute zweitausend Euro ausgegeben. Und das ohne mit der Wimper zu zucken. *Herrlich*). Sie reißt die schwere Brandschutztür auf und prallt beinahe gegen ein blau uniformiertes Muskelgebirge.

»Tut mit Leid, Schätzchen. Die Treppe ist heute gesperrt. Hier kommen nur VIPs durch.«

»Aber ich bin ein VIP«, entgegnet sie – und sie weiß, dass es nicht besonders überzeugend klingt.

Der Security-Mann lächelt sie herablassend an.

»Klar. Und ich bin der Präsident der USA.«

Klug genug wärst du dafür jedenfalls. Mareille kneift die Augen zusammen. Der soll sie kennen lernen!

23.38 Uhr

Viktoria Bruhns will gerade ins Bad gehen, als sie ein merkwürdiges Geräusch hört. Sie dreht sich um – und zuckt vor Schreck zusammen. Er steht direkt vor ihr. Der Albtraum ihrer Kindertage: Der Mann in Schwarz! Unwillkürlich stolpert sie ein paar Schritte zurück, woraufhin die Edelsteine, die sie immer noch am Körper trägt, ein helles Klirren von sich geben. Dabei sieht ihr ungebetener Gast, wenn sie einmal von der Maske, die seinen Kopf umhüllt, absieht, eigentlich gar nicht so Furcht einflößend aus. Vielleicht liegt es daran, dass er den Kopf auf eine sympathische Art zur Seite legt – so, als würde er unter seiner Maske lächeln. Außerdem hält er sich einen Finger an die Lippen, um ihr klarzumachen, dass sie nichts sagen und erst recht nicht schreien soll. Woran sie sich allerdings nicht zu halten gedenkt.

23.40 Uhr

Torsten sitzt neben Silvia auf dem Fußboden des Hotelkorridors, direkt vor dem Zimmer der Bruhns.

»Und wofür das Ganze? Für nichts«, sagt er mit Nörgelstimme.

Silvia schüttelt den Kopf.

»Sag das nicht. Wir haben *Rubin* zwar nicht gefangen. Aber wir haben ihn immerhin davon abgehalten, den *Bra* zu stehlen. Und das ist doch auch ein Erfolg.«

»Kommt drauf an.«

»Auf was?«

»Zum Beispiel darauf, was das für deine Versetzung bedeutet. Lässt Rudolph dich jetzt gehen, obwohl wir ihn nicht geschnappt haben?«

»Ach, Torsten. Als wenn dir das irgendetwas bedeuten würde.«

»Aber das tut es.«

23.41 Uhr

Rolf geht den Korridor im zwanzigsten Stock entlang, als er das Paar auf dem Boden sitzen sieht, genau vor der Tür, auf die er es abgesehen hat. *Verdammt. Die beiden sind garantiert Kollegen, die an derselben Story dran sind.*

»Und? Schon etwas passiert?«, fragt er in dem gelassenen Tonfall, in dem sich Journalisten auf gemeinsamen Terminen immer unterhalten. Egal, ob es um Rockstars, Feuersbrünste oder Flugzeugabstürze geht – das Wichtigste ist, allen zu zeigen, dass man professionell und cool ist.

23.42 Uhr

Torsten blickt leicht verstört zu dem alten und ziemlich versoffenen Typen hoch, der sich vor ihnen aufbaut. Sollte das etwa *Rubin* sein?

Silvia schaltet schneller. Sie setzt ein freundliches Lächeln auf.

»Bisher ist alles ruhig. Wann denken Sie denn, dass es so weit sein könnte?«

Rolf zuckt mit den Schultern.

»Keine Ahnung – aber das, was er haben will, ist auf jeden Fall da drin.«

Rolf deutet auf die Tür der Bruhns und hebt demonstrativ seine Kamera hoch.

»Ja, natürlich. Man will ja alles gut im Bild haben. Für alle Fälle«, sagt Silvia zustimmend.

Rolf verbirgt seinen Ärger. Noch ist die Sache nicht verloren.

»Meinen Sie nicht, wir sollten unsere Aktivitäten abstimmen? Denken Sie nach, wenn Sie mich die Bilder exklusiv machen lassen, erzielen wir einen besseren Preis. Und davon könnten wir alle profitieren.«

23.43 Uhr

»Schreien Sie bitte nicht, Frau Bruhns. Ich müsste Ihnen sonst Gewalt antun. Und das wollen wir doch beide nicht!«

»Was ... was wollen Sie von mir?«

Er macht eine ergebene Geste.

»Verstehen Sie mich nicht falsch. Aber ich muss Ihnen jetzt an die Wäsche gehen.«

Das Model sieht an sich herunter.

»Der Centennium-Bra ...«

Paul nickt.

»Wenn Sie sich also bitte freimachen würden.«

23.44 Uhr

Der Security-Mann steht ohne Hose und Unterhose im Treppenhaus – und das dämpft seine Lust, das kleine blonde Mädchen zu verfolgen. Gemeinheit! Erst hat sie ihm eine schnelle Nummer im Treppenhaus versprochen. Und als er sich ausgezogen hat und in Stellung gehen wollte, hat sie sich seine Hose geschnappt und ist davongerannt. Und dann rief sie auch noch, dass ihr Lebensgefährte Reporter sei und oben mit der Kamera wartete.

Mareille nimmt zwei Stufen auf einmal. Eine innere Stimme sagt ihr laut und deutlich, dass Rolf in Gefahr ist. Ihr geliebter Daddy! Der Gedanke, dass ihm etwas zustoßen könnte, beflügelt ihre Kräfte. Deswegen hat sie sogar das Abendkleid von Wayne zerrissen – nur um schneller rennen zu können.

23.45 Uhr

Viktoria Bruhns im Centennium-Bra zu sehen, ist zweifellos ein Vergnügen. Ein noch viel größeres Vergnügen ist es allerdings, sie ohne Centennium-Bra zu sehen. Trotzdem ist Paul diskret genug, sie nicht plump anzustarren. Obwohl er sie natürlich keine Sekunde aus den Augen lässt.

Als das Model sich ausgezogen hat, hält Paul ihr einen schwarzen Samtbeutel hin.

»Tun Sie es einfach hier rein.«

Sie lässt das Bustier und das Höschen in den Beutel gleiten und funkelt ihn dabei böse aus ihren braunen Augen an.

»Darf ich mir jetzt vielleicht etwas anderes anziehen?«

Paul macht eine galante Verbeugung.

»Selbstverständlich. Aber nehmen Sie es mir nicht übel, wenn ich Sie dabei im Blick behalte.«

Er folgt ihr zum Badezimmer. Viktoria öffnet die Tür und taumelt im gleichen Moment erschrocken zurück. Paul ist nicht weniger erstaunt als die Bruhns – gemeinsam starren er und das Supermodel in den Lauf eines Revolvers ...

23.46 Uhr

»Sie glauben also, dass *Rubin* noch zuschlägt?«, fragt Silvia.

»Todsicher«, verkündet Rolf mit wissender Stimme.

»Wie glauben Sie, wird er vorgehen?«

Sie kennt den Mann. Aber woher nur?

Rolf zuckt mit den Schultern.

»Wenn ich das wüsste.«

In diesem Augenblick fällt es Silvia wieder ein – und ihre freudige Erregung, die sie gerade noch erfüllt hat, verpufft wie eine fehlgezündete Silvesterrakete. *Der Trinker auf der Feier von Geena Karolis.* Sie hat ihn gemeinsam mit Torsten zu einem Taxi getragen. Warum sollte ausgerechnet der etwas über *Rubin* wissen.

23.49 Uhr

Wieder einmal muss Paul feststellen, dass sich die Quereinsteiger in seinem Berufsfeld einfach nicht an die Regeln halten. Die schreiben beispielsweise vor, dass Juwelendiebe keine Schusswaffe tragen. Sein geheimnisvoller Konkurrent schert sich nicht darum. Nur gut, dass er selbst es auch nicht so genau nimmt.

Paul zieht blitzschnell seine Beretta aus dem Hosenbund und richtet sie auf seinen ebenfalls maskierten Nebenbuhler. Die Situation, die gerade noch hoffnungslos aussah, ist somit wieder patt. Der einzige Verlierer bisher ist Viktoria Bruhns. Die steht splitternackt zwischen ihnen. Und sie wird zweifellos in wenigen Augenblicken die Nerven verlieren.

Paul deutet eine Verbeugung an.

»Mein Kompliment, Herr Kollege. Ich wusste nicht, wie Sie es anstellen. Aber ich war mir ganz sicher, dass wir uns heute Nacht hier begegnen würden. Und jetzt müssen wir uns wohl gemeinsam einen Ausweg aus dieser unglücklichen Situation überlegen.«

23.50 Uhr

»Wie sind Sie darauf gekommen?«, fragt Rolf, der sich immer noch über die unverhoffte Konkurrenz ärgert.

»Sie meinen das mit *Rubin*?«, fragt Silvia zurück. Sie hat Witterung aufgenommen. *Hier ist etwas zu holen.* »Wir wussten es schon lange.«

Rolf schafft es nicht, seine Verblüffung zu verbergen.

»Ihr wusstet, dass es der Sohn vom alten Schrader ist? Klar, der Apfel fällt nicht weit vom Stamm.«

»Wie bitte? Welcher Schra ...«

Silvia kann Torsten gerade noch auf den Fuß treten, bevor er zu viel verrät.

»Ich habe früher als Gerichtsreporter gearbeitet. Und darum ist er für mich kein Unbekannter. Als ich vorhin gesehen habe, wie er mit dem Fahrstuhl nach oben ist, war mir sofort alles klar«, sagt Rolf leutselig.

Diesmal ist ihm die Anerkennung seiner Kollegen gewiss.

23.54 Uhr

Waffe gegen Waffe. Eine Situation, die Paul alles andere als gefällt. Andererseits stehen seine Chancen nicht schlecht. In der Regel trägt derjenige den Sieg davon, der in einer solchen Lage die besseren Nerven hat. Und da kann er sich auf sich selbst verlassen. Paul macht einen vorsichtigen Schritt auf den anderen zu. Er rechnet fest mit irgendeiner Reaktion. Vielleicht ein Schuss, zumindest eine Drohung. Irgendetwas, was gefährlich für ihn werden könnte. Aber Paul täuscht sich. Sein Konkurrent lässt nämlich einfach seine Waffe sinken – und steht plötzlich kopfschüttelnd und mit hängenden Schultern vor ihm. Nicht gerade das, womit er gerechnet hat.

23.55 Uhr

»Ist hier irgendwo ein Kostümfest?«, fragt Mareille verblüfft. Mitten in dem ungemütlichen Treppenhaus, ungefähr auf dem Absatz zum zehnten Stock, sitzt ein Mann in einem schwarzen Catsuit und mit einer schwarzen Maske über dem Kopf, die nur ein paar Schlitze für die Augen frei lässt. Offensichtlich ist er genau wie sie die Treppen hochgerannt. Er atmet schwer und gönnt sich wohl gerade eine kleine Verschnaufpause.

»Hey. Geht's Ihnen nicht gut?«, fragt sie freundlich.

»Es geht gut schon wieder. Vielen Dank für haben Sorge für mich, ehrenwertes Fräulein«, sagt der Maskierte. *Komischer Akzent.* Mareille hält ihm eine Hand hin und zieht ihn auf die Beine.

»Kommen Sie. Wir gehen zusammen weiter«, sagt sie.

»Ich muss in zwanzigste Stockwerk«, sagt der Maskierte.

»Das trifft sich. Da will ich auch hin«, antwortet sie strahlend.

23.56 Uhr

»Paul?«

Sein geheimnisvoller Nebenbuhler, den er schon oft gesehen, aber nie gehört hat, kann also sprechen. Und nicht nur das. Er kennt auch noch seinen Namen, stellt Paul verblüfft fest.

»Ich erinnere mich nicht, dass wir uns schon vorgestellt haben«, Paul bemüht sich um einen höflichen Tonfall – immerhin sind sie beide bewaffnet.

Sein Nebenbuhler lässt ein merkwürdiges Kichern hören.

»Ich denke schon, dass wir das getan haben. Mehr als das – wir kennen uns sogar recht gut.«

Es ist eine erstaunlich hohe Stimme, mit der der andere spricht, denkt Paul. Um nicht zu sagen ... *eine Frauenstimme.* Pauls Gehirn weigert sich noch, die richtigen Schlussfolgerungen aus dieser Erkenntnis zu ziehen. Dann aber, und das innerhalb von Bruchteilen einer Sekunde, wird ihm das ganze Ausmaß der Katastrophe bewusst.

»Lilly?«

»Hmm.«

»Das darf doch wohl nicht wahr sein.«

»Doch, es darf«, antwortet sie. Jetzt allerdings kichert sie nicht mehr. Im Gegenteil. Sie klingt ziemlich wütend. Sie merkt nämlich gerade, dass sie sauer ist. Sehr sauer. Und zwar auf Paul. *Er ist also* Rubin? *Und das ist der Grund, aus dem er sie gestern so vor den Kopf gestoßen hat? Also, das hätte er auch gleich sagen können!*

23.57 Uhr

Dieser Rolf Sacher ist zweifellos ein Trinker. Aber seine Geschichte klingt trotzdem glaubhaft.

Silvia sieht Torsten an. Und dabei überkommt sie ein höchst mulmiges Gefühl.

»Denkst du gerade, was ich denke?«

Torsten nickt. »Ich glaube, ja.«

Sie springen mehr oder weniger gleichzeitig auf die Beine. Und sie ziehen gleichzeitig ihre Waffen – verfolgt von Rolfs ungläubigen Blicken. *Das sind gar keine Kollegen. Das sind Polizisten.*

»Irgendetwas stimmt hier nicht«, sagt Silvia atemlos.

»Und zwar ganz und gar nicht«, fügt Torsten hinzu.

23.58 Uhr

Paul und Lilly bewegen sich ebenfalls wie beim Synchronschwimmen. Nur dass sie, anders als Torsten und Silvia, keine Waffen ziehen – die haben sie ja schon in der Hand. Stattdessen ziehen sie die Masken von ihren Köpfen.

»Du bist es wirklich, Paul ... «

»Lilly ...«

»Sag nichts. Ich weiß es selber: Meine Frisur ist völlig ruiniert. Diese blöde Maske.«

»Aber nein, du siehst umwerfend aus.«

Viktoria Bruhns, die gerade noch vor Furcht gezittert und sich die Arme verschämt vor den Körper gehalten hat, würde am liebsten laut loslachen. Dann aber sagt sie mit strenger Stimme:

»Was wird das hier? Eine Wiedersehensszene? Eine Verlobung? Ein Heiratsantrag? Was ist los mit euch? Ihr seid Einbrecher, benehmt euch gefälligst auch so!«

Paul und Lilly kümmern sich nicht um das nackte Model. Sie starren sich gegenseitig an und suchen nach Worten.

Sollen sie doch, denkt Viktoria Bruhns. Sie entscheidet sich für das Naheliegende. Sie schreit so laut sie kann, um HILFEEEEEEE!

23.59 Uhr

»Jetzt ist es passiert!«, schreit Silvia.

Torsten sieht sie ratlos an.

»Was tun? Sollen wir das SEK anfordern?«

»An einem Samstagabend? Bis die Jungs aus der Disko geholt sind, ist *Rubin* über alle Berge.«

»Dann gehen wir selber rein.«

Silvia wirft ihm einen anerkennenden Blick zu. So mag sie Torsten – wild und entschlossen. *Schade, dass er es nie bei ihr ist.*

Silvia bellt ein paar Befehle in ihr Mikrophon. Die Security-Männer, die inzwischen ebenfalls etwas gemerkt haben, stürmen durch den Flur. Silvia richtet ihre Waffe auf das Türschloss und schiebt Rolf rüde beiseite.

»Zurück! Und Ohren zuhalten!«

23.59 Uhr

»Du bist also *Rubin!*«, sagt Lilly, die ihre erste Überraschung überwunden hat. Glauben kann sie es aber eigentlich immer noch nicht. *Soll sie sich jetzt wie Weihnachten oder wie auf einer Beerdigung fühlen? Wenn sie ehrlich ist – wie Weihnachten, Ostern und Geburtstag zusammen. Der Mann, den sie liebt, entpuppt sich unversehens als ihr großes Vorbild. Einfach toll!*

»Und du bist mein geheimnisvoller Konkurrent, der mir seit Monaten das Leben schwer macht«, sagt Paul – genauso fassungslos wie sie. Er versucht, ganz nebenbei eine Hand auf den Mund von Viktoria Bruhns zu pressen, die sich das natürlich nicht gefallen lässt und entsprechend strampelt und um sich schlägt.

»Ich fand, dass *Rubin* träge geworden ist. Es war höchste Zeit, dass jemand neues an seine Stelle tritt«, sagt Lilly und lächelt ihn provozierend an.

»Und darum wolltest du mich erschießen?«

»Aber nein, die Waffe ist nicht einmal geladen. Ich wollte dich nur in Schach halten.«

In diesem Augenblick hören sie laute Stimmen vor der Tür. Lilly sieht Paul misstrauisch an.

»Und was hat das jetzt zu bedeuten?«

»Das bedeutet, dass wir in ernsten Schwierigkeiten sind.«

Ein Sturm aus Gefühlen tobt durch Paul hindurch. Bisher nämlich läuft alles genauso, wie er es geplant hat, inklusive des Eintreffens der Polizei. Die grandiose Idee, seinen geheimnisvollen Konkurrenten ans Messer zu liefern, droht also gerade wie am Schnürchen zu klappen. *Eine Katastrophe!*

23.59 Uhr

»Vor vielen Jahren, ich war ein großer und berühmter Kämpfer. Ich hatte große Ausdauer. Jetzt ich bin nur noch alter Mann«, sagt der Mann im schwarzen Tarnanzug hechelnd.

Mareille und er sind inzwischen im achtzehnten Stock angelangt. Sie wischt sich mit einem Fetzen ihres Abendkleides über ihr schweißüberströmtes Gesicht. Vermutlich sieht sie inzwischen aus wie ein zerlaufener Malkasten, der in allen Regenbogenfarben schimmert. Aber selbst wenn, es ist ihr egal. Sie tut es schließlich für Rolf. Für ihren Daddy. Und der ist der einzige Mann, der es wert ist.

»Nehmen Sie doch wenigstens die alberne Maske ab. Hier sieht Sie doch sowieso niemand«, sagt sie zu ihrem erschöpften Begleiter.

Der alte Mann nickt. Sie bleiben auf dem Treppenabsatz stehen. Er zieht die Maske vom Kopf, und Mareille starrt in sein von tausend Fältchen gezeichnetes asiatisches Gesicht.

»Und im zwanzigsten Stock ist wirklich ein Kostümfest?«, fragt sie erstaunt. Und auch ein wenig verärgert. Wieso ist Rolf dort eingeladen und sie nicht?

00.01 Uhr

Viktoria Bruhns hört nach und nach auf zu strampeln. Sie hat keine Puste mehr. Angst hat sie auch nicht mehr. Sie blickt zwischen Paul und Lilly hin und her und weiß nicht, ob sie wütend oder amüsiert sein soll.

Sie entscheidet sich für Wut und stemmt die Hände in ihre wunderbaren, hoch bezahlten Hüften.

»Ich möchte euch beide nur ungern stören, aber meint ihr nicht …«

»Halten Sie sich da bloß raus«, faucht Lilly das Model an.

Paul lächelt die Bruhns entschuldigend an:

»Nehmen Sie es ihr nicht übel. Benehmen ist einfach nicht Lillys Sache.«

Lilly erschießt ihn – mit Blicken, nicht mit Kugeln. »Wie kannst du so etwas nur sagen, du gemeiner, hinterhältiger, verlogener, gemeingefährlicher Einbrecher, du!«

»Das musst du gerade sagen!«

In diesem Augenblick knallen zwei ohrenbetäubende Schüsse in unmittelbarer Nähe. Holzsplitter pfeifen durch die Gegend, und ein Querschläger bohrt sich mit einem dumpfen Geräusch in die Wand direkt neben Lilly. Viktoria Bruhns schreit auf. Sie hat jetzt doch wieder Angst.

00.02 Uhr

Silvia steckt ihre rauchende Dienstwaffe zurück ins Strumpfband und hebt die Hülsen auf. Das macht die Abrechnung mit der Beschaffungsstelle leichter.

Torsten hält sie am Arm zurück.

»Lass mich reingehen!«

Silvia lacht verächtlich.

»Du machst dir doch nicht etwa Sorgen um mich?«

»Mehr als um mein eigenes Leben«, entgegnet er, während aus allen Richtungen ihre Kollegen mit gezogenen Dienstwaffen herbeirennen.

00.03 Uhr

Torsten hat noch nie in seinem Leben etwas so ernst gemeint. Aber es nützt nichts. In einem Spielfilm würde Silvia jetzt seufzend in seine Arme sinken. Die wirkliche Silvia tut es leider nicht.

»Was sollen eigentlich diese ganzen Sprüche, Torsten? Ich meine, ich bin doch für dich nur ... eine Kollegin. Und zwar eine, der du eine gewaltige und eindeutige Abfuhr erteilt hast. Eigentlich ist es ein Wunder, dass ich überhaupt noch mit dir rede. Und jetzt machst du dir plötzlich Sorgen?«

Silvia weiß nicht, ob sie wütend oder gerührt sein soll. In jedem Fall ist sie neugierig. Selbst auf die Gefahr eines *Rückfalls* in ihre Torsten-Krankheit hin, sie will wissen, was los ist.

»Na ja, weißt du ...«, sagt er gedehnt, »... eigentlich wollte ich es dir schon den ganzen Abend sagen. Die ganze Woche ...« Seine Stimme wird leiser, verstummt schließlich ganz.

»Was? Was wolltest du sagen?«

»Na ja, dass ich ... also dass du ... oder besser gesagt, dass wir beide ...«

Wieder scheitert Torstens Versuch einer Erklärung. Ungefähr zwanzig Polizisten mit gezückten Dienstwaffen blicken die beiden an. Und jeder der zwanzig ist genauso neugierig wie Silvia.

Torsten versucht es erneut.

»Na ja, dass ich ... also ... An dem Morgen neulich, das war so überraschend, und die Kinder meinten auch, dass ich ...«

Ein Polizist unterbricht ihn mit einem dezenten Hüsteln – woraufhin ihn sämtliche seiner Kollegen vernichtend ansehen. Aber der eine merkt es gar nicht.

»Ich störe euch ja nur ungern, liebe Kollegen ... Aber meint ihr nicht auch, wir sollten erst *Rubin* verhaften – und dann macht ihr mit eurem GZSZ-Kitsch weiter?«

Torsten und Silvia sehen sich an und brechen in erlöstes Gelächter aus.

»Also gut, Leute«, sagt Silvia dann mit fester Stimme. »Schnappen wir ihn uns.«

00.04 Uhr

»Was hältst du davon, wenn wir uns später weiter streiten? Und jetzt erst einmal von hier verschwinden?«

»Typisch Mann. Sobald es Probleme gibt, denkt ihr nur ans Abhauen«, entgegnet Lilly giftig.

Paul zuckt mit den Schultern. Er packt Lilly am Arm und zieht sie zum Fenster hinüber.

»Ich will dir gar nicht widersprechen. Aber in diesem Fall ist es wirklich besser zu verschwinden.«

Viktoria Bruhns sieht spöttisch zu ihnen hinüber.

»Aber wieso wollen Sie denn schon weg? Bleiben Sie doch noch ein bisschen. Es ist doch richtig gemütlich mit uns dreien.«

Lilly, sie kann es selbst kaum glauben, spürt so etwas wie *Eifersucht*. Wahrscheinlich hat die Bruhns ein Auge auf Paul geworfen. Klar, wer wünscht sich nicht einen Freund, der einem die teuersten Juwelen der Welt verspricht – und dann auch wirklich um den Hals legt.

»Vergessen Sie es«, zischt sie der Bruhns zu. »Der gehört nämlich schon mir.«

Die Bruhns stemmt empört die Hände in die Hüften und

setzt zu einer Antwort an. Diese Giftziege ist zwar bewaffnet – aber das wird sie nicht davon abhalten, ihr die Augen auszukratzen.

In diesem Augenblick hören sie auf dem Flur lautstarkes Gelächter. Eine Sekunde später wird die Zimmertür mit einem lauten Knall aufgetreten, und es folgt eine Lawine an gebrüllten Befehlen:

»Keiner bewegt sich!«

»Hände hoch!«

»Wer sich wehrt, wird erschossen ...«

»Alles auf den Boden legen!«

»Gesichter zur Wand!«

»Hände auf die Motorhaube ... ach nee.«

Der Polizeichor, der ins Zimmer stürmt, weiß offensichtlich nicht, welches Lied er singen soll. Leider ändert das nichts am Ernst der Lage.

»Los, Beeilung«, schreit Paul. »Du zuerst!«

Er hält Lilly das Seil hin, das vor dem Fenster baumelt. Es führt in die Tiefe und in die Freiheit.

Lilly schüttelt den Kopf.

»*Du* zuerst, Paul. Ich komme nach, sobald du unten bist«, sagt sie mit fester Stimme.

Paul rollt genervt mit den Augen.

»Lilly, kannst du nicht ein einziges Mal auf das hören, was ich dir sage?«

»Nein, kann ich nicht.«

»Nimm endlich das verdammte Seil und ab die Post!«

»Ich denke gar nicht daran.«

Er sieht sie verständnislos an – warum müssen Frauen eigentlich immer das letzte Wort haben?

Lillys Gesicht dagegen nimmt einen milden, fast friedlichen Ausdruck an. Sie beugt sich zu ihm herüber und drückt ihm einen Kuss auf die Lippen.

»Ich bin schuld daran, dass wir in dieser Lage sind. Darum wirst du als Erster von hier verschwinden und dich in Sicherheit bringen.«

Sie hört die Schritte der Polizisten, die schon im Vorraum sind und immer näher rücken. Durch den Türschlitz zeichnen sich die Schatten der Pistolen ab, die die Beamten schussbereit in den Händen halten.

Paul nickt resigniert. Es hat keinen Sinn, weiter zu diskutieren. Erst recht nicht mit Lilly. Er zieht sie zu sich heran und küsst sie. Und dann nochmal und nochmal und nochmal.

»Sobald ich ein paar Meter zurückgelegt habe, kommst du nach, okay?«, sagt er streng.

»Klar. Und keine Sorge. Mich kriegt so leicht niemand.«

Die Bruhns kommentiert es mit einem spöttischen Zungenschnalzen.

»Mein Gott, ihr beiden mögt euch wohl wirklich«, zischt sie neiderfüllt und gehässig.

Lilly dreht sich lächelnd zu ihr um. »Allerdings, das tun wir.«

Paul hakt den Karabiner seines Geschirrs in das Seil ein, steigt auf den Schreibtisch, berührt Lilly ein letztes Mal.

»Wirst du es schaffen?«, fragt sie.

Er nickt. In diesem Fall siegt die Angst vor einer Zelle über die Angst vor der Tiefe.

»Pass auf dich auf«, sagt er.

Dann stürzt Paul sich mit dem Kopf voran aus dem Fenster.

00.04 Uhr

»Verdammt. Er haut ab!«, schreit Silvia. Sie rennt mit Torsten durch das Zimmer und kann gerade noch sehen, wie der erste Täter in die Tiefe gleitet – seine Komplizin will ihm gerade folgen. Sie steht schon auf dem Schreibtisch vor dem Fenster, lehnt sich hinaus, das Seil in den Händen.

»Bleiben Sie stehen! Wir schießen!«, schreit Silvia.

»Ich denke gar nicht daran«, erwidert die Einbrecherin trotzig und macht einen Satz nach vorne …

Silvia und Torsten setzen zu einem Hechtsprung an – und im allerletzten Moment packen sie die Frau, die einen schwarzen Overall trägt, an den Füßen, so dass sie kopfüber in die Tiefe hängt und wie am Spieß brüllt.

00.05 Uhr

»Endlich geschafft! Wir sind da«, sagt Mareille, als sie gemeinsam den Flur im zwanzigsten Stock betreten.

»Nächstes Mal, wir nehmen wieder Fahrstuhl«, sagt der Asiate lächelnd.

»Worauf Sie sich verlassen können.«

Mareille und der Herr in Schwarz gehen den mit rotem Teppichboden ausgelegten Korridor entlang. Es riecht nach Schießpulver. Und auch sonst kann von der dezenten Atmosphäre eines Vier-Sterne-Hauses keine Rede sein. Überall rennen Polizisten mit Waffen herum, dazu unzählige Security-Typen. Alle schreien wild und laut durch die Gegend. *Komischer Kostümball.*

»Rolf? Daddy? Bist du hier?«

Mareille hat Angst und nicht die geringste Ahnung, was vor sich geht.

Ihr Begleiter hat seine Maske wieder aufgesetzt.

»Vielen Dank, ehrenwertes Fräulein«, sagt er und verbeugt sich höflich. »Ich muss jetzt verabschieden mich von Ihnen.«

»Kein Problem. Und wenn Sie meinen Freund sehen – er ist ungefähr in Ihrem Alter –, dann sagen Sie ihm bitte, dass ich ihn suche.«

»Selbstverständlich«, lächelt der maskierte Asiate und verbeugt sich noch einmal.

Dann sieht er sich um und nutzt einen unbeobachteten Augenblick, um den Flur hinunterzurennen – erstaunlich schnell und geschmeidig.

Mareille hat keine Ahnung, wo sie Rolf suchen soll. Also beschließt sie, dem Asiaten einfach zu folgen. Staunend beobachtet sie, wie der eine Art Tischfeuerwerk aus der Tasche zieht. Er setzt mehrere zischende Lunten in Brand, wirft dann die Feuerwerkskörper in den Flur und in eines der Zimmer. Eine dichte Wolke aus ätzendem und nicht gerade wohlriechendem Qualm breitet sich aus.

19. Sonntag

07.05 Uhr

Flughäfen sind die traurigsten Orte der Welt. Besonders am Sonntagmorgen. Und besonders, wenn man das Gefühl hat, gerade sein ganzes Leben in Schutt und Asche gelegt zu haben.

Paul schlendert durch die große Abflughalle im Terminal vier. Er fühlt sich vollkommen hoffnungslos – und das nicht ohne Grund. Obwohl Hamburg angeblich eine Weltstadt ist, gibt es auf dem gesamten Airport um diese Uhrzeit nicht einmal einen Kaffee.

Außerdem fehlen die üblichen Geschäftsleute, die sich an Wochentagen vor der Zollkontrolle drängeln. Solche Business-Typen haben früh morgens meistens genauso schlechte Laune wie er im Moment.

Jetzt aber drängeln sich ausschließlich fröhlich lachende Urlauber durch die Gänge des Airports – Menschen, die bunte Hawaii-Hemden tragen und die auf der hektischen Suche nach den Abflug-Gates für ihre Charterflüge nach Palma oder Fuerteventura sind. Paul hasst diese Menschen – unter anderem deshalb, weil sie sich lautstark darüber beschweren, dass ihr Handgepäck mit den Maßen zwei mal zwei mal drei Meter neuerdings nicht mehr mit in die Flugkabine genommen werden darf. Er würde sich am liebsten auf diese Urlauber stürzen, weil sie sich darüber aufregen, dass ihre Airline den gleichzeitigen Transport von Mountainbike, Surfboard und Paraglider ablehnt. Er würde diese Reisenden ohne Hemmungen fesseln und knebeln – weil die meisten von ihnen ungefähr drei Zentner wiegen und sich schon jetzt darüber beschweren, dass die süßen, kleinen Zimmermädchen in ihrem Vier-Sterne-Strandhotel die Betten nicht ordentlich machen.

Paul lässt sein Handgepäck durch das Durchleuchtungsgerät gleiten. Er zeigt sein Ticket und den Pass vor, in dem ein Name steht, an den er sich nicht einmal mehr erinnern kann. Es ist ihm egal. Er bewegt sich wie ein Roboter, der allein durch sein festgelegtes Programm gesteuert wird. Er spult sein vor langer Zeit ausgetüfteltes Notfallprogramm für Fälle wie diesen ab – Fälle, in denen er schleunigst das Land verlassen muss. Seine Tarnung ist aufgeflogen, Paul Schrader ist *Rubin*, und er hat in Deutschland nichts anderes zu erwarten als eine kleine, ungemütliche Gefängniszelle.

07.18 Uhr

Ein milchiggrauer Himmel verrät Torsten, dass der Sommer zu Ende ist. Die Luft ist kühl und verströmt den leisen Verwesungsgeruch welker Blätter. Dazu setzt noch ein leichter Sprühregen ein. *Typisches Hamburger Schietwedder* ... Torsten sitzt auf der breiten Steintreppe, die zum Eingang des Hotelturms neben dem Congress Centrum hochführt. Auch hier hat die Nacht ihre Spuren hinterlassen: Auf den Stufen stehen halb volle Champagnergläser herum, ein Pappteller mit Sushi-Resten wartet auf einen hungrigen Penner, und ein paar plattgetretene Überreste der Blumendekoration erinnern schwach an die glorreiche Verleihung der German Awards. Jetzt aber wirkt die Umgebung genau wie er selbst, findet Torsten, ziemlich ramponiert.

Die Kaution, die er für den Leihsmoking hingelegt hat, wird er wohl kaum wiedersehen. Das Kleidungsstück ist nicht nur voller Flecken und Krusten, es ist auch an mehreren Stellen eingerissen. Aber kommt es darauf überhaupt noch an? Nein, tut es nicht.

Torsten lässt den Kopf zwischen die Knie sinken. Der Regen tropft ihm in den Kragen und läuft als Rinnsal feuchtkalt über seinen Rücken. Er fühlt sich wie ein Angler – einer von der Sorte, die für einen kurzen Moment spüren darf, wie es ist, einen ganz dicken Fisch am Haken zu haben. Einer der Typen, die schon von einem Exklusivartikel in »Rute und Rolle« träumen und dann einsehen müssen, dass sie in diesem Leben einfach nicht zu den Gewinnern gehören. Denn in dem Augenblick, in dem sie ihre Beute schon sicher glauben, reißt sich der Fisch los, flieht davon in die Freiheit und lässt sie mit leeren Händen zurück.

Bei ihm, denkt Torsten, ist es sogar noch schlimmer. Denn er hat in einer einzigen Nacht gleich zwei dicke Fische verloren.

07.24 Uhr

Mareille liegt im Bett und sieht an die Decke. Sie fühlt sich wach und voller Energie. Es wäre auch viel zu schade, so einen Moment zu verschlafen. Sie will aufbleiben, sie will ihr Glück in jeder Sekunde und mit jedem Atemzug genießen.

Daddy geht es genauso. Er liegt seufzend neben ihr im Bett und raucht einen seiner stinkenden Zigarillos.

»Bist du noch böse auf mich, Daddy?«, fragt sie leise.

»Ich? Böse auf dich?«

»Hmh.«

»Ach, Engelchen. Wenn einer von uns Grund hat, böse zu sein, dann bist du es. Und ich bin derjenige, der sich entschuldigen muss.«

Er beugt sich zu ihr hinüber und gibt ihr einen Kuss, der zwar nach Dannemann Sumatra schmeckt, den sie aber dennoch ganz wunderbar findet.

07.36 Uhr

Durch Pauls Bewusstsein wabern schwache Erinnerungsfetzen an die letzte Nacht. Seine Abseilaktion war gut gegangen. Er hatte das Zimmer im achten Stock erreicht. Er war also in Sicherheit. Alles, was fehlte, war Lilly. Er wartete – und zwar unendlich lange Minuten. Als sie nicht kam, hatte er sich noch einmal aus dem Fenster gebeugt. Er konnte Lilly dort oben sehen. Sie hing kopfüber aus dem Fenster des zwanzigsten Stocks, schrie voller Wut und Enttäuschung und wurde von zwei Polizisten zurück ins Zimmer gezogen. Paul wird immer noch schlecht bei der Vorstellung, dass es ganz allein seine Schuld ist, dass sie geschnappt wurde. Er hat Lilly auf dem Gewissen, er allein. Da macht es fast schon nichts mehr aus, dass außerdem sein großer Coup gescheitert ist. Denn der schwarze Beutel mit dem Centennium-Bra war schon zu diesem Zeitpunkt, als er aus dem Fenster in die Höhe starrte, irgendwo – aber nicht an seinem Gürtel und damit nicht da, wo er hingehörte.

Paul schlurft weiter in Richtung des Abflug-Gates. Die patroullierenden Grenzschutzbeamten mit ihren Maschinenpistolen sind ihm egal. Die zahlreichen Zivilfahnder, die auffällig unauffällig durch die Korridore schleichen und die Reisenden kritisch unter die Lupe nehmen, ebenfalls. Sollen sie ihn doch verhaften. Na und? Wahrscheinlich wäre es sogar besser so. Er hat die Freiheit, die vor ihm liegt, nicht verdient. Er will sie nicht. Weil alles keinen Sinn mehr hat – ohne Lilly …

07.41 Uhr

Silvia ist erleichtert, als sie Torsten auf den Stufen vor dem Hotel sitzen sieht. Endlich hat sie ihn gefunden. Sie sucht ihn seit über einer Stunde. Und sie hat schon die leise Befürchtung gehabt, er hätte sie wieder einmal einfach sitzen lassen und wäre nach Hause gefahren.

Torsten ist anzusehen, wie er sich fühlt – genau wie sie selbst. Total enttäuscht.

Aber Silvia denkt gar nicht daran, einfach so aufzugeben. Die Nacht war für sie beide als Polizisten eine ziemliche Pleite. Aber es gibt ja zum Glück auch noch andere Dinge im Leben als den Beruf.

Sie geht die Stufen zu ihm herunter. Torsten dreht sich um und sieht sie aus dunkel unterlaufenen Augen an. Er sieht so elend aus, dass sie fast schon wieder darüber lachen könnte. Männer sind einfach Mimosen – bei dem geringsten Gegenwind sind sie eingeschnappt und ziehen sich zusammen.

Silvia lässt sich neben Torsten auf der Treppe nieder, obwohl es regnet. Es wäre viel klüger, irgendwo hineinzugehen.

»Hey, alles in Ordnung?«, fragt sie kumpelig.

Torsten schafft ein tapferes Lächeln.

»Klar. Mir geht's super.«

»Dann haben wir ja etwas gemeinsam.«

Sie sehen sich an und müssen lächeln. Alles was schief gehen kann, geht auch schief. Sie haben es wieder einmal erfahren. Wenigstens schweißt sie diese Erfahrung zusammen.

»Da hat uns *Rubin* wohl mal wieder an der Nase herumgeführt, was?«, sagt Torsten resigniert.

Silvia nickt.

»Sieht so aus. Rudolph wird es jedenfalls bestimmt nicht lustig finden. Ich sehe ihn schon vor mir, wie er uns morgen die Schlagzeilen vorliest.«

»Deine Versetzung kannst du wohl vergessen«, sagt er, ohne sie dabei anzusehen.

Silvia versucht in Torstens Gesicht irgendeine Art von Gefühlsregung abzulesen. Alles, was sie entdecken kann, ist Erschöpfung und Müdigkeit.

»Und du musst dir wohl deine Beförderung abschminken.«

Er nickt.

»Du weißt ja, was das für mich bedeutet.«

»Klar«, sagt sie. »Du musst dich weiterhin mit Besoldungsgruppe A zwölf abfinden, und das ist definitiv zu wenig, um eine nette Frau kennen zu lernen.«

»Vielen Dank, *Rubin*«, sagt Torsten. Er sieht dabei in den Himmel hoch. »Nur wegen dir muss ich weiterhin auf Sex verzichten!«

Silvia rückt kichernd näher an Torsten heran und legt ihren Kopf auf seine Schulter.

»Vielleicht musst du das gar nicht.«

07.44 Uhr

»Wir haben uns wiedergefunden, Daddy. Das ist das Einzige, was zählt«, sagt Mareille leise.

Rolf richtet sich im Bett auf. Tränen steigen in seine Augen. *Dieses Mädchen liebt ihn.* Er spürt es mit einer Klarheit, die er noch nie im Leben erfahren hat. Bei keiner anderen Frau ... und er hat, weiß Gott, mit vielen Frauen im Bett gelegen. Alles war immer nur gelogen. Überhaupt ist die Liebe nichts als eine Lüge. Das hat er bisher jedenfalls gedacht. Aber jetzt?

Jetzt sieht er seine kleine Mareille an und erkennt schlagartig seinen Irrtum. *Nur: Es nützt nichts. Es ist zu spät.*

Rolf fühlt sich wie jemand, der erst auf dem Weg zum Schafott erkennt, was das große Wunder des Lebens ist, in einem Augenblick also, in dem es zu spät ist, um noch irgendetwas zu ändern.

»Was ist los, Daddy? Habe ich etwas Falsches gesagt?«, fragt Mareille. Sie spürt, dass er sich von ihr zurückzieht. Sie hat keine Ahnung, was los ist.

Rolf sieht sie an.

»Du bist wunderbar, Engelchen. Du bist die Frau, von der ich immer geträumt habe.«

»Aber, Daddy, du musst nicht von mir träumen. Ich bin hier. In der Wirklichkeit.«

Rolf saugt den Rauch so tief in seine Lungen, dass es

schmerzt. Das Ächzen seines Körpers – das ist die Wirklichkeit. Der bittere Geschmack des Tabaks. Die Kopfschmerzen am Morgen.

»Hör zu, Engelchen. Ich muss dir etwas sagen ...«

07.51 Uhr

Paul lässt sich auf einen der Plastiksitze im Wartebereich des Gates plumpsen. Vielleicht hat er ja Glück und seine Maschine stürzt ab. Dann müsste er wenigstens nicht länger den Gedanken ertragen, dass er die Frau, die er liebt, für viele Jahre hinter Gitter gebracht hat. Er hatte alles minutiös geplant, jedes Detail bedacht. Und was ist das Ergebnis? Es hat alles geklappt. Und darum hat er alles zunichte gemacht. Statt gemeinsamer Tage mit Lilly in Hamburg geht er nun einsam in sein Exil in Brasilien. Vielleicht scheint dort öfter die Sonne als hier im Norden. Aber für ihn wird es sich trotzdem wie Regen anfühlen.

Warum geht er nicht einfach zu einem der Polizisten und sagt: *Guten Tag, mein Name ist* Rubin. *Genau, ich bin der Juwelendieb – und außerdem bin ich der größte Idiot der Welt. Dafür möchte ich bitte lebenslänglich haben.*

Paul reibt sich mit der Hand übers Gesicht. Er kennt die Polizei. Sie würden ihn kaltblütig in eine schnöde Doppelzelle mit einem unsympathischen Mehrfachmörder sperren, der den ganzen Tag mit ihm und dem Wärter Skat spielen will. Nein, dann schon lieber einsam in Rio und melancholisch den Mädchen am Strand hinterherträumen und dabei an Lilly denken.

07.53 Uhr

Torsten wagt es kaum zu atmen. Er möchte nichts tun, was Silvia dazu bewegen könnte, ihren Kopf von seiner Schulter zu nehmen. Denn dazu fühlt es sich viel zu gut an. Torsten bleibt regungslos sitzen und spürt die Wärme, die von ihr ausgeht. Er atmet ihren wunderbaren Duft und horcht auf das leise Geräusch ihres Atems.

Er muss es ihr sagen. Jetzt. Auf der Stelle. Aber das ist gar nicht so einfach. Er ist ein Mann. Also ist er schüchtern.

Und darum muss er sich etwas einfallen lassen. Einen Trick. Mit dem er sich selbst hereinlegt. Und er hat auch schon eine sehr gute Idee.

»Würdest du mir mal deine Hand geben?«, fragt Torsten mit harmloser Stimme. Silvia sieht ihn verwundert an. Sie streckt den Arm aus – worauf Torsten genau das macht, was er hundertfach auf der Polizeischule geübt hat. Er lässt in einer blitzschnellen Bewegung seine Handschellen zuschnappen und legt das andere Ende des Metalls um seinen eigenen Arm.

07.56 Uhr

Mareille streichelt Rolf, der seinen Kopf in ihren Schoß gelegt hat, über die silbergrauen Haare. Sie hat seiner Beichte gelauscht, und jetzt spürt sie die sanften Erschütterungen seiner Tränen. Er hat ihr alles erzählt. Dass er seine Arbeit verloren hat. Dass er bis über beide Ohren verschuldet ist. Dass die Belohnung, die auf *Rubin*s Kopf ausgesetzt war, seine letzte Hoffnung war. Alles dahin.

»Wir sind pleite, Mareille. Verstehst du? Wir haben keinen Cent mehr. Am besten ziehen wir uns an und verschwinden durch den Hinterausgang ...«

»Oh, wie romantisch, Daddy«, sagt Mareille. Sie strahlt ihn an.

»Ach Engelchen, das sagst du jetzt.«

Sie schüttelt den Kopf.

»Weißt du – ich muss dir auch etwas beichten ...«

08.01

Durch die Panoramascheibe sieht Paul hinaus auf das Rollfeld. Sogar die Flugzeuge wirken müde und abgeschlafft. Träge Metallvögel, die es kaum in die Luft schaffen und beim Landen kraftlos auf die Rollpiste plumpsen.

Die Lautsprecherdurchsage ruft seinen Flug zum letzten Mal auf. Paul geht hinüber zur Gangway und gibt der gähnenden Stewardess seine Bordkarte. Während sie elektronisch eingelesen wird, blickt er sich ein letztes Mal um. So hat er sich den Abschied aus seinem bisherigen Leben nicht vorgestellt. Es sollte ein Fest sein. Und jetzt ist es nichts als eine überstürzte Flucht.

»Kommen Sie bitte, mein Herr. Die Maschine ist startbereit. Sie sind der letzte Passagier.«

Die Stewardess nickt ihm aufmunternd zu. Vielleicht spürt sie, dass er sich vorkommt, als müsste er nicht in einen Jet steigen, sondern auf seinen eigenen Scheiterhaufen. Aber selbst wenn – ihr Gesicht bleibt eine freundliche, vollkommen teilnahmslose Fassade.

08.07 Uhr

»Hey! Ich bin bestimmt nicht *Rubin* – falls du das denken solltest«, sagt Silvia amüsiert. Sie hat keine Ahnung, was Torsten vorhat, als er sie in Ketten legt.

»Denke ich nicht«, erwidert er. Und dann wirft er die Schlüssel in hohem Bogen ins Gebüsch.

»Und warum werde ich dann von dir verhaftet?«

»Es ist keine Verhaftung.«

»Sondern?«

»Ich binde mich an dich. Und ich schneide mir selbst den Fluchtweg ab.«

»Bin ich denn so schrecklich, dass du vor mir davonlaufen willst?«

»Ja.«

»Oh, wie nett!«

Torsten schüttelt verwirrt den Kopf.

»Ich meine natürlich Nein. Du bist überhaupt nicht schrecklich, ganz im Gegenteil.«

»Wie beruhigend«, sagt sie spöttisch.

»Du bist sogar ganz wunderbar, Silvia. So wunderbar, dass ich es nicht schaffe, es dir zu sagen. Und darum dachte ich, dass ich mir selber die Chance nehme, wieder einmal davonzulaufen.«

Torstens Stimme versagt. Aber Silvia lacht trotzdem.

»Aber warum, Torsten. Du sollst dich nicht zu etwas zwingen, was du nicht willst.«

Er schüttelt den Kopf. Er kann es nicht erklären. Er will es auch gar nicht. Es ist an der Zeit für Taten. Darum steht er auf – so weit er das mit einem Arm in Handschellen kann. Er geht eine Stufe hinab und kniet sich vor Silvia hin.

»Meine liebe Kollegin Silvia. Ich möchte dich hiermit fragen, ob du uns ...«, Torsten macht merkwürdige Verrenkungen, er läuft rot an, als hätte er etwas verschluckt. Er kaut und mahlt – als wäre das Wort, das er im Mund hat, einfach zu groß. Aber dann sagt er es schließlich doch: »... ob du uns heiraten willst?«

Silvia lächelt unsicher. Sie weiß nicht, wie lange sie auf diesen Moment gewartet hat – eine Ewigkeit. Oder sogar noch länger. Und trotzdem ...

»*Uns*? Wieso *uns*?«, fragt sie verwundert.

»Na ja, mich und Pierre und Ulrike. Uns gibt es nur im Dreierpack. Und darum musst du uns alle nehmen. Oder keinen.«

Eigentlich ist es genau das, wovon sie immer geträumt hat. Sie bekommt alles auf einmal. Nicht nur einen Mann. Sondern gleich eine ganze Familie.

Trotzdem setzt Silvia ein trauriges Gesicht auf.

»Ich bin leider auch nicht alleine zu haben. Weil: Es gibt schon einen Mann in meinem Leben«, sagt sie mit Bedauern in der Stimme.

»Oh Gott, das wusste ich nicht.«

»Ja, und er hat einen prächtigen Schwanz. Ein schwarzes Fell. Und vier Pfoten.«

»Rabe?«, fragt er erleichtert.

»Genau.«

»Und könntest du dir vorstellen, dass ihr – also Rabe und du – Ja zu meiner Frage sagt?«

»Ich glaube, das können wir. Aber nur, wenn du mich auf der Stelle küsst!«

Torsten lässt es sich nicht zweimal sagen.

Rolf sieht sie kopfschüttelnd an. Was ist los mit ihr? Um Mareilles Lippen spielt ein Lächeln, das warmherzig und ehrlich ist. Sie springt auf und verschwindet im Badezimmer. *Zeigen ist besser als erklären.*

»Schau her, Daddy«, ruft sie kurz darauf. Dann tritt sie wie eine Varietékünstlerin ins Zimmer. Sie dreht sich ein paar Mal um die eigene Achse und lässt lachend das Handtuch fallen, das sie sich um den Körper gewickelt hat.

»Aber das ist doch …«

Rolf zuckt zusammen. Er starrt Mareille ungläubig an.

»Steht mir gut, oder?«, fragt sie kichernd.

Rolf beschattet sich die Augen mit der Hand. Das Licht der Deckenlampe bricht sich tausendfach in den unzähligen Brillanten, die in das Bustier und das Höschen eingenäht sind, die Mareille trägt. Das Kleidungsstück funkelt und glitzert so sehr, dass es ihm in den Augen schmerzt.

»Aber woher hast du …? Ich verstehe das alles nicht.«

Mareille zuckt mit den Schultern.

»Ich auch nicht. Aber ist das nicht vollkommen egal, Daddy? Die Hauptsache ist doch, dass von *pleite* gar keine Rede sein kann. Im Gegenteil. Ich glaube sogar, dass wir ziemlich reich sind.«

Mareille weiß wirklich nicht, was in der Nacht eigentlich passiert ist. Das Feuerwerk dieses merkwürdigen Japaners hat sich als ziemlicher Fehlschlag erwiesen. Statt buntem Blumenfeuer gab es nur eine Menge hässlichen Qualm. Und dann sind alle auf der Stelle eingeschlafen. Sie erinnert sich undeutlich daran, dass der Japaner sie noch einmal angelächelt hat. Dann ist er mit einer schlafenden Frau auf dem

Arm aus dem Zimmer gekommen und weggerannt. Auch sie hat das Bewusstsein verloren – aber vorher hat sie noch schnell diesen schwarzen Beutel, in dem es so verführerisch glitzerte, in ihre Tasche gesteckt.

08.27 Uhr

Die Maschine hebt vibrierend von der Startbahn ab und fliegt steil in den grauen Himmel über Hamburg. Paul sieht aus dem Fenster neben seinem Erste-Klasse-Sitz. Die Häuser und Straßen seiner Heimatstadt werden allmählich kleiner. Er hat keine Ahnung, wann er all das das nächste Mal sehen wird. Wann er wieder einmal mit Jon um die Alster joggen und in seinem Fitnessstudio wieder einmal trainieren wird – an dem Ort, an dem er Lilly vor nicht einmal drei Wochen kennen gelernt hat.

»Möchten Sie vielleicht ein Glas Orangensaft zur Erfrischung? Oder lieber Champagner?«

Die Stimme der Stewardess reißt ihn aus seinen Gedanken. Er sieht nicht einmal hoch. Er will in Ruhe gelassen werden.

»Darf ich Sie über unser Angebot an Videofilmen informieren? Wir haben ein ausgesprochen reichhaltiges Angebot an Spielfilmen, Trickfilmen, Serien und Dokumentarfilmen …«

»Danke, nein! Ich benötige im Moment nichts«, bellt Paul, während die Maschine die Wolkendecke durchstößt und der ewig blaue Himmel sichtbar wird.

»Wie bedauerlich«, sagt die Stewardess mit einem geradezu provozierenden Mitgefühl in der Stimme. »Insbesondere unser Dokumentarfilm über Brasilien ist ausgesprochen interessant. Wussten Sie beispielsweise, dass die Zentralbank von Brasilien die zweitgrößten Diamanten-Vorräte der Welt besitzt? Es gibt bestimmt eine Möglichkeit, diese Bank zu besuchen und sich ein wenig mit den Tresoren dort zu beschäftigen.«

Paul zwingt sich mit aller Macht, weiter aus dem Fenster zu sehen. Natürlich erkennt er die Stimme der Stewardess. Aber trotzdem ist es unmöglich. Sie kann es nicht sein. *Lilly.* Nicht hier und nicht in der Uniform einer Stewardess der ersten Klasse der Lufthansa. Er dreht sich nicht zu ihr um, weil er es nicht ertragen könnte, wenn sie es nicht wäre. Wenn seine Hoffnung, die gerade wie ein Feuerwerk in ihm auflodert, noch einmal enttäuscht würde.

»Und, mein Herr? Vielleicht doch ein Glas Champagner? Ich für meinen Teil würde nämlich unheimlich gerne mit Ihnen anstoßen. Auf Sie und mich. Auf uns beide sozusagen. Auf unsere Freiheit. Auf unsere Zukunft. Und auf unsere Liebe.«

Paul tut es doch. Er dreht sich um.

Ein paar Tage später …

»Nochmal«, sagt Lilly gurrend.

Sie liegt im Hotelzimmer im Bett. Ein leichter Wind weht vom Meer her. Paul steht draußen auf der Veranda. Er hat die Augen geschlossen und lauscht auf das Geräusch der Wellen.

»Nur wenn du mir verrätst, wie du es gemacht hast.«

»Wie ich was gemacht habe?«

»Na ja – wie du zum Beispiel immer wusstest, wo *Rubin* auftauchen würde. Und wie du es geschafft hast, selber dort aufzutauchen.«

»Oh, ganz einfach: *Rubin* war mein Lehrer.«

Paul schüttelt ungläubig den Kopf – diese Frau ist immer wieder für eine Überraschung gut.

»Ich glaube, davon wüsste ich.«

»Vielleicht ist Lehrer das falsche Wort«, entgegnet sie lachend. »Sagen wir es so: Du, also *Rubin*, warst mein Vorbild. Ich habe dich bewundert. Und darum habe ich alles über dich gelesen, was ich in die Finger bekam. Ich habe dich *studiert*. Ich habe versucht, dich zu verstehen. Deine Arbeitsweise. Deine Methoden. Ich habe mich in dich hineinversetzt. Und irgendwann kannte ich dich wohl besser als du dich selbst. Ich habe *Rubin*s nächste Schritte geahnt. Und zum Schluss wollte ich meinen eigenen Meister übertrumpfen. Es sollte so eine Art Gesellenstück werden. Ich wollte dir die Beute vor der Nase wegschnappen.«

»Großartig«, sagt Paul in gespieltem Groll. »Und am Ende sind wir wieder einmal leer ausgegangen. Und zwar alle beide.«

»Du hättest mich halt machen lassen sollen«, entgegnet Lilly ungerührt. »Ist deine Neugier jetzt befriedigt? Würdest du jetzt bitte hereinkommen und ...«

»Verrat mir noch etwas.«

»Wenn es sein muss.«

»Wie bist du aus dem Hotelzimmer herausgekommen? Ich meine, die Polizei hatte dich doch schon geschnappt. Und jetzt bist du hier.«

»Tja – das wird wohl für immer ein Geheimnis bleiben. Ich weiß es nämlich nicht.«

»Wie bitte?« Paul traut seinen Ohren nicht. Haben die Lügen denn nie ein Ende?

»Ich weiß es wirklich nicht. Ehrenwort«, beteuert Lilly. Und er hört an ihrem Tonfall, dass sie die Wahrheit sagt. »Es gab einen lauten Knall. Dann bin ich ohnmächtig geworden. Und als ich aufwachte, war ich in meiner Wohnung. Das mit dem Flugzeug und der Stewardess ist etwas anderes. Meine Freundin Nina arbeitet bei der Airline. Und als ich sie drum gebeten habe, hat sie nicht lang überlegt.«

Paul geht ins Zimmer zurück. Er löst das Handtuch, das er um die Hüften trägt.

»Ich finde, dass du Recht hast«, sagt er.

»Womit?«

»Damit, dass wir es noch einmal tun sollten ...«